Gerhard Vescovi

Der Doktor von Schramberg

Gerhard Vescovi

Der Doktor von Schramberg

Schwäbische Geschichten

Deutsche Verlags-Anstalt
Stuttgart

Die Deutsche Bibliothek – CIP-Einheitsaufnahme

Vescovi, Gerhard:
Der Doktor von Schramberg :
schwäbische Geschichten / Gerhard Vescovi. -
Stuttgart : Deutsche Verlags-Anstalt, 1998
ISBN 3-421-05158-5

Typographische Gestaltung: Brigitte Müller
Druck und Bindearbeiten: Clausen & Bosse, Leck
Printed in Germany

ISBN 3-421-05158-5

Inhalt

Der Doktor als Patient

Die zweite Stationsschwester ist ein herziges Ding, frisch und natürlich in Wesen und Umgang. Schade nur für die nicht unhübsche Dreißigerin, daß sie das »S« als »Sch« spricht.

»Scho, Herr Dokter Schimon, jetzt mach i'sch Bett no a bischele schö' für d' Vischite«, sagt sie, und ich setze mich im Bett auf, um sie das Kopfkissen aufschütteln und glattstreichen zu lassen.

»Wissen Sie, Schwester Lore, was ›Visite‹ eigentlich heißt«, necke ich, als wollte ich einen Witz erzählen, bedauere aber meine unbeabsichtigte akademische Überheblichkeit so rasch, daß ich unverzüglich die Antwort sage, um der lieben Schwester alle Verlegenheit zu ersparen. »Visite kommt vom lateinischen Wort ›visitare‹ und heißt ganz schlicht ›Besuch machen‹.«

»Desch han i mir denkt«, sagt sie spitzbübisch mit flüchtigem Erröten. »Schie schind halt ein gschtudierter Dokter und wischet scho ebbesch gnau«, lobt sie und zieht die Bettdecke stramm. Dann wendet sie sich hurtig meinem Nachbarn und Zimmergenossen zu, dem armen Kerl, den es mit einem Schlaganfall im Alter von erst 58 Jahren bös erwischt hat.

»I dreh Schie jetzt amol auf die ander' Scheit, Herr Oberschtudiendirekter«, leitet Schwester Lore die Wendeaktion ein und dreht den Gelähmten auf die kranke Seite. Er stöhnt leise. Sagen kann er nichts, denn sein motorisches Sprachzentrum ist durch eine Gehirnblutung ausgeschaltet. Es bedeutet, daß er die anderen in ihrer Aussage zwar verstehen, aber die eigenen Worte nicht formen und sprechen kann.

Behutsam hält die Schwester seinen Kopf mit der einen Hand und bringt mit der anderen das Kopfkissen in Ordnung.

»Jetzt lege mer unsch wieder auf de Rücke, Herr Oberschtudiendirekter – schoo – schö' langscham, 'sch preschiert net.«

Seit drei Tagen liegt der stumme Gymnasialdirektor bei mir im Zimmer. Von mir als Arzt erwartet der Chefarzt besonderes Verständnis für den schwerkranken, hilflosen Mann, der einer intensiven Pflege bedarf, die mit einer ziemlichen Unruhe im Zimmer verbunden ist. Längst achte ich auf das Befinden und die Bedürfnisse meines Nachbarn und klingle nach der Schwester, wenn er stöhnt und mit der gesunden, beweglichen Hand auf den Bauch deutet.

Schwester Lore hat ihre Aktion beendet: »Scho, jetzt lieget die beide Herre wieder schauber im Bett. D' Vischite wird glei' komme. Ade.«

Der Nachbar neigt mir, als die Schwester gegangen war, den Kopf zu. Sein rechtes Auge ist infolge der Lähmung halb geöffnet, der rechte Mundwinkel hängt etwas. Wenn er auf meine Scherze, mit denen ich ihn aufzumuntern versuche, lächelt, so verzieht sich nur die linke gesunde Gesichtshälfte zu einer Grimasse. So auch jetzt, als ich zu ihm sage: »Wir zwei sind ja zu Bettschönheiten geworden. Da wird sich der Herr Professor bei der Visite freuen.«

Ich spüre, daß er lächelt und mein Scherzen dankbar annimmt. Wie immer sind mir sein angedeutetes Kopfnicken und Bewegungen mit der gesunden Hand hinreichend Antwort bei unserem erschwerten Dialog.

Ach, wieviel besser bin da ich doch ihm gegenüber dran! Meinen Herzinfarkt habe ich überlebt. Nun ja, ich fühle mich noch schwach und bin rasch ermüdbar. Aber mein Gehirn und meine Glieder sind intakt. Ich kann denken, sprechen, mich bewegen, im Bett mich von einer Seite zur anderen drehen, wie ich will. Ich kann auch schon mal kurz aufstehen, zum Waschbecken und zur Toilette wanken oder am Tisch sitzen zum Essen. Und der Arme neben mir bedarf aller Hilfe bis zur Bettschüssel. Sein Elend greift mir so ans Herz, daß mir nachts, wenn ich nicht schlafen kann, das Wasser in die Augen tritt. Dann ist mir das Heulen näher als aller Humor, mit dem ich mich sonst gesegnet weiß. Ich muß mich in solchen Augenblicken darauf besinnen, daß mir das Leben als ein einziges Theater mit vielen, vielen Szenen in buntem Wechsel vertraut ist.

Und ich weiß, daß es nun an mir und allen anderen Akteuren liegt, ob die Tragödie des Lebens wirklich als Tragödie, oder mit heiteren Szenen und witziger Ironie wenigstens im Stile einer Tragikomödie gespielt und erlebt wird. Zur Tragödie des Kurt Weißschedel muß mir noch etwas einfallen, darum werde ich den lieben Gott von Herzen bitten.

Jetzt klopft es kurz und leise an die Tür, die auch sofort aufgeht und den Professor eintreten läßt.

»Guten Morgen, die Herren«, sagt er kurz nach 11 Uhr und steuert zuerst auf mein Bett am Fenster zu, weil ich der »leichtere Fall« bin, der sich rascher erledigen läßt.

»Wie geht es Ihnen, Herr Kollege?« fragt er formelhaft und postiert sich am Fußende des Betts in gehöriger Distanz.

»O danke, Herr Professor, glänzend geht mir's, wenn man's anstreicht«, scherze ich.

»Gute Laune und Humor sind ein Weg zur Gesundheit«, quittiert er mit aufgesetztem Lächeln. Ich gebe mich flüchtig der Vermutung hin, daß der Professor wahrscheinlich Wilhelm Busch für einen wohlgelaunten Humoristen hält. Aber der Chefaugur senkt schon seinen Blick auf die Daten der täglichen Messungen und der Laborwerte, die ihm der Stationsarzt als Unteraugur kommentiert zuflüstert. Das Augurengespräch über die ermittelten Werte des Blutes und vieler Organfunktionen ist ein Höhepunkt beim Ritual der Visite. Der Unteraugur spricht den Chef aller Auguren im weißen Gewand mit leiser Stimme in Abkürzungsformeln an, und alle anderen Teilnehmer an der Visite schweigen andächtig; die Patienten mucksen sich nicht, denn das Nachdenken des höchsten Auguren öffnet Wege zur Diagnose und Ahnungen für die Vorhersage des weiteren Verlaufs. Mehr aber noch als den ohnehin nicht preisgegebenen Blick in die Zukunft fürchten die Patienten das, was ihnen durch die Behandlung auferlegt wird: abscheulich schmeckende Medikamente, eine trostlose Diät oder gar Fastentage, womöglich weitere unangenehme und mit Risiken verbundene Untersuchungen mit Apparaten und Kathetern ...

»Die Enzymwerte zeigen Tendenz der Besserung ... und – na, was haben wir denn im EKG?« sagt der Professor leise wie in einem Selbstgespräch ... »Ah, die ST-Überhöhungen in den apikalen Brustwandsegmenten erscheinen mir im Vergleich schon etwas geringer.«

»Den Eindruck habe ich auch«, bestätigt der Unteraugur beflissen.

»Und wie steht's mit der Ausschwemmung und dem Kaliumspiegel?« orientiert sich der Oberaugur.

»Über drei Kilo in den letzten vier Tagen weniger, und mit Kalinor hält sich das Kalium an der unteren Grenze der Norm«, referiert der Unteraugur und weist auf die lange Liste der Laborwerte.

»Dann geht es ja aufwärts, Herr Kollege«, resümiert der Professor mit freundlichem Lächeln und fügt hinzu: »Wenn Sie so weitermachen, sind wir bald überm Berg und können nächste Woche vorsichtig mit ersten Bewegungsübungen beginnen«, schmunzelt mich kurz mit jovialer Freundlichkeit an und wendet sich meinem Nachbarn zu. Die Hand reicht er aus hygienischen Prinzipien keinem Patienten, denn er müßte sich dann ja, wie mir der Unteraugur einmal einleuchtend erklärt hatte, jedesmal die Hände waschen, bevor er seine Rechte dem Nächsten gibt.

Berührt hat der Professor mit dem wunderbaren Namen »Feinschnabel« mich nur eingangs bei der ersten Visite mit seinem Stethoskop, dessen kalte Membran er mir zum Abhören der Herzgeräusche auf die klassischen Horchpunkte über der Herzregion und der Hauptschlagader drückte. Alles übrige ergab sich ja viel objektiver und präziser aus dem »Echolot«, der »Sonographie«, dem Röntgenbild und den Aufzeichnungen der Herzstromkurven.

Professor Feinschnabel, Anfang sechzig, war ein großer schlanker Mann, der, wie ich erfahren hatte, eifrig Tennis spielte und sich auch mit Gebirgswanderungen fit und drahtig hielt. In seinem dunklen vollen Haar weideten bereits die weißen Schafe, was ihn wahrscheinlich für reifere Damen besonders attraktiv erscheinen ließ. Die kühle Wissenschaft sprach bei ihm aus schmalen Lippen, die er nur sparsam bewegte. Ob er überhaupt küssen kann, der Feinschnabel, denke ich unwillkürlich. Es erscheint mir, als hätte er zur dionysischen Wildheit und Hitze des Lebens eine solche Distanz geschaffen, daß er sie am Krankenbett nur mühsam überwinden konnte, dabei stets auf der Hut, von den Greifbewegungen der Klagen seiner Patienten nicht in allzu vertrauliche Nähe der Subjektivität gezogen zu werden.

Seine Autorität gründete auf medizinischem Wissen, auf jahrzehntelangem, fast täglichem Studium der Fachliteratur des In- und Auslandes und wurde komplettiert durch ein riesiges Arsenal von Erfahrungen am Krankenbett großer Kliniken, wo sich sein Blick und Überblick für Ursachen, Zusammenhänge, Verläufe und Prognosen eines weiten Spektrums innerer Krankheiten geschärft hatte. Das kaum noch auszulotende Wissen von den Krankheiten war das eine, die subjektive Welt des leidenden Kranken das andere. Die Krankheit als solche erforderte gewiß ein distanziertes, fachbezogenes Denken und Entscheiden. Schließlich wurde er ja wegen einer Krankheit vom Patienten zu Rate gezogen und um sein besonderes Wissen und seine Erfahrung gebeten, um die Not zu wenden, und nicht etwa freundlicher Gespräche wegen.

Jetzt hat er beim Patienten nebenan von der Schwester die Decke zurückschlagen lassen und überprüft die Beweglichkeit der Gelenke und die Lähmung der Gliedmaßen. Einem Famulus, der die

Visite begleitet, erklärt er: »Durch die Gehirnblutung ist das Broca'sche Sprachzentrum in der linken unteren Windung des Stirnhirns geschädigt. Das hat eine motorische Aphasie zur Folge – und das heißt?«

Der Medizinstudent erweist sich als kundig: »Das bedeutet, daß der Patient zwar das Gesprochene verstehen, aber selbst nicht sprechen kann.«

»Richtig«, bestätigt Feinschnabel und ergänzt: »Beim sogenannten Schlaganfall infolge hohen Blutdrucks und einer vorliegenden Schädigung der Gefäßwand in den Hirnarterien kommt es dann zur Blutung ins Gehirn und, wie Sie hier sehen, zunächst zu einer schlaffen Lähmung – infolge Überkreuzung der Nervenbahnen auf der Gegenseite des zerebralen Schädigungsbezirks – und später zu einer spastischen Halbseitenlähmung …« Der Professor fühlt sich jetzt ganz in der Welt der Wissenschaft, in deren Fachnomenklatur er es gewohnt ist, vor Studenten und bei ärztlichen Fortbildungsveranstaltungen vor Kollegen zu dozieren.

Erst nach seiner neurologischen Untersuchung mit Prüfung der Muskelreflexe und Belehrungen des Studenten, als schließlich die Decke über den kranken Leib von der Schwester wieder hochgeschlagen war, wendet er sich Kurt Weißschedel zu: »Da haben wir noch ein großes Stück Arbeit vor uns. Das braucht viel Zeit und Geduld.«

Vor dem Abzug der Visite dreht sich der Oberaugur noch einmal zu mir: »Ach, Herr Kollege, wie wär's denn: Könnten Sie nicht den ›aegrotum miserendum‹ ein wenig aufmuntern? Als Landarzt sind Sie ja in verbaler Medizin erfahrener als wir Kliniker. Und ein Mann des Humors sind Sie doch auch?«

Draußen, noch bevor der Medizinstudent als letzter der Prozession in Weiß die Tür schließen kann, höre ich den Professor zum Stationsarzt murmeln: »Die Prognose ist ja infaust... Machen Sie mit der Therapie vorerst wie bisher weiter.«

Den »aegrotum miserendum« – den bemitleidenswerten Kranken – ein wenig aufmuntern! Als in »verbaler Medizin« erfahrener Landarzt! Diese Arroganz auf Samtpfoten geschraubter, zynisch klingender Höflichkeit! Nein: dieser Oberaugur Feinschnabel im weißen Mantel mag noch soviel medizinisches Fachwissen besitzen und gewiß viele Eigenschaften entwickelt haben! Beim lieben Gott hätte er es aber höchstens zum Assistenten gebracht.

Meine Verärgerung zwingt mich in solche Gedanken, mit denen ich mir Genugtuung verschaffe. Das gestehe ich mir alsbald ein. Und so nehme ich mich wieder etwas zurück. Schließlich kenne ich ja die Sorgen und Belastungen des Professors nicht. Vielleicht war es sogar ein kluger Gedanke von ihm, mir die »seelische Betreuung« meines Nachbarn ans Herz zu legen, um mich damit auch selbst etwas zu aktivieren? Aber in der Form, wie er es sagte, empfand ich Anstößiges. Oder leide ich an Minderwertigkeitskomplexen?

Ich hole aus der Schublade meines Nachttisches einen Spiegel, um meine Mißstimmung zu tilgen, indem ich einfach in den Spiegel lächle. Weil Kurt Weißschedel aber den Blick auf mich richtet, tue ich zunächst so, als müsse ich einen Pickel oder etwas ausfindig machen, was in meinem Gesicht juckt. Ich kratze ein wenig an der linken Wange und beginne dabei zu lachen.

»Nicht unterkriegen lassen«, sage ich zum Nachbarn und äffe den Oberauguren nach: »Wir haben noch ein großes Stück Arbeit vor uns.« Er lächelt und nickt mit dem Kopf. Natürlich hat er Latein gelernt und die Auslassungen des Oberauguren in Medizinerlatein verstanden. Wie peinlich!

Gerade kann ich noch sagen: »Jetzt werde ich Ihnen dann die Zeit mit Geschichten aus meinem Leben verkürzen, damit wir auch immer wieder was zum Lachen haben«, da kommt die diensthabende Jugoslawin mit dem Essen herein und ruft fröhlich: »Heute Essen prima! Reise mit Huhnefleisch in Soße.«

Lisawetha ist einer der wenigen stets aufgeräumten, wohlgelaunten Menschen auf der Station. Jedenfalls läßt sie die Patienten nie merken, daß sie bestimmt unter der unlustigen, verkrampften Hektik um sie herum auch manches zu leiden hat.

»Ich kommen gleich und helfen beim Essen«, sagt

sie fürsorglich zu meinem Nachbarn, der die dunkellockige, vielleicht fünfzigjährige Frau aus Kroatien mit der gesunden Hälfte seines Gesichts anstrahlt und so gerne etwas Anerkennendes sagen würde.

Während ich aufstehe, um meinen Reis mit Hühnerfleisch am Tisch einzunehmen, rutscht mir als Kommentar zu den liebevollen Samariterdiensten Lisawethas eine Zeile aus Landsmann Schillers »Worten des Glaubens« heraus:

Was kein Verstand der Verständigen sieht,
das übet in Einfalt ein kindlich Gemüt.

In Kurt Weißschedels Gesicht entdecke ich gerührte Zustimmung. Ich schüttle vollends meinen Unmut über die hochgestelzte Klinikmedizin von mir ab: »Es ist doch wahr. Da reden manche hier geringschätzig von den ›Jugo-Weibern‹, die unsere Krankenzimmer reinigen und uns das Essen bringen, obwohl wir Kranken doch solcher ›niederer Samariterdienste‹ bedürfen, wie der Unteraugur einmal spöttelte. Diese Frauen sind stets freundliche, immer ansprechbare, hilfsbereite Wesen. Wenn sie ins Zimmer kommen, finden sie zu einem aufmunternden Wort für uns und erkundigen sich anteilnehmend nach unserem Ergehen. Sie sind es, die einen wichtigen Teil der täglichen Visite besorgen, sie können vor allem noch lachen und scherzen.« Mein Nachbar nickt zustimmend und blickt zu seinem

Nachttisch ... Ah, ich verstehe und sage: »Ja, denen geben wir gerne etwas zur Aufbesserung ihres schmalen Lohns. Laß nur, ich mach' das schon.«

Jetzt habe ich doch Kurt Weißschedel geduzt! Die Duzerei ist mir von der Praxis her vertraut, wo ich mich gewiß nicht mit allen, aber doch vielen Patienten duze. Statt mich zu entschuldigen, schlage ich vor: »Da ich der Ältere von uns beiden bin, möchte ich dir, mein verehrter Leidensfreund, das ›Du‹ anbieten. Ich heiße nicht nur mit dem Nachnamen, sondern witzigerweise auch mit dem Vornamen Simon, bin also – übrigens dank einer Nachlässigkeit meines Vaters, deren Geschichte ich noch erzählen werde – ein doppelter Simon.«

Kurt Weißschedel strahlt und deutet mit wiederholten Nickbewegungen sein freudiges Einverständnis an. Nun schenke ich ihm und mir ein Glas Sprudel ein und sage: »Also, Kurt, ich will dir ein guter Freund werden und danke dir, daß du meine Freundschaft annimmst.« Dann halte ich ihm den Kopf und lasse ihn einen Schluck »Remstalperle« trinken, bevor ich mein Glas auf sein Wohl ansetze und zur Hälfte leere.

»Du kannst mich verstehen, und umgekehrt verstehe ich auch, was du sagen willst. Sei unbesorgt, ich passe hier schon auf dich auf. Wenn dir's nicht zuviel wird, so erzähle ich dir zur passenden Stunde immer recht saftige und komische Geschichten aus meinem Leben, ja?«

Kurt nickt und drückt mir lange die Hand. Freundschaft gründet sich nirgends tiefer als in Situationen der Not und Gefahr, denke ich gerührt.

Aber nun erscheint Lisawetha, um meinen neuen Freund Kurt zu füttern, behutsam, löffelweise, während ich genüßlich mein Mahl am Tisch einnehme.

Nach dem Essen ist Mittagsruhe. Böse Mäuler argwöhnen, nur wegen der Mittagspause des Personals werde in dieser Zeit den Patienten ein Mittagsschläfchen verordnet. Aber schon nach 14 Uhr beginnt ja die Besuchszeit, der Visite zweiter, oft kaum angenehmerer Teil. Ich habe für mich Besuchsverbot erwirkt und empfange nur gelegentlich einmal meine Haushälterin. Mein Zuhause im Schwarzwald liegt von Stuttgart wenigstens so weit entfernt, daß nicht jeder nur »schnell mal« mit ein paar Blumen den alten Doktor oder Freund besuchen kann. Woher nur die vielen Vasen nehmen?

Eine Ausnahme gelang nur dem Tankstellen-Besitzer, dem »Esso-Scheich«, der meinen Wagen wartet und am Stammtisch sitzt. Der kam einfach dahergefahren und überwand den Widerstand der Schwester mit einem lustig-listigen Zwinkern seiner Schweinsaugen im gedunsenen, schmalzigen Gesicht und einem Fünfzigmarkschein für die Schwesternkasse. Nur um mir Überraschtem zu sagen: »Simeon, du siehst noch arg mitgenommen aus. Ich will dir nur die Hand drücken und ein paar Blumen als Gruß aufs Bett legen. Masel Tov, alter Knabe. Ich soll dich von allen am Stammtisch grüßen. Komm' bald wieder heim und mess' mir den Blutdruck! Tschüs ...« Bevor ich noch zu Worten finden konnte, trampelte er auf seinen viel zu großen Füßen schon wieder hinaus.

Wenigstens trug diese Überrumpelung dazu bei, daß sich zu Hause die Nachricht vom Besuchsverbot nachhaltig verbreitete. Seitdem kam niemand mehr, und ich hatte Ruhe.

Das Schild »Besuchsverbot« an der Tür gilt natürlich auch für meinen Freund Kurt Weißschedel. Aber es gibt eben Menschen, die sich von Geboten und Verboten nicht aufhalten lassen.

Nach zaghaftem Klopfen, wohl der einzigen Reverenz, die er dem Verbotsschild zugestand, tritt ein Kollege von Kurt Weißschedel ins Zimmer und schleicht auf Zehenspitzen an sein Bett. »Ja Herr Direktor, was machet Sie für Sache!? Wie geht's Ihne denn?« fragt er kindisch.

Kurt lächelt gequält und müht sich, ihm die linke, funktionierende Hand entgegenzustrecken.

Der Studienrat ist verwirrt und blickt hilfesuchend zu mir.

»Er kann nicht sprechen, nur Sie verstehen«, versuche ich ihn kurz aufzuklären.

»Ah – ich möchte ja nicht stören, nur kurz hereinschauen«, versichert er eilig und legt sein kümmerliches Blumengebinde auf Kurts Nachttisch. »Wenn's so steht, dann komme ich später einmal wieder«, sagt er unbeholfen, mehr zu mir als zum Kollegen. »Also, gute Besserung und alles Gute – auch für Sie!« Und schon ist er wieder draußen.

Verärgert sage ich zu Kurt: »Auf solche Besuche könnten wir gerne verzichten.« Kurt nickt Beifall. Nelly, seine Frau, wird heute erst abends kommen. Sie muß an diesem Tag nachmittags Unterricht geben. Am Lyzeum ist Latein das Hauptfach der Studienrätin.

Nelly ist eine mittelgroße, wohlfigurierte, adrette Fünfzigerin. Ich halte sie für eine heimliche Schönheit. Sie verbirgt jedenfalls ihren Sex-Appeal, so gut sie es vermag. Und als ich ihr gestern artig auf ihre Entschuldigung, sie komme etwas zerzaust direkt aus der Schule, galant erwiderte, sie sei doch eine schöne Dame, da scherzte sie mit dem landläufigen Spruch: »Ja – hinten Lyzeum und vorne Museum.« Damit überspielte sie das Bedrückende der Situation. Immerhin schien es ihr wie ein tröstliches Lichtlein aufzuflackern, daß durch meine Äußerung auch ihr ein Bemerken zufiel, nachdem ja nun alle Welt nur vom Unglück ihres Gatten spricht.

Ich benütze die nachmittägliche Ruhe im Zimmer und beginne Kurt zu erzählen.

Großvater und Großmutter

Die meisten Menschen, leite ich ein, wissen viel zuwenig über sich selbst, weil sie sich nur ungenügend mit dem Leben und der Wesensart ihrer Vorfahren beschäftigt haben, mit all dem, was diese an Merkwürdigkeiten und Eigenschaften besaßen und mehr oder weniger auf ihre Nachfahren vererbten. Daher will ich dir, lieber Kurt, erst ein paar Geschichten von meinen Altvorderen erzählen. Dann wird dir klar, was du für einen spaßigen bunten Vogel neben dir im Bett liegen hast.

Mein Großvater war als evangelischer Pfarrer ein ganz rigoroser Christ, wie es unter den Pietisten einst viele gab.

Stell dir nur vor: Einstmals, mitten in der Nacht, hörte seine Frau, meine Großmutter, daß draußen unter dem geöffneten Schlafzimmerfenster jemand an der Hauswand emporkletterte. »Simeon! Simeon, wach uff!« sagte sie zu ihrem Mann und rüttelte ihn wach. »Da will einer bei uns einsteige!« beschwor sie ihn. Der verschlafene Großvater setzte sich endlich im Bett auf und horchte. »I' glaub', da ischt einer in Not«, sagte er gelassen, als auch er die Geräusche an der Hauswand vernommen hatte. Nun gab er sich einen Ruck und stand auf, um zum Fenster zu gehen. Dort klammerten sich bereits zwei Hände an den Fenstersims und hörte man jemanden schwer schnaufen.

»Klopf' dem Ei'brecher uff d' Finger und hau' ihm de Pottschamber auf sei' unseliges Haupt«, ermunterte ihn Martha kampflüstern. Als Simeon aber am Fenster stand und tatsächlich einen Einbrecher sah, der sich bereits am Fenstersims hielt, um sich hochzuziehen, sagte er zu dem über dem Abgrund schwebenden Kerl: »Ja um Gottes willen! Sie riskieren ja Ihr Leben! Warum haben Sie nicht an der Tür geläutet? Wir hätten Ihnen doch geöffnet. O Herr Jesus! Ich kann Sie doch nicht fallen lassen... Geben Sie mir jetzt – da – Ihre Hand, damit ich Sie hochziehen kann und Sie nicht abstürzen.« Und während nun die Rettungsaktion für den Einbrecher ablief und der Pfarrer sich mächtig anstrengte, um den Kerl empor und ins Schlafzimmer zu ziehen, betete seine Frau inbrünstig: »O Herr, erbarme dich deines Dieners! Der hat sein' Verstand verlore – der nimmt's wörtlich, was du g'sagt hascht! Und jetzt geht's uns an de' Krage! Hilf, o Herr, mei' Simeon hat sogar da no' Herz, wo's Hirn sei sott!«

Was Simeon ins inzwischen erleuchtete Schlafzimmer zog, wo sich Martha unter den Kissen versteckte, um den befürchteten Mord an ihrem Mann nicht ansehen zu müssen, das war ein eher schmächtiges Bürschlein mit blassem, fast ausgemergeltem Gesicht. Nur schien er frech zu sein, denn statt sich bei dem Gottesmann Simeon für die Rettungstat und dessen unausgenützten Vorteil zu bedanken, sagte er nur: »Mächtig Punkte jesammelt, Pope. Wenn du mir jetzt noch dein Jeld jibst, sind wir quitt und ik hau' wieder ab.«

Da hatte er sich aber im »Popen Simeon« getäuscht, denn der lud ihn jetzt erst einmal zu einem Drink ein: »Also nach der Anstrengung solltet mir jetzt erscht amol a Viertele drinke und a Dankgebet spreche, denn des hätt' ja au anderscht verlaufe könne. Sie solltet jetzt unserm Herrgott danke und net glei an den schnöde Mammon denke!«

Das Bürschlein, das eine Cola-Mütze mit großem Schirm auf dem Kopf hatte und mit einem Parka gekleidet war, trumpfte auf: »Wat heißt denn ›schnöder Mammon‹? Mann, wenn de nix zu fressen hast und arbeitslos bist.«

»Also, das klären wir, das regeln wir zu Ihrer Zufriedenheit«, beruhigte Simeon und führte den Eindringling aus dem Schlafzimmer hinüber ins Wohnzimmer.

»Haste 'nen juten Cognac oder Whisky, Pope? Dat wär' mir lieber als 'n spießiges ›Viertele‹«, tönte der Einbrecher. Während Simeon zum Schrank ging und geduldig versicherte: »Ja, das hab' ich auch«, und nun einen deutschen Weinbrand und zwei Gläser holte, riß das schlimme Früchtchen die Schubladen der Kommode auf und wühlte: »Wat doch Popen für'n Kruscht in ihren Schubladen ha'm«, murmelte er und drehte sich blitzschnell um mit einer Pistole in der Hand. »Dat de nich' uf dumme Jedanken kommst, Pope – die is jeladen«, versicherte er.

»Aber – aber!« sagte Simeon ruhig, »wer droht denn seinem friedlichen Bruder mit dem Schießeisen! Da!« Er reichte ihm ein Glas Weinbrand, an dem der Kerl schnupperte. »Haste nix Besseres?« nörgelte er dann und ging zum Schrank.

Als er dort eine Flasche »Hennessy« entdeckte, griff er sie: »Du Schlemihl hast wohl jedacht, für so'n popeligen Kerl ist der teure Cognac zu schade! Wat?« Und während er sich die unangebrochene Flasche Hennessy in eine Innentasche seines Parkas steckte, gab er sich auf seine Art höflich: »Du hast doch nischt dajejen, wenn du die Flasche dein' armen Bruder zur Wegzehrung jibst?«

Simeon sagte nur: »Bitte.«

Dann tranken sie sich mit dem eingeschenkten Weinbrand zu und der Pfarrer fragte: »Willst du mir jetzt deinen Vornamen sagen?«

»Kalle – wenn's recht is.«

»Also, Kalle«, griff der Pfarrer den Namen auf, »ich trink' darauf, daß es dir wieder besser gehen soll und Gott dich auf allen Wegen begleitet.«

»Dat is nich nötich, Pope. Ick jeh' immer janz alleene, wenn ick unterwegs bin.«

Jetzt holte Simeon seinen Geldbeutel und seine Brieftasche und legte sie vor Kalle hin. »Sieh selber nach, was ich an Geld habe, und nimm' dir, was du davon zu brauchen meinst. Aber lass' mir die Ausweise und Papiere.«

Kalle genierte sich keineswegs und begann zu filzen. Geldschein um Geldschein legte er vor sich auf den Tisch; es sollen etwas über 400 DM gewesen sein. Die steckte er ein.

»Und wat haste noch versteckt?« fragte Kalle hinterhältig.

»Nichts haben wir zu verstecken«, antwortete Simeon gelassen.

»Ja, ja«, nahm jetzt Kalle die Pose eines Predigers an: »Sehet die Vöjel unterm Himmel an« – und nachdem er sich rasch eingeschenkt und auch das zweite Glas Weinbrand mit einem Zug geleert hatte, ergänzte er »unser himmlischer Vater ernährt sie trotzdem ... sach jetzt endlich –, Pope, wo du noch Jeld hast! Na, mach' schon! Ein Pope darf doch nich' lügen.«

Simeon wurde blaß und gestand schließlich: »Da ich ehrlich bin, kann ich nur versichern, außer der gestrigen Kirchenkollekte kein weiteres Geld hier zu haben.«

»Un' wo haste die Kollekte, Pope? Die is' doch für arme Leute wie mich bestimmt – oder nich'?«

»Nein, die Kollekte ist für die Mission in Afrika«, klärte Simeon auf.

»Da ha'm wat!« entgegnete Kalle, »die Mission in Afrika! Als ob wa hier keine armen Leute hätt'n! Nee, dat Überweisungsporto nach Afrika is' viel zu teuer! Det Jeld soll hier 'nem juten Zweck dienen. Und der jute Zweck bin nu' mal ick. Also, wo is' die Kollekte? Soll ick se suchen, oder holst de se mir?«

Simeon war einen Augenblick zwiespältig, denn der Kerl hatte aus der Sicht seines Spatzenhirns ja nicht ganz unrecht. Und da es ohnehin nur etwas über 300 DM waren, holte er die Schachtel mit all den Scheinen und Münzen aus seiner Schreibtischschublade.

»Ich beuge mich nur der Gewalt«, sagte er trotzig, »denn ich bin nicht befugt, dieses Geld herauszurücken.«

Da schlug ihm der schmächtige Kalle mit der Faust so auf den Kopf, daß Simeon bewußtlos auf das Sofa sank. Und er bettete den Ohnmächtigen sorgsam, gab ihm einen Klaps auf die Wange und sagte: »Wach bald wieder uff, Pope, du bist 'ne himmlische Wucht«, ging ins Schlafzimmer und rief Simeons Frau zu: »Kümmre dir um den tapferen Popen – ruf' aber ja nich' de Polizei!« Dann verschwand er durch die Tür und ward nie mehr gesehen.

Martha fand ihren Simeon noch etwas verwirrt, aber alsbald wieder munter. »Du hascht folgerichtig nach Gottes Gebot g'handelt«, tröstete Martha. Und beide beschlossen, den nächtlichen Spuk nicht an die große Glocke zu hängen und den Schaden an der Kollekte aus ihrer Tasche zu beheben.

Siehst du, Kurt, solch ein Narr in Christo war mein Großvater, und du wirst später bei meinen weiteren Erzählungen noch bemerken, daß mir dieser Großvater einiges von seiner Wesensart vermittelt hat.

Großmutter Martha, des Pfarrers andere Hälfte, war schon vom Wuchs her dem Boden näher geblieben und als Typ in ihrer Konstitution jener Gegensatz, der wohl sprichwörtliche Anziehung auf meinen Großvater ausgeübt hatte. Sie war ein vermögliches »Bauremädle« aus dem nördlichen Schwarzwald und nach Ausbildung zur Diakonissenschwester im Wilhelmspital in Stuttgart tätig. Dort war sie um Simeon, den damaligen Vikar, nach seiner Blinddarmoperation so besorgt, daß der arme Vikar bald ausgesorgt hatte, als er Martha, die Vermögliche, ihn so Mögende auch arg mochte und Hochzeit mit ihr machte. Und weil Simeon ein junger Geistlicher war, hatten der Orden und die Geistlichkeit keine Einwände, daß Martha sich durch das Sakrament einer evangelischen Ehe aus ihrem Ordensgelübde löste, als sie eingestehen mußte, daß der Herr ihren Leib ziemlich flugs gesegnet hatte. Pfarrer Gansger, ein Freund des Großvaters, soll am Polterabend des jungen Paares gar übermütig gepredigt haben:

»Hochzeit heißt hohe Zeit – und manchmal ist es sogar höchste Zeit. Was wäre unser Leben ohne Glaube, Liebe und Hoffnung? Der Bräutigam, mein Freund und geistlicher Bruder Simeon, entstammt einer gläubigen Familie, deren Kraft in der Liebe auch ihn beflügelt hat und noch vieles hoffen läßt. Unsere liebe Braut war als Diakonisse eine Tochter des Herrn. Daß sie als solche treu im Glauben und in der Liebe hingegeben war, das wissen wir; und daß sie stark in der Hoffnung ist, das sehen wir ...« Das waren noch Geistliche mit Humor.

Martha besaß eine natürliche, unverbildete Intelligenz, konnte sich an jede Situation anpassen und schöpfte aus einem profunden Lebensverständnis, zu dem sie durch das bäuerliche Leben im Elternhaus gefunden hatte. Darin war sie meinem Großvater überlegen, der in seiner radikalen Nachfolge Christi, wie es die Geschichte mit dem Einbrecher ja zeigt, verstiegen und weltfremd auf realistisch eingestellte Menschen wirkte. Da hatte Martha oft ihre liebe Not mit ihm. So etwa, als er eines Tages meinte, sechs Stühle, die sie im Wohnzimmer hatten, seien zuviel. Er nahm daher von dem Set zwei Stühle weg und ließ sie von einer armen kinderreichen Familie abholen. Da half auch grobes Geschütz seiner verzweifelten Martha nichts, als sie ihm entgegenschleuderte: »Wenn deine Leut' und meine Leut' zu B'such kommet, uff was sollet mir so unsern Arsch setze? Sowas! Die koschtbare Eichestühl' mit

Ledersitz von meiner Aussteuer ei'fach verschenke, obwohl mir se doch als Reserve brauchet!«

»D' Reserve isch em liebe Gott sei' Sach'!« entgegnete er trotzig. »Wer gibt, dem wird gegeben.«

»Simeon, wenn mir katholisch wäret, no tät' i jetzt da heilige Antonius a'rufe, daß er di' dein Verstand wieder finde läßt – aber wahrscheinlich hascht den in deiner grenze'lose Güte total verschenkt«, fügte sie versöhnlich hinzu.

»Verschtand – Verschtand! Wenn i des heidnische Wort hör', au no von einer ehemalige Diakonisse und gege'wärtige Pfarrersfrau, dann weiß ich mich auf dem richtigen Weg des Glaubens! Wenn i jetzt dene Leut', dene ich die Stühl versproche han, damit die ganz' Familie mit sechs Kinder beim Esse ordentlich um de' Tisch sitze kann, die Stühle net geb', weil's mi im Augeblick reue tät, no würdet die arme Mensche aus ihrer Sicht an mei'm Verschtand zweifle, und an meiner Verläßlichkeit obedrei'.«

Martha fühlte sich verwundert: »Mir werdet ja sehe, wenn mir die verschenkte Stühl amol brauchet, ob der Himmel a paar Stühl zum Fenster rei'fliege läßt«, unkte sie trotzig.

Diese und so manche weitere Auseinandersetzungen wurden oft im Familienkreis erzählt. Sie waren aber der großen Liebe meiner Großeltern väterlicherseits nicht abträglich. Sie hatten drei Kinder, den älteren Bruder meines Vaters, der leider als

Theologiestudent einer Sepsis erlag, meinen Vater als Zweitgeborenen, und dann noch eine Tochter, die lange bis zu ihrem 60. Lebensjahr hüstelnde und dauerkranke Tante Lisa, in deren Zimmer es ständig nach Eukalyptus roch.

Da klopft es kurz, und eine Hilfsschwester bringt einen in Zellophan gehüllten Strauß gelber Rosen – »für Sie, Herr Oberstudiendirektor«. Kurt, noch strahlende Heiterkeit im Gesicht, verweist mit einer Bewegung der intakten Hand auf mich. »Sind Sie so lieb und stellen Sie die Blumen in einer Vase auf den Tisch«, springe ich für meinen Freund ein. »Und wenn Sie den Begleitbrief mir geben, so lese ich ihn dem Herrn Oberstudiendirektor vor – danke.«

Und dann lese ich laut für Kurt: »Sehr verehrter Herr Oberstudiendirektor, die Direktion der Landesgirokasse nimmt herzlich Anteil an Ihrer Erkrankung und begleitet Sie in diesen Tagen mit unseren besten Wünschen für baldige Genesung. Hochachtungsvoll. Für die Direktion – Alois Notpfennig.«

Kurt lächelt und macht mit der Hand eine abwinkende Bewegung.

»Das hat wohl irgendein Computer ausgespuckt«, flachse ich, und Kurt nickt.

Abends, kurz nach sechs, kommt Nelly. Höflichkeit führt sie zuerst an mein Bett, um mich zu begrüßen und sich zu erkundigen: »Na, wie geht's den Herren heute?« Dabei erwartet sie natürlich auch eine Kurzmeldung über ihren Mann.

»Oh, wir sind zufrieden. Wir unterhalten und verstehen uns so gut, daß wir heute sogar Bruderschaft miteinander getrunken haben – mit Gänsewein, versteht sich. Nicht wahr, Kurt?«

Nelly strahlt bei den Gesten freudiger Zustimmung von Kurt. Sie beugt sich zu ihm, umarmt ihn und sagt: »Das ist ja wunderbar, Kurti, jetzt hast du einen lieben Doktor als Freund ... Was für ein Glück! Das wird dir helfen.« Und in ihrer Freude küßt sie ihren Kurti mehrmals und setzt sich dann zu ihm ans Bett, um ihm die Hand zu streicheln.

Währenddem steige ich aus dem Bett und schlüpfe in den Bademantel, um nach draußen zu gehen.

»Aber bleiben Sie doch«, bittet Nelly artig.

»Danke, liebe Frau Nelly, wenn ich so sagen darf. Aber ich will vor dem Schlafen noch ein paar Schritte gehen und draußen am Tisch einen Blick in die Zeitung werfen«, versichere ich und schlurfe in meinen Schlappen hinaus. Bei der Sitzgruppe im Flur plumpse ich allerdings ziemlich kraftlos in einen der Sessel. Es ist niemand da. Die »Stuttgarter Zeitung« lege ich als Alibi für meinen Ausflug auf die Schenkel. Eigentlich möchte ich nur ein wenig alleine vor mich hindenken. Die beiden Leidgeprüften im Zimmer sollen doch eine Weile unter sich sein können.

Nelly beschäftigt mich. Sie hat – ich muß Farbe bekennen – eine Ausstrahlung, die mich wider alle Vernunft erregt. Sie trägt einen beigefarbenen dünnen Pullover und einen halblangen schwarzen Rock, beides eng anliegend. Daran liegt's, daß mein verschleierter Blick die mir wollüstig erscheinenden Formen ihrer Figur so plastisch in Wahrnehmung treten und das sündige Biest in mir regsam werden läßt. Pfui! Oder vielleicht hui? Es hat mich schon immer zu den »Üppigen« hingezogen. Ich erinnere mich weit zurück, daran, als ich zum ersten Mal alleine mit der Eisenbahn zur Großmutter fahren durfte. Damals schärften die Eltern mir ein: »Sei vorsichtig. Meide die Mageren. Setz' dich am besten in ein Abteil zu älteren, wohlbeleibten Herren, die Zigarre oder Pfeife rauchen – oder wenigstens zu Damen gesetzten Alters mit Brust und Hintern.« Später erst las ich, was Shakespeare den Cäsar sagen läßt: »Laßt wohlbeleibte Männer um mich sein, mit kahlen Köpfen und die nachts gut schlafen. Der Cassius dort hat einen hohlen Blick. Er denkt zuviel: die Leute sind gefährlich« Daß an dieser alten Erfahrung was dran ist, habe ich als Arzt oft genug erfahren. Seltsam: auch die Frauen, mit denen ich besonders harmonierte, waren alle wohlproportioniert oder gar etwas füllig. Und Beziehungen, mit denen es nicht so recht oder nur mit vielen Störungen klappte, bezogen sich auf ausgeprägt schlanke oder plastisch unterentwickelte Typen, oft äußerst wertvolle, aber stark nach innen gerichtete Menschen mit so vielen Eigenproblemen und Reibungsverlusten mit sich selbst, daß jede Du-Stunde von hundert Umständen abhing und hart errungen werden mußte. War es dies oder ein Mangel an Lust zur Lust, was mich im Laufe der Jahre von schwach entwickelter Weiblichkeit abhielt und zu wollüstig geformten Frauen hinzog? Verbotenerweise sogar, wie jetzt bei Nelly? Na, man wird ja noch etwas empfinden dürfen, oder?

Als der Stationsarzt gestern nachmittag Nelly zur Anamnese, also zur Vorgeschichte befragte, entnahm ich den Anworten, daß der gute Kurt offenbar ein risikoarmes Leben führte. Er rauchte nicht, trank keinen Alkohol, weder Wein noch Bier, und er war beim Essen zumindest kein Genießer, denn er aß nur ganz wenig und vor allem zu schnell, um den Schreibtisch nicht lange aus den Augen zu verlieren. Streß? Ja, den ganzen Tag viel Ärger mit Schülern und einigen schwierigen Lehrern im Gymnasium.

»Dann war's mit dem Schlaf auch nicht gut bestellt?« vermutete der Stationsarzt.

»Leider ja«, bestätigte Nelly. »Er hatte keinen tiefen Schlaf und wachte morgens immer viel zu früh auf.«

»Ah, die typische Erwartungsspannung vor dem nächsten Tag«, diagnostizierte der Kollege.

Ich drehte mich schon bei Beginn dieses Verhörs auf die abgewandte Seite und bekundete Schläfrigkeit.

»Nur im Urlaub fand mein Mann zu besserem Schlaf«, hörte ich Nelly sagen. »Wir verbringen seit vielen Jahren jeden Urlaub in Oberstdorf, im gleichen Privatquartier.«

»Da geht man kein Risiko ein«, meinte der Stationsarzt süffisant.

Nelly zögerte einen Augenblick und fand dann: »Jeder muß eben herausfinden, welche Art von Urlaub ihm am meisten bringt.«

Wie geschickt sie doch damit die vorlaute Bemerkung des Unterauguren zurückwies.

Endlich kapierte der Unteraugur, daß alle diese »Erhebungen« doch besser diskret erfolgen müßten und bat daher Nelly, mit ins Arztzimmer zu kommen.

Jetzt kommt Nelly unter einem Vorwand aus dem Zimmer und setzt sich zu mir. »Entschuldigen Sie, Herr Doktor, aber hier kann ich ein paar Dinge mit Ihnen besprechen, ohne daß es mein Mann mitbekommt«, vertraut sie sich an. Und ich erzähle ihr zunächst von der Chefvisite und der besonderen Freundschaft mit Kurt, von meinem Versuch, ihn durch Erzählungen aus meinem Leben ein wenig aufzumuntern und aus dem Grübeln über sich selbst herauszuführen. Gewiß würde ich auch in allen kleinen alltäglichen Dingen aufmerksam auf seine Bedürfnisse eingehen.

»Ist das keine zu große Anstrengung und Belastung für Sie, da Sie doch selbst Patient sind?«

»Ach nein. Das hält mich selber munter. Und soweit es meine ›Geschichten‹ angeht, erfülle ich damit auch den Wunsch einiger Freunde, ich solle doch wenigstens meine Erlebnisse auf Tonband sprechen, um etwas von dem Vielen an ärztlichen Begegnungen und Erfahrungen zu hinterlassen. Und so haben sie mir ein handliches Tonbandgerät zukommen lassen mit dem Hinweis, jetzt hätte ich doch in der Klinik endlich Zeit dafür, ›etwas von mir zu geben‹. Da fügt es sich nun ganz vortrefflich, wenn ich Kurt meine ›Leibgeschichten‹ Stück um Stück erzähle und dabei das Tonband einschalte. So treffe ich zwei Mücken mit einem Schlag.«

»Würden Sie mir die Freude machen und mich die Tonbänder hören lassen? Ich könnt', glauben Sie mir, auch ein wenig Aufmunterung brauchen.«

Das sagt sie nachdenklich und mit feuchten Augen. Und wie um sich gewaltsam aus ihrem Gefühl zu reißen, fügt sie nach kurzer Pause mit erzwungenem Lächeln hinzu: »Ich würde Ihnen auch gerne die Erzählungen vom Tonband auf meinen Schreibcomputer übertragen, dann hätten Sie alles gleich in Maschinenschrift und könnten ändern, einfügen, korrigieren ...«

»Aber das kann ich Ihnen doch nicht zumuten, Frau Nelly. Und ich weiß auch nicht, ob eine zarte Frauenseele die Deftigkeiten so mancher Geschichten goutieren könnte. Wissen Sie, als Wald- und Wiesendoktor lasse ich mich oft auf die Sprache und Denkweise des Volkes ein – sogar mit Vergnügen und Freude am Plastischen, Bildhaften …«

»Als Lateinlehrerin bin ich über die Literatur der alten Römer auch mit dem groben Sprachgebrauch des Volkes in alten Zeiten vertraut«, versichert mir Nelly mit verschmitztem Lächeln. »Sie wissen doch: es gibt nichts, was es nicht schon alles gegeben hat unter den Menschen früherer Kulturen.«

»Sie ermutigen mich«, sage ich mit einiger Begeisterung. »Wir können's ja mal versuchen, und Sie müssen nicht alles anhören und gar noch schreiben, was Ihnen widerstrebt. Gerne möchte ich Sie auch darum bitten, mich zu stoppen, wenn Sie der Ansicht sind, das oder jenes sollte ich Kurt lieber nicht erzählen. Vielleicht – ich weiß es ja nicht – könnte er manches anstößig finden? Vor allem wenn er wüßte, daß Sie die Geschichten mitbekommen?«

»Das glaube ich kaum. Aber um sicher zu gehen, wäre es am besten, wenn Sie mir die Tonbänder unauffällig geben würden.«

»Danke für Ihr Vertrauen«, sage ich und drücke Nelly die Hände.

»Ich muß Ihnen für Ihr Vertrauen danken«, gibt sie zurück. »Vor allem freue ich mich, auf diese

Weise meiner Sorge und Grübelei ebenso wie mein Mann etwas entgegensetzen zu können.«

Damit enden wir das Gespräch, und Nelly geht ins Zimmer zurück.

Ich muß noch eine Weile darüber nachdenken, worauf ich mich nun eingelassen habe.

Blick aufs Erbe

Glaube mir, Kurt, – so setze ich abends meine Erzählung fort – was ich als aufmerksamer Beobachter des Lebens immer wieder bestätigt fand: Der Schlüssel zum Verständnis des Wesens und Schicksals eines Menschen liegt im Schattenreich seiner Vorfahren, im stillen Walten dessen, was sie zum »So-sein« eines Menschen vermittelten. Durch die Verkettung des Lebens mit unseren Vorfahren übernehmen wir nicht nur Arten unseres Gesundseins, Neigungen und Anfälligkeiten zu erkranken und Formen unseres Alterns, sondern auch Grundzüge unseres seelischen und geistigen Gestimmtseins. Das ist freilich eine alte, aber oft zuwenig beachtete Weisheit. Daß wir dabei nicht alles nur von den Eltern, sondern so manches von den Großeltern übernehmen, das wissen wir durch die von Gregor Mendel entdeckten Vererbungsgesetze. Wir erfahren es an uns selbst erst im Verlaufe des Lebens, daß die Seele ihrem Leib und der Leib seiner Seele als Einheit zugeordnet ist. So will ich meine Leibgeschichten mit einem Blick auf meine Großeltern und meine Eltern beginnen.

Mein Großvater väterlicherseits, der Pfarrer, von

dem ich dir erzählte, war ein hochgewachsener, äußerst schlanker Mann mit eiförmigem Kopf, Bürstenschnitt des Haars, Backen- und Kinnbart sowie gepflegtem Schnurrbart nach Kaiser Wilhelm, einem Bart, den er nachts mit umgelegter Binde dressierte.

Er kleidete sich stets bescheiden mit einem schwarzen oder anthrazitfarbenen Anzug, trug steife weiße Kragen mit schwarzem Binder, als wäre er ständig auf dem Weg zu einer Beerdigung oder zu einem Kondolenzbesuch. Auch die heißen Sommertage veranlaßten ihn niemals zu einer Änderung seines Habits. Soweit ich weiß, war er während seiner Dienstzeit als Pfarrer nie ernstlich krank. Als er sich einmal beim Brotschneiden eine klaffende Schnittwunde am Daumen zugefügt hatte, wußte Martha nach einigen Verbandwechseln schließlich probaten Rat: »Jetzt pieselscht a paarmal über d'Wunde, no heilt's vollends. Aber ja net über d'Hos, gell!«

Großmutter Martha war die Praktische an seiner Seite. Sie konnte nicht nur so manchen Handwerker im Haus ersetzen, sie pflegte und pflanzte auch mit Liebe und Leidenschaft den Garten, insbesondere die Beete mit Heilkräutern. Als ehemalige Diakonisse und Verehrerin von Sebastian Kneipp hatte sie profunde Kenntnisse der Heilwirkung vieler Pflanzen. So wundert es nicht, daß sie häufig von Gemeindegliedern bei gesundheitlichen Problemen zu Rate gezogen wurde. Sehr wahrscheinlich hat sie mir meinen Hang zu naturgemäßen Heilmethoden vermittelt. Jedenfalls fand ich als Student der Medizin so manche Unterrichtung von ihr, und ich erbte ihre kleine Fachbibliothek und ihr handgeschriebenes Buch über ihre naturheilkundlichen Erfahrungen.

Sicher war meine robuste Großmutter keine bequeme Therapeutin.

»Jetzt laß halt amol drei Woche 's Fleisch und d' Wurscht weg und ernähr' dich ausschließlich von Kartoffle und Gmüs«, konnte sie einem Asthmatiker befehlen. »Und 's Rauche und da Alkohol läscht au sei«, fügte sie hinzu.

Resolut nahm sie also Einfluß auf die Ordnung der Lebensweise, ohne die auch Heilkräuter nur den halben Wert besitzen. Sie konnte sogar drohen: »Wenn du dei' Lebensweise net änderscht, no brauchscht gar nimmer zu mir komme. Hent mir uns verstande?«

Natürlich wußte sie auch um die »schwachen Seelen«. Die bestellte sie in einer intuitiven Vorwegnahme der inzwischen modernen Gruppentherapie einmal pro Woche abends zu einem »Aussprachstündle«. Da diktierte sie den »schwachen Seelen« und »armen Geistern« ihre Empfehlungen zum Mitschreiben. Was dabei herauskam, wurde offenkundig, als der Schreiner Mathieß den Zettel liegen ließ, auf den er die diätetischen Anordnungen der Martha notiert hatte. Da hieß es:

Verordnungen für Gesuntheid
Kein Alkohol – wenig (kein) Bier –
nur am Abend (villeicht) ein Viertele –
bloß Malzkafee (Kadreiner) –
Kei' Fleisch und Wurst –
beim Metzger nix kaufe, Frau sage!
bloß Kartoffel und Gmies –
au Epfel und Obschdiges!
Mehr schlafe – no' meh?
Kalde Güsse – vom Weib mache lasse,
obend un morgens – kalts Wasser,
über d'Schenkel nab – aber net
derzwischen!
Brinzib: Endschlagge – 's Blutreinige
– Gifde weg!

Großmutter Marthas Idol war Sebastian Kneipp. Dessen Imperativ »So sollt ihr leben!« hat es ihrem autoritären Wesen wohl angetan. Auf den Einwand eines Stundenbruders, Sebastian Kneipp sei doch ein katholischer Geistlicher gewesen, beschied sie kurz und bündig: »D' Hauptsach ischt, daß er betet und recht g'habt hat!«

Der Großvater ließ sich von ihr alltäglich in der Waschküche morgens Schenkelgüsse machen und beim Baden »den Buckel (Rücken) schrubben«. Dafür mußte er seiner Martha abends »das Kreuz massieren« mit Rosmarinöl.

In einem Tagebuch aus meiner Studentenzeit fand

ich folgende frivol karikierende Beschreibung der beiden:

»Der Großvater – gleichend einem hochgeschossenen Spargel, der, im Inneren saftig geblieben, sich mit typischem Gout seiner Spezies jedem Hungrigen, aber auch Feinschmeckern zum Verzehr anbot …

Die Großmutter, gleichend einem Prachtexemplar des Wiesenchampignons, den man in ihrem Falle nur selten mit einem giftigen Knollenblätterpilz verwechseln konnte.

Der Großvater, Glaube und mitfühlende Liebe so pur, so mühelos löslich und erquickend wie ein Nescafé vom lieben Gott persönlich …

Die Großmutter, so durchdringend und reinigend wie ein von Nebenwirkungen nicht ganz freies Flekkenwasser, mit dessen Anwendung sorgsam umzugehen war.«

Von beiden Großeltern sind – wie ich es heute beurteile – bestimmende Wesenszüge auf mich übergegangen, während mein Vater außer Güte und hohem Gerechtigkeitssinn von seinem Vater nur die hohe, schlanke Gestalt und die grauen Augen, von seiner Mutter Martha dagegen Zähigkeit, Ausdauer und nie erlahmenden Fleiß geerbt zu haben schien. Das waren freilich jene Eigenschaften, die ihm als Bankangestellten in bescheidener Position sehr zugute kamen.

Meine Mutter war die jüngere von zwei Töchtern

eines schon in seinem 42. Lebensjahr verstorbenen Oberstaatsanwalts in Stuttgart. Leider konnte ich diesen Großvater nicht mehr kennenlernen, denn er hatte wegen einer nichterkannten Nierenentzündung schon lange vor meiner Geburt sein Frühzeitliches gesegnet.

Seine Frau, meine andere Großmutter, war eine geborene Schneckenpflug und entstammte einer vermöglichen Wengerterfamilie in Großbottwar. Sie blieb ihr Leben lang stolz darauf, daß sie von einem Akademiker zum Traualtar geführt worden war und viele Leute sie als »Frau Oberstaatsanwalt« ansprachen oder hintenrum neidisch sagten. »D' Oberstaatsa'wälte«. Auf ihrem Grabstein ließ sie unter ihrem Namen »Oberstaatsanwaltsgattin« einmeißeln. Ihr Bruder, der später das elterliche Weingut übernahm, hatte seine Schwester Friederike abzufinden. Das ermöglichte »den Oberstaatsanwalts«, in Stuttgart eine standesgemäße Wohnung in eigenem Haus zu beziehen und die beiden Töchter »ebbes Gscheits« lernen zu lassen. Die ältere Schwester meiner Mutter – meine Tante Emma – wurde Lehrerin und blieb ledig, während meine Mutter zur Kindergärtnerin ausgebildet wurde.

Großmutter Friederike – man mochte das einer Wengertstochter kaum zutrauen – besaß ein feines Wesen und edle Manieren, die niemals aufgetragen, sondern natürlich und überzeugend wirkten. Sie war zartgliedrig, schlank und rasch ermüdbar. Der

Arzt diagnostizierte ein »schwaches Herz« und niederen Blutdruck.

Mit 38 Jahren wurde sie schon Witwe. Alle Heiratsanträge von gut situierten Herren, die der jungen Witwe eine standesgemäße Versorgung gesichert hätten, lehnte sie ab. Ihre zwar kurze, aber doch glückliche Ehe mit Wilhelm Hirner, dem Oberstaatsanwalt, ließ es ihr undenkbar scheinen, sich je an einen anderen Mann zu gewöhnen.

Zu ihren Eigenheiten, von denen meine Mutter oft erzählte, ist mir noch in Erinnerung, daß sie bei Einbruch der Dunkelheit immer die Fenster schloß. Sie hatte eine nicht zu tilgende Angst vor Fledermäusen und behauptete, nachts kämen die Fledermäuse gern ins Schlafzimmer, um sich dort in die Haare der Frauen zu krallen. So schlief sie stets bei geschlossenen Fenstern.

Ich erinnere mich, als Kind bei Besuchen oftmals zu ihr, der zuletzt Bettlägerigen, ins Bett gekrochen zu sein. Sie verwöhnte ihren Enkel dann immer mit Süßigkeiten aus einer Bonbonniere, die sie am Bett hatte. Sie verstand es wunderbar, mich zum Erzählen und Phantasieren zu bringen. Stets trafen wir sie fein frisiert und gepflegt, mit Nachthemd und Bettjäckchen adrett bekleidet und einen zarten Parfümduft im Bett. Als ich gerade sechs Jahre alt war, starb sie an Herzversagen an ihrem 62. Geburtstag.

Als ich studierte und die Vererbungslehre bedachte, war mir um die Mutter bange. Würde sie auch so früh wie ihre Mutter, meine Omi Friederike, sterben? Aber der Erbgang hat meine Mutter in der ersten Nachfolgegeneration übersprungen und sich erst wieder bei meinem Bruder und mir gemeldet. Mein Bruder starb mit 60 Jahren an Nierenversagen – vielleicht mit einem Bezug zum Großvater »Oberstaatsanwalt«? Und ich wurde wie Omi Friederike »herzanfällig«, wie mein nun bereits zweiter Herzinfarkt zeigt.

Beim Blick auf meine Eltern bewundere ich immer wieder, wie gut es in einer Ehe doch gehen kann, obwohl erhebliche Unterschiede der Leiblichkeit und der Persönlichkeit aufeinandertreffen.

Trotz vielseitiger Veranlagung und einiger Begabungen hat es bei meinem Vater beruflich, wie manche geringschätzig meinten, »nur zum Bankangestellten gereicht«. Eine im elterlichen Pfarrhaus gewiß intensive religiöse Erziehung zu hoher Gewissensbildung mochte meinen Vater vielleicht von hohen Ansprüchen und Höhenflügen abgehalten haben. Auch war er das Gegenteil von risikofreudig und vielleicht allzusehr auf Sicherheit der Existenz bedacht. Dafür wurde er zu einem Vorbild an Redlichkeit, Verläßlichkeit und Befähigung zu Ausgleich und Harmonie.

Eine reine Liebesheirat hatte meine Eltern nach dem Ersten Weltkrieg zusammengeführt. War sich mein Vater einmal mit der Mutter uneins, so stritt er nicht mir ihr. Er nahm vielmehr den Hut und machte einen Spaziergang. Beim Gehen, so fand er, »denkt man auch mit den Füßen« und nicht nur mit erhitztem Kopf. Von den Füßen her stiegen neue Gedanken ins Hirn. Wenn er dann nach Hause kam, hatte wohl auch Mutter noch einmal nachgedacht, und es wurde mühelos Einigkeit hergestellt. Dieser Reaktionsweise meines Vaters bei Unstimmigkeit zu Hause habe ich mich angesichts meines manchmal aufbrausenden Temperaments immer wieder mit Erfolg erinnert.

Die vielleicht stärkere, wenn auch nicht größere Persönlichkeit war meine Mutter. Ihre riesige Willensstärke zielte jedoch kaum nach Dominanz in der Ehe, sondern begleitete ihren Ehrgeiz für das »Vorankommen« der Kinder und das Ansehen der Familie. So ließ sie bei Gelegenheit gerne durchblicken, daß ihr Mann eines Pfarrers Sohn sei und eine vorzügliche Erziehung erfahren habe. Bei dem Stichwort »Pfarrersohn« soll im Damenkränzchen eine neugierige Dame vorlaut gefragt haben: »Evangelisch oder katholisch?«

Meine Mutter strahlte fürsorgliche Wärme aus, die keine Herrschsucht aufkommen ließ und sich liebevoll anteilnehmend um alle kleinen und großen Sorgen ihrer zwei Buben kümmerte. So war sie beispielsweise auch darauf bedacht, daß mein Bruder und ich nur mit Kindern aus »anständigen Familien« Umgang hatten. Das bezog sich keineswegs auf den sozialen Status, sondern nur aufs Moralische. Dabei kam sie auch immer wieder mit solcher Wertung in Not; so etwa, als mein jüngerer Bruder, der Freundschaft mit dem Sohn eines Oberlehrers pflegte, eines Abends sagte: »Du, Mutter, der Karlheinz hat einen Bums gelassen und gesagt: ›Furzen ist gesund.‹«

Die Mutter beschwichtigte: »Das schlimme Wort hat er bestimmt nicht von seinen Eltern, sondern von anderen, ungezogenen Kindern gehört.«

Mein Bruder lachte aber und sagte: »Nein, ich habe den Karlheinz gefragt, wo er das tolle Wort herhabe? Und er sei erst so vom Lachen geschüttelt worden, der Karlheinz, daß er ein paarmal hätte fragen und bitten müssen: »Wo hast du's gehört? Komm, sag's doch!« Erst nachdem er sich ausgelacht hatte, flüsterte ihm dann endlich der Karlheinz ins Ohr: »Weißt du, ich hab, als ich nicht schlafen konnte, an der Schlafzimmertür meiner Eltern gehorcht, weil dort die Betten so laut waren. Und als ich ein paarmal einen lauten Bums hörte, sagte der Vater ziemlich laut zu meiner Mutter: ›Jetzt furz doch nicht immer, wenn's schön ist!‹«

Nun konnte sich unsere Mutter nicht mehr halten und brach in Gelächter aus und war fortan mit ihren Zurechtweisungen von »ordinären« Wörtern sehr vorsichtig.

Die Sorge der Mutter, meinen Bruder und mich vor allem Schlechten und Verderbten fernzuhalten, erstreckte sich auch auf eine möglichst unauffällige

Kontrolle der Bücher und Schriften, die wir im Austausch mit Spiel- oder Schulkameraden nach Hause brachten. Die Indianergeschichten des »Lederstrumpf«, die Bücher von Karl May oder »Rulamann« und die »Götter- und Heldensagen« waren den Eltern genehm. Dagegen wurden uns »Tom Shark«-Hefte und »Liebesgeschichten« vermiest und nachdrücklich ausgeredet. Das sei »Schund«. Solche Lektüre konnten wir nur heimlich im Sommer mit in den Wald nehmen und hinter einem Gebüsch lesen. Gar oft kamen wir aber dann zur gleichen Beurteilung dieser Hefte wie die Eltern. Du wirst es als Pädagoge wahrscheinlich gerne hören, lieber Kurt, wenn ich später im Leben beim Rückblick auf die erzieherische Einflußnahme der Eltern in vielen Dingen unseres Umgangs nie das Gefühl entwickelt habe, ich wäre von meinen Eltern unbotmäßig gegängelt worden. Das klingt heute altmodisch, ja überholt, wenn man erkennt und bekennt, daß die Erziehung im Elternhaus und später der erzieherische Eifer vieler Lehrer in der Schule eine wertvolle Hilfe bedeuten, mit dem Erbe der Vorfahren und der Einpassung in das gesellschaftliche Leben zurechtzukommen.

Kurt nickt heftig Beifall und Zustimmung. Wie schön wäre es, wenn er seinen Kommentar dazu sprechen könnte!

Am andern Tag nehme ich den Faden meiner Erzählung wieder auf. Genauso wie uns das Erbe unserer Ahnen prägt, prägen uns auch die Orte unseres Lebens, an die uns das Schicksal verschlägt. Ganz besonders gilt das für jene, in denen wir unsere Kindheit und Jugend verleben.

Der rostige Emil

Niemals hätte ich gedacht, so leite ich ein, daß mich das Leben später einmal wieder an den Ort zurückführen würde, wo ich geboren wurde und die ersten vierzehn Jahre danach verbracht hatte. Als wir nach meiner Konfirmation nach Stuttgart wegzogen, weil mein Vater in die Zentrale der Landessparkasse versetzt wurde, schätzten wir die vielen Vorteile der großen Stadt und ihr Angebot an Kultur und vielseitigen Anregungen, ja, wir fühlten uns gar befreit von gesellschaftlicher Enge der Kleinstadt im Schwarzwald, nicht zuletzt auch von der mitunter aufs Gemüt drückenden Düsternis der Tannenwälder und den mächtigen Bergen, die uns unten im Tal den Himmel streitig machten und uns wie nahe zusammengerückte Schränke manchmal schier erdrückten. Vor allem wenn es längere Zeit regnete und der Nebel aus den Bergwäldern rings um uns dampfte, verbreitete die Natur Unheimlichkeit und lastende Tristesse, so daß der Mann der unter uns wohnenden Familie, der an Alpträumen litt, uns nachts mit seinem lauten Stöhnen und plötzlichen Aufschreien oft aus dem Schlaf schreckte.

Der Bach, die bei Regen zu einem reißenden kleinen Fluß anschwellende Berneck, rauschte dann so laut, daß mich in Kinderjahren die Vorstellung einer beginnenden Sintflut ängstigte.

In Stuttgart waren wir der in Schramberg allgegenwärtigen, unheimlichen Natur entronnen, fühlten wir uns geborgen. Nein, hier in der Landeshauptstadt würden wir bleiben, keine zehn Gäule könnten uns wieder ins düstere Bernecktal ziehen. Darin waren sich meine Eltern, mein Bruder und ich einig, fühlten wir uns doch lange Zeit wie »noch einmal davongekommen« und in ein modernes, freies Leben geboren.

Dennoch mußte es wohl geschehen, daß mich, als ich schon am Ende meiner internistischen Fachausbildung stand, ein hochbetagter Bundesbruder, Praktiker in Schramberg, in der Klinik aufsuchte und mich anflehte: »Also, Simon, schlag' mir um Gottes willen eine dringende Bitte net aus: I muß ganz dringend a Brüchle operiere lasse, und du solltescht mich für a paar Woche in der Praxis vertrete. Mein Schwiegersohn – du kennscht ja den Luftikus – isch grad wieder amol auf der Hazienda von de Gegeschwieger in Paraguay, wo se de siebzigschte Geburtstag von sei'm Vater vier Woche lang feieret und wo er als Chirurg mit einer Chefarztstelle in Asunción liebäugelt. Der hat Angscht vor der Praxis, und vollends im Schwarzwald, wo's ihm zu kalt, zu provinziell und wer weiß was noch ›zu‹ ischt.«

In meine Betroffenheit und in mein Zögern fiel er damit ein, daß er mich zur Seite nahm, die Hose etwas herunterließ und mir seinen Allmachtsbruch demonstrierte und versicherte: »Glaub' mir's, i han solche Beschwerde mit dem Glump, daß i d' Operation nimmer aufschiebe kann.« Tatsächlich war der gewaltige Bruchsack, in den sich schon das Gekröse eingelagert hatte, alles andere als ein »Brüchle«. Ich konnte nur bestätigen. »Das mußt du wirklich umgehend operieren lassen, Erich. Aber ...«

»Was aber? Nimm halt auf meine Koschte Urlaub und laß mi jetzt net im Stich, Simon. Du bischt der einzige von de Bundesbrüder, dem i mei' Praxis für vier Woche a'vertraue könnt. Du hast ja scho Praxisvertretung gmacht, und a Kapp vol Angscht vor so're große Praxis isch kei' Schand für en junge Kollege und kein Grund zum Kneife, Simon! Du schaffst des! Und d' Leut von Schramberg kennscht du noch von deiner Jugendzeit her.«

»Ha, des ischt freilich scho' a ganze Weile her«, schwächte ich ab. Aber dem guten Erich Pflanz, einem Original als Doktor, konnte ich keine Absage erteilen.

Und so ließ ich mich drei Tage später in der Praxis des »Dr. med. Erich Pflanz – praktischer Arzt« von Schwester Else, der älteren der beiden Sprechstundenhilfen, über alles Besondere im Ablauf der Praxis informieren. Aber noch ehe ich meine zum Einstand eingegossene Tasse Kaffee leergetrunken hatte, wurde ich zum Friedhof gerufen. Eine alte Frau sei ohnmächtig geworden bei der Beerdigung.

»O Jesses«, klärte mich Schwester Else auf, »des ischt ja heut' die Beisetzung vom ›rostigen Emil‹ und sicher die alt' Merze, a Urenkelin vom ›rostigen Emil‹.«

»Was heißt denn ›rostiger Emil‹?« fragte ich etwas belustigt.

»Oh, der ›rostige Emil‹, des isch a Geschicht, da schreibet se scho' seit Woche in der Zeitung drüber! Also, kurz gsagt – Sie müsset ja auf Bsuch, Herr Dokter –, des hängt mit dem frühere Bergwerk, wo se nach Eisenerz grabe hent, z'amme.«

»Ja, ich weiß, daß so um 1730 im Schiltecker Berg nach Eisenerz gegraben und ein Hammerwerk gebaut wurde, wo man Nägel und Hufeisen herstellte. Und ich weiß auch, daß das Bergwerk schon vor dem Ende des 18. Jahrhunderts wieder aufgegeben wurde. Und obwohl die Stollen im Berg verschlossen wurden und großenteils unzugänglich oder nur mit großen Gefahren begehbar sind, geisterten wir als Buben einige Male mit Kerzenlichtern und Hämmern in den Gängen herum auf der Suche nach wertvollen Mineralien. Wir waren aber immer froh, wenn wir wieder heil herauskamen aus ›Laurins Reich der Bergmännle‹, wie wir sagten.«

»Ja«, bestätigte Schwester Else, »dort ganz im tiefen Stolle sollet au Edelstein' zu finde sei'. Do sind scho' seit über hundert Jahr' immer wieder Schatzsucher nei' gange, und so manche sind da drin auf Nimmerwiedersehe verschwunde. Einer von dene, des weiß mer, war vor vielleicht hundert Jahr' au der Emil Merz, wo irgendwo in einem verschüttete Stolle tief im Berg verscholle blieb. Und jetzt – so nimmt mer an – isch dem sei' Leich durch en Wassereinbruch ›hochgeschwemmt‹ worde, so daß a paar Höhleforscher, wahrscheinlich fürwitzige Geologe, den Emil, besser sein Leichnam, gfunde hent, erschtaunlich gut wie a Mumie erhalte. Der war von eisehaltigem, rostigem Lehm überzoge, grad wie ei'balsamiert, so daß mer ihn – des heißt sein' Leichnam – ›da roschtige Emil‹ tauft hat. Schließlich hent ällerlei Wissenschaftler ihn identefeziert und behauptet, daß es der Emil Merz sei muß. Und heut' wird der ›roschtige Emil‹ uf Stadtkoschte im Friedhof beigsetzt, denn sei Urenkelin, die alt' Merze, kann jo nix derfür, daß der Emil vor hundert Johr den Blödsinn gmacht hat und in des Bergwerk nabgschtiege isch. Und wenn der blöde Wasserei'bruch im alte Bergwerk net passiert wär, so tät der Emil als roschtige Mumie heut' no und uf ewig des Geheimnis im tiefe Berg hüte. Jetzt, so saget se in der Zeitung, wird er halt wie älle im Friedhof zu Staub und Erde verfalle. Wär er im Berg bliebe, no hätt' er wie ein Pharao weiterg'lebt.«

Als ich zum Friedhof kam, wo sich die Schaulustigen und Wunderfitzigen im Trauerlook in großer Zahl um ein Grab und die zelebrierende Geistlichkeit drängten, wurde ich von einem Sanitäter in eine Kammer des Friedhofsgebäudes geführt, wo die Ohnmächtige auf einer Liege mit hochgelagerten Beinen und nach kreislaufanregenden Tropfen bereits wieder bei sich war und ziemlich munter »schwätzte«.

»Oh Herr Dokter«, sagte sie, als ich mich als Vertreter von Doktor Pflanz vorgestellt hatte, »i' hätt' mir den A'blick vom einschtige Emil erspare solle, no wär mir's net durmelig worde. Aber sowas! Herr Dokter, des hättet Sie sehe solle: Der Urähne – nach hundert Johr no so, wie er einschtmols war! Bloß d'Kleider – sein Rock und seine Hose – waret teilweis' aufg'löst. Sonscht war er ziemlich sauber und hot bloß a Maske von roschtigem Lehm wie a Haut über sei'm Gsicht und sei'm Körper g'het. Und sei silberne Tascheuhr – i han se in meiner Handtasch, weil die hent se mir als A'denke übergebe – die zeigt no d'Uhrzeit vom Tod a'. 'S war kurz vor Zwölfe – bloß weiß mer net, ob des mittags oder nachts war. Des hätt' mi' natürlich scho' interessiert. Aber vielleicht war er da scho' tot und ischt die Uhr, die mer damals no hat aufziehe müsse, no a Weile weiterg'loffe... Aber 's tröschtet mi, daß der Emil nach hundert Johr no so frisch ausg'sehe hat... Wie wenn er bloß ei'fach g'schlofe hätt' und auf sei'

Erweckung aus em Sündeschlof warte tät... Jetzt hat en der Pfarrer mit der Ei'segnung von allem Irdische, von sei'm Roscht und Lehm erlöst, und er kann ruhig in da Himmel komme... Se hent ihn nämlich vor em Ei'sarge sauber gmacht... Er war en Bruder von mei'm Urgroßvater... Wie der Emil damals verschwunde ischt und alle Nachforschunge umsonscht warte, hat mer halt gsagt: ›Der ischt ohne viel Abschiedsmengenges nach Amerika ausgwandert.‹ Des hent selbigsmol viele arme Leut so gmacht...«

Ich hörte der Wiedererwachten mit verhaltenem Schmunzeln zu und sagte nun: »So, jetzt möchte ich gerne mal Ihren Blutdruck messen und sehen, ob wir Sie nach Hause oder ins Krankenhaus bringen sollen.«

»Ins Krankenhaus?« fragte sie erschrocken. »Aber i sot doch no ans Grab vom Emil!«

»Das können Sie später machen, wenn's mit Ihrem Kreislauf wieder in Ordnung ist. Der Emil hat schon alles hinter sich.«

Da ich einen unregelmäßigen Puls und eine Herzarhythmie feststellte, mußte ich die einzige Nachfahrin des »rostigen Emil« ins Krankenhaus einweisen.

Nun habe ich also Kurt die erste meiner Schramberger Geschichten erzählt. Und er gibt mir zu verstehen, daß sie ihm Spaß gemacht hat. So greife ich denn tiefer in das Schatzkästlein meiner Erinnerungen an die Zeit, als ich meinen Freund Dr. Pflanz in seiner und meiner Heimatstadt vertreten habe.

Sophies Träume

Einmal, lieber Kurt, so wende ich mich dem offensichtlich begierig Lauschenden zu, wurde ich zum Hausbesuch einer Frau gerufen, die – eine »Endfünfzigerin« – immer wieder unter Angstträumen litt. Schwester Else informierte mich anhand der Karteikarte über frühere Behandlungen. Die Frau war erstmals während des Krieges 1942 in Behandlung gekommen, weil sie damals, frisch verheiratet, nach Schramberg zu ihrem Mann gezogen, als waschechte Stuttgarterin aus Heslach sehr unter Heimweh litt. Schmunzelnd erzählte mir Schwester Else, wie die junge Frau damals zu Dr. Pflanz gesagt habe: »Also Herr Dokter, des weiß i gwiß, wenn mei Ma' fällt, no zieh' i wieder nach Schtuegert.« Auf die Frage des Doktors: »Ja, an welcher Front isch denn Ihr Mann im Einsatz?« antwortete sie: »Ha, se hent ihn jetzt grad gmustert.«

Als der Mann ein Jahr nach der Musterung 1943 in Rußland fiel, hat die Sophie, wie sie mit Vornamen hieß, sich die Sache mit der Heimkehr doch anders überlegt, weil die großen Luftangriffe die Städte unsicher machten und auch auf Stuttgart immer wieder Bomben fielen. Und nun setzten bei ihr Klagen über Angstträume ein. Der konsultierte Nervenarzt fand bei wiederholten Gesprächen mit der Sophie heraus, daß sie an einem »neurotischen Komplex« leide, weil sie sich darüber nun Vorwürfe machte, ihr Mann sei nur deshalb gefallen, weil sie immer nach Stuttgart heim wollte und dafür nur eine Chance sah, wenn ihr Mann fallen würde.

So sehr sich Dr. Pflanz als Hausarzt wie auch der Nervenarzt in wiederholter Gesprächstherapie darum bemühten, die Sophie aus ihrem Schuldkomplex zu befreien – es blieb alles Mühen umsonst. Die Sophie fühlte sich in ihren Angstträumen immer wieder von Männern bedroht oder überfallen.

Als ich zum alten Häusle am Brestenberg zwischen dem Fuße des Schloßbergs und der Schiltach kam, wo die Sophie alleine wohnte, klopfte ich an. Aber nichts rührte sich. Ich drückte auf die Klinke, und die Haustüre ging auf. Im düsteren Flur fand ich zwei Türen. Links kam ich nach erfolglosem Anklopfen in die Küche, in der es noch nach Sauerkraut roch, obwohl alles fein und sauber aufgeräumt war. Rechts kam ich ins Wohnzimmer, wo mir auf dem »Vertiko« ein großes Photo, umrandet mit einem schon abgeschossenen Trauerflor auffiel. Das Photo zeigte einen Soldaten mit Schiffchen auf dem Kopf, der fröhlich winkte. Es war wohl ein letztes Bild des Gefallenen.

Im Haus war alles ruhig. Da ich das Schlafzimmer

der Sophie nun im oberen Stockwerk vermutete, ging ich die Treppe hoch und hörte oben hinter einer halbgeöffneten Tür lautes Schnarchen. Als ich nach zartem Anklopfen eintrat, bot sich mir ein einmaliges Bild der schlafenden Sophie: Sie lag abgewandt zur Tür auf der Seite, schnarchte die Wand an und streckte mir ihren Blanken entgegen, da sie die Decke nach vorn gezogen hatte. Eine Weile blieb ich wie gebannt stehen und hörte dem Schnarchen und den eingestreuten Seufzern der Sophie zu. Was macht man in dieser Situation? Weggehen, die Sophie schlafen lassen? Aber ich hatte ja noch mehrere Hausbesuche auf dem Programm – und dann wieder die Sprechstunde ... Außerdem war es schon kurz vor zwölf, Zeit zum Mittagessen. Da schläft man doch nicht mehr, dachte ich trotzig. Und weil sie mir das blanke Hinterteil entgegenhielt, erfaßte mich Frivolität. Ich gab ihr geradezu zwanghaft einen Klaps auf den Hintern, um sie aufzuwecken. Da ließ doch die Sophie einen lauten Furz, räkelte sich und stöhnte. Als sie mich vor dem Bett stehen sah, erschrak sie und fuhr hoch: »Ach! Gott sei Dank, Sie sind's, Herr Dokter! Entschuldiget Se no, aber i han grad träumt, i wär vo'ma wilde Kerle überfalle worde!«

Nachdem wir beide uns ausgelacht hatten – es fiel mir wie auch ihr wohl nichts Besseres ein, als einfach zu lachen –, da fragte ich ernsthaft: »Bevor ich Ihnen etwas verordne, Frau Sophie, würde ich gerne erfahren, ob Sie denn wirklich schon einmal von einem ›wilden Mann‹ überfallen worden sind?«

»Ja, des ischt so, Herr Dokter«, beginnt sie zu erklären, »ich bin fest überzeugt, daß immer wieder ein wildes Mannsbild zu mir ins Haus kommt. Ich hör' oft jemand schnaufe, sogar leis' grunze – und wenn i dann 's Wellholz schnapp und dem nachgeh', no find' i niemand … Bloß wenn i im Schlaf träum', seh' i die Kerle.«

»Ja, wie sehen die denn aus?«

»Ha, wie wilde Männer oder wie manche Holzfäller im Wald halt aussehet – von obe' bis unte' der Körper hoorig und mit lange Bärt …«

»Von obe' bis unte' hoorig«, wiederhole ich nachdenklich. – »Ja sind die wilde Männer denn nackt?«

»Und ob!« versicherte die Sophie. »Nackichter geht's gar nemme! Mer schämt sich jo grad, wie die Kerle sich vor a o'bscholtene Witwe na'stellet …«

»So – mit allem?«

»Mit ällem, Herr Dokter, was se so vorne hänge hent – i muß es gradraus sage.«

»Na na! Aber jetzt muß ich auch gradraus frage, Frau Sophie: Schließen Sie denn Ihr' Haustür net zu? Ich hab' ja ohne Umständ' zu Ihne ins Haus komme könne … Warum schließe Sie denn Ihr' Haustür net ab, wenn Sie das Gefühl habet, daß do ›wilde Männer‹ zu Ihne kommet?«

»Ha, wenn i abschließ' – ja, wie sollet die no rei'komme?«

»Ja sollet die denn rei'komme?«

»Ha noi, solle sollet se ja net. Aber wenn i se seh', im Traum natürlich, müsset se ja irgendwie rei'komme, daß i se seh', und mein', se wäret do – direkt vor mir ...«

»Ja bedrohen Sie diese wilden nackten Männer? Gehen die auf Sie los?«

»Nei', des kann mer net sage, also do' dean die mir eigentlich nix. Sie reget mi halt uf, und i muß immer dra'denke, was die mir alles do' könntet, au wenn se's net deant.«

»Dann erregen Sie sich also, daß die Ihnen nichts tun, obwohl Sie darauf hoffen, daß die endlich etwas tun?«

»Also do passiert nix, Herr Dokter, net daß Se meinet – was! I und ebbes do', was mer net do' soll, obwohl die wilde Männer do' wellet, was viele dont und no behauptet, se hättet's net do'! I träum' halt mei' Sach, aber so lebendig, daß i hinterher net sicher sage kann, ob's bloß a Traumei'bildung oder wirklich war. Des isch wahrscheinlich mei' Problem, Herr Dokter.«

Die Sophie trat mir wie ein aufgeschlagenes Buch entgegen. Sie hatte zu mir, dem noch relativ jungen Doktor, offenbar leichteren Zugang als zum alten Pflanz und dem Nervenarzt. So kam ich mir gescheit vor, weil bei der Sophie, der noch vitalen Endfünfzigerin, offenbar ein verdrängtes, ungelöstes Sexualbedürfnis vorlag, und sie wohl deshalb von ihr sündhaft erscheinenden Träumen und Vorstellungen bedrängt war. Im stillen dachte ich etwas barsch: Wenn sie doch nur zu einem »wilden Mann« finden würde, wäre sie bald geheilt. Aber weil sie das nicht realisieren konnte oder sich nicht traute, ist ihre schöpferische Seele aktiv geworden und hat ihr eine Maske fabriziert, die wir Ärzte unter der Bezeichnung Neurose zu den Akten nehmen. Aus Zeitnot behelfen wir uns mit einem beruhigenden Mittel, wobei wir zu Symptom-Schustern werden. Schade, dachte ich nach der Verordnung des der Sophie schon geläufigen Mittels, schade, daß ich als Vertreter des Hausarztes in der kurzen Zeit meiner Tätigkeit das Problem der Sophie nicht vom Grunde her lösen konnte.

Als ich Schwester Else über meine Erlebnisse und Eindrücke beim Besuch der Sophie berichtet hatte, lächelte sie und meinte: »Sie habet anscheinend Phantasie und bringet den Finger wohl immer ins richtige Loch, wie mer so sagt.«

Unsere Erzählstunde ist mit Frau Sophies Geschichte noch keineswegs ausgefüllt. Und so setze ich noch eine etwas deftigere Anekdote drauf.

Ein hoffnungsloser Fall?

Eines Morgens wurde ich um einen Hausbesuch gebeten, »weil der Chef auf dem Klo sitzt, sein schweres Geschäft nicht verrichte kann und schreit und jammert«.

Von Schwester Else wurde ich informiert: Der »Chef«, mit Namen Fritz Sparwasser, sei Besitzer einer Sägmühle und, wie man wisse, ein Geizkragen mit protzigem Gehabe, ein Despot seiner Familie. Er läßt sich von seiner Sekretärin immer anmelden, wenn er in die Sprechstunde kommt. Er hat es immer eilig, weil sonst der Betrieb Verluste erleide, die höher als die Kosten für eine private Behandlung lägen.

Dabei bringt er jedesmal einen »Frachtschein«, wie Dr. Pflanz zu den Krankenscheinen sagt. Warten im Wartezimmer lehnt er ab und drückt sich lieber im Flur herum. Im übrigen leidet er an einem Sparfimmel. Er »rationalisiert« alles in Haus und Familie, vor allem den Wasserverbrauch pro Kopf. Seine Frau und die Kinder erleben die Hölle, wenn sie den Wasserverbrauch von zwei Litern pro Kopf und Tag überschreiten. Der Tyrann befindet nämlich, ein Liter zum Waschen und ein Liter für Tee und Bedarf für die Zubereitung des Essens sei genug.

So holten die Frau und die Kinder oftmals in Milchkannen Wasser aus einem freifließenden Brunnen in der Nähe ihres Hauses, obwohl sie in ihrem modernen Haus überall Wasserhähne hatten. Morgens wurde eine Waschschüssel für alle benützt: Erst mußten sie in dem Wasser schön nacheinander das Gesicht, danach die Hände waschen. Dieses Wasser blieb weiter in der Schüssel und wurde tagsüber für gelegentliches Händewaschen benützt. Erst ab abends wurde dann das seifige Dreckwasser für die Spülung in der Kloschüssel freigegeben. Einmal in der Woche genehmigte der Chef ein Bad in der Wanne des Badezimmers, in die er als erster, danach erst seine Frau einstieg. Als Zeichen väterlicher Gunst erhielten dann die Kinder eine Wanne mit frischem Wasser, in dessen Genuß erst das Mädchen als Jüngste, danach die beiden Buben kamen. Nachbarn und Verwandte fragten oft: »Warum bist du denn ausgerechnet mit dem Wasser so b'häb, Fritz?« Seine stereotype knappe Antwort lautete stets: »Aus Prinzip.«

Wenn seine Frau oder die Kinder ein Kleidungsstück oder Schuhe brauchten, so mußten ihm solche Wünsche schriftlich auf einem Zettel beim Mittagessen neben den Teller gelegt werden ... »Chef, ich brauche dringend einen neuen Mantel«, mußte etwa die Frau schreiben, »der alte ist abgeschossen und vom vielen Reinigen so eingegangen, daß er nicht mehr paßt.« Und die Kinder schrieben oder bekamen von der Mutter geschrieben: »Vater, ich brauche neue Schuhe. Bei den alten ist das Leder aufgebrochen und der Schuster nimmt sie zur Reparatur nicht mehr an.«

Wohl wartete die gedemütigte Frau immer einen günstigen Tag für diese Begehren ab. Aber es kam öfter vor, daß der Despot die Zettel nur las, ohne sich zu äußern, womit eine zumindest vorläufige Ablehnung zum Ausdruck kam.

Der despotische »Chef« war laut Karteiblättern ein zornmütiger, zu hohem Blutdruck und Stoffwechselstörungen neigender Mann, ein Neurotiker mit Sparkomplex, paranoiden Verarmungsideen und chronischer Verstopfung. »Er ist so geizig«, hatte Dr. Pflanz am Rande der Karteikarte vermerkt, »daß er am liebsten nur einmal im Jahr statt täglich das Einverleibte ausverleiben würde« – und Schwester Else hatte statt »ausverleiben« ein gängigeres Wort darüber geschrieben.

Nun fuhr ich ins düstere Tal in die Säge zu diesem wohl verhaltensgestörten Mann, der auf der Klobrille saß und den verhärteten Stuhl nicht durchs Zündloch brachte, weil sich der Stuhl im verkrampften Dickdarm zu einer steinharten, übergroßen Kugel geformt hatte. Vom vergeblichen Pressen und den Schmerzen war er wohl ziemlich erschöpft. Schon als ich die Treppe hochging, hörte ich ihn jammern und stöhnen. Sein wildes Pressen, mit dem er das Kamel doch noch durchs Nadelöhr After zwingen wollte, bedeutete wegen seines hohen Blutdrucks die Gefahr einer Gehirnblutung, die Provokation eines Schlaganfalls.

»O Jesses – o Jesses! I hör' ja scho d' Engel singe – Du lieb's Herrgöttle von Biberach, der Dokter, der Dokter … immer wenn mer'n braucht, ischt er net do – und sonscht kommt er wege jedem Hennefurz.«

»Da ist er, der Doktor – der Fritz auf der Schüssel, da hockt er! Um tausend Gottswille – i glaub fast, er scheißt no Kamille«, sage ich mit poetischem Anflug. Und während ich ein Fertigklistier mit Schlauch der Arzttasche entnehme, jammert er witzelnd: »Geboren am Bodensee, verreckt er am Baucheleweh.«

»Reimen tut sich's«, beruhige ich, »aber stimmen tut's nicht.«

Ich ließ ihn sich nach vorne bücken, am Klodeckel festhalten und zog mir einen Gummihandschuh an. Dann tauchte ich den Untersuchungsfinger in Vaseline und ließ ihn erst einmal entspannen. Währenddem blickte ich mich in dem fast komfortabel gestalteten Raum mit heller, freundlicher Tapete um und war von einer Reihe eingerahmter Sprüche an der Wand geradezu fasziniert.

Da las ich:

Bumms! Du dunkler Urton aus der Unterwelt –
Verdammt sei, wem er nicht gefällt!

Dann wieder:

Ihr feisten Würste und ihr Kugeln
Sollt klaglos in die Schüssel rugeln!

Ein Gedicht mit nahezu höheren Ansprüchen besagte:

Ein Afterlaut – ob kurz und trocken oder gar
symphonisch
Entlastet stets und stimmt harmonisch.
Von diesem Ur-Ton wußten alle Komponisten,
Weshalb sie sorgten, daß ihn Tuba-Bläser
bei Konzerten nie vermißten.

Mit kleinerer, schon abgegriffener Münze die Aufforderung:

Das Fenster auf, laß Luft herein!
Der nächste wird dir dankbar sein.

Auf kitschig wirkenden Bildchen mit Engeln umschwebten gleichsam die Himmelsboten diese und weitere gereimte wie ungereimte Spruchweisheiten. Irgendwie empfand ich diesen Einfall der »örtlichen« Gestaltung als Ausdruck eines versteckten Humors, den ich dem so negativ geschilderten Fritz Sparwasser nicht zugetraut hätte.

Nun tastete ich im Ausgang seines Verdauungskanals ein überdimensionales, verhärtetes Konglomerat, das freilich nie und nimmer ohne ein Klistier und »Salbung« des Afters mit Vaseline das Tageslicht erreichen konnte. Nachdem ich den Schlauch so weit wie möglich eingeführt und die Klistierflüssigkeit gefühlvoll und schubweise eingebracht hatte, und immer wieder auftrug: »Halten! Halten so lang wie möglich und jetzt aufrecht stehen und ein paar Schritte gehen«, verließ ich das Kabinett der »Ausverleibungen« und ging auf den Flur.

Es dauerte nicht lange, bis der Fritz auf der Brille als einem Rettungsring saß und mit Getöse unter erleichtertem Stöhnen losdonnerte. Er füllte die Schüssel so gewaltig, daß er schließlich, als er den Ort des Dramas verließ, mit Erleichterung, wenn auch etwas blaß, feststellte: »Mer sollt's net glaube, was doch alles in so 'me Mensche drinstecke ka'!«

Zu meiner Überraschung bat er seine Frau: »Lotte, hol' au' en Schnaps und zwei Gläser – die Befreiung will a bißle gsegnet werde.«

Frau Lotte, ein hageres Wesen, machte ein strahlendes Gesicht, als wäre Manna vom Himmel gefallen. Das hatte sie wohl lange nicht oder noch nie erlebt, daß der »Chef« dem Doktor etwas einschenken ließ. Aber ihr »Chef« war nach allem, was er erlebt und erlitten hatte, wie ein umgedrehter Handschuh. Er wurde mit einem Mal offenherzig, ja, er suchte nach einem Gespräch. Daher knüpfte ich an seinen Spruch an: »Gell, man sollte gar nicht glauben, was doch alles in einem Menschen steckt« – »das, Herr Sparwasser, will ich auch in einem übertragenen Sinn verstanden wissen.«

»A' was! Saget Se doch ei'fach Fritz zu mir, Herr Dokter, weil ›Sparwasser‹ – des klingt so blöd, als hättet mir kei' Wasser! Mir hent Wasser gnug, soviel, daß i 's bloß knapp halt', daß die andere' net neidisch werdet.«

Jetzt war ich auf der richtigen Schiene und sagte: »Also, Fritz! Ich heiß' Simon – auch mit Vornamen – isch des klar?«

»Proscht, Simon! Du bischt halt en Dokter, wo ei'm begleitet, wenn's amol ›dick‹ kommt!«

»Prosit, Fritz! Du bist ein Prachtskerle, wenn's vielleicht bisher auch noch keiner gemerkt hat!«

Mit leuchtenden Augen trumpfte Fritz auf: »Du sagscht es, Simon! I ben ganz gwiß net uf der Brennsupp' dahergschwomme. Mer hat ja schließlich au' 's Einjährige gmacht.«

»Was, du hast die mittlere Reife!?« applaudierte ich.

»Aber sicher! Do wär' wenigstens a mittlere Beamtenlaufbahn drin gwese, wenn i net d' Säge hätt' übernehme müsse. Aber mei' Vadder, der war des, was mer halt en Furzklemmer nennt, der hat uns sogar 's Wasser rationiert, obwohl mir's em Überfluß hent. Und von mei'm Vadder isch halt ebbes auf mi' überkomme, vo' dem han i 's schwer, losz'komme.«

Ich setzte auf dieses wunderbare Bekenntnis eins

drauf und behauptete: »Du bischt in Wirklichkeit gar net so, wie se saget. Deshalb schenkscht du uns jetzt glatt no' en zweite Schnaps ei'! Den trinket mir auf dei' Wohl und daß ich die Freud' hab', mit einem gebildete Mann ›per du‹ zu sein, denn 's laufet gnug Moschtköpf' rum.«

»Du sagscht es, Simon«, bestätigte er in Glückseligkeit, ehe wir uns zutranken.

Nun kam ich zur Sache: »Also, weil das, was heut' war und dich fast in den Wahnsinn getrieben hat, nicht wieder passieren soll, müßtest du künftig auf meinen Rat setzen.«

»Und der wär'?«

»Du mußt als kräftiger Mann mindestens zwei Liter Wasser oder Sprudel pro Tag trinken, daß es den Kruscht im Darm weich hält und du ihn ohne Schwierigkeit loswerden kannst.«

»Ha, wenn du meinscht, no mach' i des, klar.«

»Und dei' Lotte, die solltest du auch zum Wasser saufe anhalte, denn d' Weiber trinket fast alle viel zuwenig und werdet deshalb hartleibig.«

Fritz lachte: »Also, Simon, des hat mir no keiner gsagt. Du bischt halt a gattiger Dokter: Du verschreibscht Wasser statt Pille'. Des ischt wirklich amol ebbes ander's.«

»Bitte, probiers doch mal! Nimm Quellwasser oder sauren Sprudel und stell jeden Tag zwei Flaschen pro Kopf auf den Tisch, dann ›rugeln die Kugeln‹ nur so in die Schüssel ...«

»Ah! Du hascht die Vers' in der Donnerkammer g'lese!«

»Mit großem Vergnügen, Fritz. Seither weiß ich, daß Humor in dir steckt und du kein hoffnungsloser Fall bist.«

»Ja, heimlich han i gelegentlich immer scho' gern Versle gmacht und in a Notizbüchle gschriebe, in dem i aber nur bei ›schwerem Gschäft‹ am ›Ort meiner Qual‹ als amol les'.«

So hatte die Lotte ihren »Chef« schon lange nicht mehr erlebt. Deshalb flattierte sie hingerissen: »Also, Fritz, i tät dir am liebste en Kuß gebe! Jetzt isch z'mol älles so, wie's amol war, bevor 's nemme so war, wie's amol war ...« stammelte sie.

»Geb' em halt en Kuß! Den hat er sich heut' verdient!« forderte ich sie auf.

Wie sich nun die Lotte geradezu in eine Kußorgie stürzte, wurde es dem Fritz peinlich und wehrte er sanft ab: »Jetz' isch's gnug. Du bischt ja a ganz wilde ›Flatteuse‹, so kenn i di scho' lang nemme ...«

Ich stand auf und sagte: »Es ist höchste Zeit, daß ihr zwei euch wieder entdeckt und ich meine Krankenbesuche fortsetze.«

Schade, dachte ich, daß ich in den mir noch verbleibenden wenigen Tagen meiner Praxisvertretung nicht weiter auf den Fritz einwirken kann. Der ist bestimmt kein hoffnungsloser Fall.

Kurt hört mir bei diesen Geschichten amüsiert zu. Bei einigen deftigen Passagen formt er ein offenes »O«, langgedehnt als »Oooh-oooh«, als wolle er sagen: »Aber-aber!« Eine belustigte Rüge des Anstands bedeutet dies mit dem eigentlichen Hintergedanken: Nur weiter so!

Da er auch sonst erstaunlicherweise um Lautformungen bemüht ist, kommt seit gestern eine Logopädin, eine »Sprechlehrerin« also, um mit ihm Atemübungen und zunächst die Formung von Vokalen zu versuchen, zunächst »o« und »a«. Sie ist eine junge Frau, wohl Ende dreißig, von stämmiger Figur, blond, ein wenig streng in ihrem Gesichtsausdruck, aber liebevoll und geduldig in ihren Bemühungen. Sie spricht auf der vorderen Zunge kurz rollendes »Rrr« und versteht es, Hoffnung zu »erwecken«. So muntere ich Kurt auf: »Jeder Tag mit Frau Heimchen« – so ihr Name – »bringt dich dem Sprechen einen Schritt näher.« – »Aah«, kann Kurt schon darauf antworten, was eben »Ja« bedeuten soll.

Auch Professor Feinschnabel, der Oberaugur, meint bei der Visite lateinisch, preziös: »Ascendit meliorationis aurora« – »das Morgenrot einer Besserung steigt auf«. Und da er sein poetisches Küchenlatein allen verständlich machen will, fügt er hinzu: »Wir dürfen jetzt ein wenig heller in die Zukunft blicken.«

Kurt lächelt nur und zeigt mit der gesunden linken

Hand auf mich. »Dem da hab' ich's vor allem zu danken«, will er sagen, weshalb sich dieser »subjektiven Laienmeinung« der Unteraugur entgegenstemmt: »Das haben sie der modernen Therapie zu verdanken, Herr Oberstudiendirektor!« Der Professor zeigt sich verärgert über dieses Eigenlob des Stationsarztes, es ist ihm peinlich. Darum sagt er ziemlich barsch: »Disputamus foras – crastino die de loquendi facultate!« – »Wir beraten draußen – morgen erst –, über die Möglichkeit des Sprechens!«

Donnerwetter! Professor Feinschnabel spricht so, wie es seinem Namen zukommt. Und der Unteraugur hat wohl auch Latein gelernt. Jedenfalls verläßt der Oberaugur sichtlich verärgert das Zimmer, und der geohrfeigte Unteraugur folgt ihm verlegen mit gerötetem Gesicht.

Ach, diese Visiten! »Draußen«, hat Feinschnabel lateinisch den Stationsarzt angefahren. Und da lagen zwei kundige Lateiner im Bett, die das alles verstanden ...

Wie um den Unterauguren erst so richtig ins Unrecht zu setzen, beginne ich gleich mit einer neuen Geschichte.

Laurin, der Philosoph der Zwerge

Jetzt muß ich, so wende ich mich an Kurt, aber noch von einem Hausbesuch während meiner Praxisvertretung erzählen, der auch so etwas wie ein Höhlenbesuch war und für alles Spätere zu einer Art Schlüsselgeschichte für mich werden sollte.

Eines Vormittags kam eine auffallend kleine Frau mit Windjacke und farbigem Leinenrock in die Praxis. Sie hatte ein schmales, wettergebräuntes Gesicht, eine dunkelgrüne Wollmütze auf dem Kopf, und ihre wohl aus Schafwolle gestrickten Strümpfe steckten in derben »Haferlschuhen«. Die grauen Augen wirkten lebhaft, neigten zu schalkhaftem Aufleuchten, wenn sie sprach. Dieses Persönchen hatte jedenfalls etwas Drollig-Witziges an sich. Das bestätigte sich auch bei der Formulierung ihres Begehrens, was ich bei offener Tür des Sprechzimmers zur Anmeldung alles mitbekam.

»Schwester Else, i glaub', mit dem Laurin isch es soweit«, sagte sie, ziemlich stolz auf ihre Erkenntnis. »Jetzt braucht er wirklich den Dokter.«

»Wieso, Liesel?« fragte Schwester Else. »Er kann seit drei Täg' scho' kei' Wasser mehr lasse und hat saumäßige Schmerze da unte, wo d' Blos' ischt«, wobei sie diese Stelle bei sich mit der Hand anzeigte. »Er liegt fascht bloß no uf sei'm Lager und jammert und schnappt nach Luft wie a Forell', die mer aus em Wasser zoge hat, so ›giemelet‹ er, und i han's Gfühl, daß er au Fieber hat. Seine Tee – Sie wisset ja, daß er sich sonscht mit ›Natur‹ immer selber behandelt – die ganze Tee helfet nimmer. Wie i gsagt han, i hol' jetzt da Dokter Pflanz, hat er g'meint: ›Ja, wenn die Pflanzen nicht helfen, dann braucht man den Pflanz.‹ Er ischt also einsichtig, drum bitt' ich halt, daß der Dokter amol kommt und nach ihm guckt.«

»Doktor Pflanz liegt zur Zeit wegen einer Operation in einer Klinik in Stuttgart«, bedauerte Schwester Else, »aber wir haben einen sehr tüchtigen Vertreter, den Herrn Doktor Simon, ein gebürtiger Schramberger«, klärte sie auf und bat nun die »Liesel«, Platz zu nehmen. Dann kam sie zu mir und schloß die Tür hinter sich.

»Ich hab' ja schon alles mitbekommen«, kürze ich ab.

»Aber ich muß Ihnen noch ein paar Dinge über den Patienten mitteilen«, flüsterte Schwester Else.

»Und das wäre?« fragte ich etwas ungeduldig.

»Also, der Laurin heißt wirklich Laurin, mit Vornamen Vinzenz, obwohl er – Sie wissen doch, daß Laurin einer Sage nach der König der Zwerge war – mit den ›Zwergen‹ in Verbindung gebracht wird. Der schreibt nämlich ewig schon an einer ›Geschichte der Zwerge‹ und wohnt auch noch in einem Haus, das er in eine Höhle gebaut hat, mitten im Wald, ja, manche sagen, er hätte eine Höhle in sein Haus verwandelt. So hat er den Spitznamen ›Philosoph der Zwerge‹, weil er behauptet, Schramberg sei ganz früher von Zwergen besiedelt gewesen ... Aber das ist halt seine ›sagenhafte‹ Ansicht.«

»Und jetzt – wie finde ich den Höhlenbewohner? Wird das eine Expedition?«

»Kein Problem, Herr Doktor. Die Zwergenliesel, wie man zu der Frau sagt, weil se so klein ist und seit viele Jahr' dem Laurin den Haushalt macht und ›so a bißle Freundschaft‹ mit ihm hat, die zeigt Ihne de Weg, die fährt mit Ihne in des Eulegreut naus. Aber in punkto punkti sagt der Pfarrer: ›Der Vinzenz ischt ein gelehrter alter, schnurriger Mann. Der richtet sicher kein' Flurschade mehr an.‹ Und unser Pfarrer muß es schließlich wisse, denn d'Zwergeliesel geht regelmäßig zum Beichte.«

Kurz und gut. Die »Zwergeliesel« setzte sich zu mir ins Auto und leitete meinen Weg zur Höhle des Philosophen der Zwerge.

Das war, als wir im Bernecktal die normale Straße verließen und nun auf einen Waldweg abbogen, eine schon etwas abenteuerliche, holperige Fahrt mit einigen Abzweigungen und Überquerung eines flachen Bachgewässers, erst bergauf, dann auf halber Höhe ziemlich eben über einen geschotterten Weg, der zu einer Felsenformation führt. Mit Grausen dachte ich an die Situation im Winter. Die Zwergenliesel schien meine Gedanken lesen zu können, denn sie sagte: »Im Winter, da kommt der Waldbauer mit seine Ross' und sei'm Schneepflug und macht uns de' Weg frei. Der muß ja au' de' gleiche Weg benütze.«

Plötzlich erreichten wir eine Waldlichtung mit Bergwiese, durch die ein Bach ins Tal hinabrauschte, und es wurde jenseits des Baches ein massives Blockhaus sichtbar, das aus einem Felsenspalt herausragte und von einem großen Nußbaum flankiert war.

Bevor wir die kleine Holzbrücke über den Bach passierten, sagte die Liesel: »Halt! Es ist besser, wenn Sie mich jetzt aussteige lasset und en Augenblick wartet, denn i muß vorher da Hund wegdo', 's ischt a arg wilder Wolfshund, der Fremde weder rei' no' rausläßt. Er folgt zwar sei'm Herre – aber sicher ischt sicher.«

Ich wartete also, während die Zwergenliesel ins Haus ging, wo schon zuvor ein giftiges Bellen losging, unterbrochen nur von drohendem Knurren einer Bestie. In solcher Einsamkeit würde ich mir auch einen scharfen Hund zulegen, dachte ich, und sah bald darauf die Liesel einen Hund an der Leine herausführen, eine Art Schäferhund. Er hatte mich natürlich sofort ausgemacht und zerrte knurrend und bellend an der Leine, um auf das Auto loszustürzen. »Ruhig, Brenno, ruhig«, hörte ich die Liesel auf ihn einwirken, und sie führte ihn in ein hoch umzäuntes Freigehege, wo der »Brenno« sich wild gebärdete und mir entgegenbellte. »Jetzt könnet Se komme, Herr Doktor«, rief mir die Liesel zu, und ich fuhr vors Haus, parkte vor dem Zugang und wurde von der Liesel zur Haustür geführt, die Arzttasche in der Hand.

»Das ist ja romantisch«, sagte ich, um etwas zu äußern, während ich mich vor dem großen Blockhaus umsah. Tatsächlich öffnete sich da eine breite Felsspalte, in die der hintere Teil des Hauses verschwand. Und vom Bach herüber war eine Wasserleitung ins Haus gelegt. Über der Eingangstür war ein großer offener Ring aus Eisen, mit Goldlack »vergoldet« angebracht. »Des ischt ein keltischer Torques«, belehrte mich die Liesel, »uf Deutsch an Ring, wie ihn die Kelte' früher um da Hals trage hent.«

»Scho' wieder was g'lernt«, bedankte ich mich.

Hinter der Tür öffnete sich zunächst ein breites, geräumiges Entree, auf dessen einer Seite die Garderobe, ein kunstvoll aus Tannenholz gearbeitetes Gebilde, angebracht war. Über der Garderobe grinsten Dämonenfratzen, teilweise geschnitzte Holzmasken, aber auch Wurzelgebilde, die zu Gesichtern geformt waren. Auf der anderen Seite zwei große Terrarien mit matter Beleuchtung, die kaum weniger gruseln ließen, denn in ihnen knäuelten sich »Kreuzottern und Vipern, wie sie hier vorkommen«, erklärte die Liesel, als ich den Mantel abgelegt hatte. Und als müßte sich die Liesel für Laurins kleine Schlangenfarm entschuldigen, sagte sie: »Die machet kein Krach und störet da Vinzenz net.« Als sie mir die Tür ins Wohn- und Schlafzimmer zugleich öffnete, kündigte sie an: »Vinzenz, des isch der Dokter Simon, wo da Pflanz vertritt.«

Ich betrat einen sechseckig geformten Raum, der sich zunächst rechts und links erweiterte und dann in der Mitte beiderseits wieder etwas bis zur Rückwand hin verengte. Rechts ein sonderangefertigter großer Schreibtisch vor einem Fenster, links ebenfalls ein Fenster, dessen Licht auf die Klaviatur und Notenblätter eines kleineren Flügels fiel.

Im linken, fensterlosen, sich etwas verengenden hinteren Teil des großen Raumes befand sich eine separierte Bettnische mit einem großen Lager aus Kissen und Lama-Wolldecken, aus denen mit tiefer, ruhiger Stimme Laurin tönte: »Willkommen, Herr Doktor. Ich warte mit Schmerzen auf Sie.«

Was mich so sehnlich erwartete, war ein älterer, grauhaariger, aber noch muskulöser Mann mit dem scharfen Profil eines gelehrten Gesichts, aus dem mich ausdrucksvolle große braune Augen prüfend anblickten. »Sie sind also Doktor Simon, der Vertreter von Doktor Pflanz«, wiederholte er meine kurze Vorstellung, bat mich, Platz auf dem vor dem Bett postierten großen Eichenstuhl zu nehmen, und erklärte: »Ich hab's mit der Blase zu tun, die schmerzt von Tag zu Tag mehr, und ich kann fast kein Wasser mehr lassen. Meine naturheilkundlichen Bemühungen mit Heidekraut und Löwenzahn brachten nichts ...«

»Dann darf ich Sie jetzt einmal untersuchen, Herr Laurin«, sagte ich und fragte, als ich Stethoskop und Blutdruckmeßgerät meiner Arzttasche entnahm: »Haben Sie schon die Körpertemperatur gemessen?«

»Heute morgen waren es 37,8 Grad, etwas fiebrig ist mir's schon.«

Bei der Untersuchung ergab sich eine übervolle, schmerzhafte Harnblase und eine deutlich vergrößerte, schmerzende Prostata mit jedoch glatter Oberfläche.

»Wahrscheinlich ist eine Entzündung der Vorsteherdrüse« – »der Prostata«, warf Laurin kundig ein –, »ja, der Prostata, die Ursache der Harnverhaltung«, erklärte ich und fügte hinzu: »Ich muß jetzt erst einmal einen Katheter einführen und dann die Blase vorsichtig in kleinen Portionen entleeren. Und dann versuchen wir's, mit Medikamenten der Entzündung der Prostata beizukommen. Aber um eine eingehendere Untersuchung im Krankenhaus danach werden wir kaum herumkommen.«

»Befürchten Sie Schlimmes? Krebs?« wollte Laurin wissen, ohne deshalb von Angst erfüllt zu sein.

»Nein«, beruhigte ich mit Überzeugung. »Sie sind sonst organisch gesund und noch recht vital – und gerade deshalb erwarte ich von einer Spezialuntersuchung in der Klinik die Absicherung meiner vorläufigen Diagnose, daß nur eine Entzündung die Ursache der Prostatavergrößerung ist.«

»Was die Entzündung angeht«, meinte Laurin, »so kann das schon sein, denn ich saß vor einer Woche barfuß mit den Füßen im Wasser auf einem feuchten kalten Stein im Bach, um mit einem Sieb den Sand zu untersuchen.«

»Gold?« fragte ich.

Mit charmantem Lächeln sagte er ausweichend: »Ach, wissen Sie, ich sammle Mineralien und bin eben geologisch und heimatkundlich interessiert.«

»Wunderbar!« lobte ich. »Da müssen Sie mir aber nachher noch ein wenig erzählen, wenn wir die Prozedur hinter uns haben, denn ich hörte schon, daß Sie sich auch mit Geschichte und Mythologie befassen. Und Mineralien hab' ich schon als Bub hier in Schramberg gesammelt und damals sogar kleine Expeditionen in Höhlen unternommen.«

Laurin disziplinierte seine Freude über unsere gleiche Liebhaberei und forderte mich nun vertrauensvoll auf: »So walten Sie ihres Amtes, Herr Doktor – die Liesel, das treue Mädle, setzt sich solang an den Flügel und spielt uns a paar Liedle, die ich ihrem Naturtalent auf den Tasten beigebracht habe.«

Die Liesel hatte sich ohnehin im Hintergrund und von uns abgewandt zu schaffen gemacht. Sie begab sich nun mit der schüchternen Bemerkung: »I kann halt no net soviel wie der Vinzenz« hinter den Flügel, um Noten aufzusetzen. Und während ich den Blasenkatheter einführte und der Vinzenz tapfer die Schmerzen ohne Jammern aushielt, begann die Liesel mit sanften Anschlägen das »Ännchen von Tharau« zu spielen. Als ich sagte: »So, jetzt sitzt der Katheter«, war die Liesel, die ihr Spiel mit sanftem Singen begleitete, gerade im zweiten Vers bei der Passage angekommen: »Krankheit, Verfolgung, Betrübnis und Pein soll unsrer Liebe Verknotigung sein.«

»So isch's«, bestätigte der Vinzenz mit einem erleichternden Seufzer, ohne Scheu vor dem, was ich mir denken mochte.

»Ein schönes Lied, das ich besonders mag«, lobte ich. »Ja, ich bin ganz erstaunt, wie begabt doch die Liesel spielt und singt! Das geht schon mitten ins Herz.«

Als das kleine Geschöpf Liesel dann, wohl errötend, »Du, du liegst mir am Herzen« spielte und verhalten sang, schmunzelte der Vinzenz, und ich fragte in die Verlegenheit beim Ablassen des Urins: »Wird's schon leichter?«

»Ja, es ist wie ein Wunder«, versicherte Vinzenz und lobte: »Sie machen das so einfühlsam, daß man sich bei Ihnen geborgen fühlt.«

In diesem kleinen Gespräch ging die letzte Strophe des Liedes unter: »Dann wünscht' ich so gerne, daß uns die Liebe vereint ...« Ich unterbrach meine Hantierung, klatschte und erwies der nur 1,53 m kleinen Liesel meine Reverenz auf Schwäbisch: »Also mer kann's kaum glaube, was in dem Menschle an Begabung steckt. Da hör' i gern no weiter zu. Spiel und Gesang machen meine Tätigkeit ja zu einer kultischen Handlung – stimmt's, Herr Laurin?«

»Mer ka's sage«, bestätigte er mundartlich, obwohl er sich sonst in korrektem Deutsch äußerte. Er fügte lobend hinzu: »'S Liesele isch ein Tausendsassale. Koche und haushalte kann des Naturtalent nämlich au' hervorragend. Was tät' i au' ohne dich, Liesele!« Das Liesele, das den Klavierstuhl auf niedrig geschraubt hatte, um mit ihren kurzen Füßen die Pedale zu erreichen, saß ganz versteckt hinter den Notenblättern. Mit den kleinen Händen ging auch ihr Atem über die Tasten, so nahe war ihr Kopf der Klaviatur. In ihrer Verlegenheit über das Lob meinte sie nur etwas verzögert: »Danke, Vinzenz. Du musch's ja wisse.« Spitzbübisch, wie mir schien, spielte sie nun, ohne den Text zu singen. »Wenn alle Brünnlein fließen …« Wir mußten lachen. Dann aber spielte sie den »Reigen seliger Geister« von Gluck, wobei ich im stillen kühn bei mir dachte: Vielleicht hat ihr Unterbewußtsein »Gluck« mit »Glück« assoziiert? Laurin und ich wagten bei der so getragenen, feierlichen Musik kein Wort mehr. Und das hielt respektvoll weiterhin an, als das »Ave Maria« folgte.

Wie der Pottschamber ziemlich gefüllt war und

die Blase entleert schien, beendete ich die entlastende Prozedur, empfahl feuchtwarme Wickel und die Einnahme eines Antibiotikums, ließ aber auch ein Präparat aus Kürbiskernen zurück, um damit der naturheilkundlichen Behandlung Raum zu geben, der Laurin so verbunden war.

Als ich beim Abschied versicherte: »Morgen, ich weiß nur noch nicht wann, werde ich wieder kommen«, spöttelte Laurin schalkhaft: »Ich werde so geduldig auf Sie warten wie die Christen auf die Parusie« (das Wiedererscheinen des Herrn).

Als ich am nächsten Tag den Gelehrten Laurin wie versprochen besuchte, hatte ich es so eingerichtet, daß ich ihn gegen 12 Uhr mittags als letzten Patienten auf die vormittägliche Besuchsliste setzte. Es sollte mir ein wenig Zeit vergönnt sein, und wenn es das Mittagessen kosten würde. Da es ein Freitag war, hielt ich mich mit dem Essen ohnehin zurück.

Die Zwergeliesel erwartete mich schon an der Abzweigung der geteerten Straße, um mich durch das Gewirr von Waldwegen zu leiten und Brenno, den wilden Hund, vor meinem Eintritt ins Haus ins Freigehege zu bringen.

Als sie mich mit Handschlag begrüßte, verlor sich ihr so kleines Händchen in meiner Hohlhand, und wir mußten unwillkürlich lachen.

»Gell, i han a Hand wie a Kind!« scherzte sie und fügte dazu. »Derbei bin i scho Vierzig und a' alte Fräulein-Schachtel ...«

»Aber nein«, versicherte ich überzeugt, »daß Sie älter sein sollen als ich – also das hätte ich wirklich nicht geschätzt. Sie haben doch eine frische Pfirsichhaut und eine Mädchenfigur –«

»Ja, wisset Se, Herr Dokter, der Vinzenz sagt immer: ›Wir Zwerge verpulvern unsere jugendliche Kraft nicht mit Wachsen und Großwerden. Wir bleiben klein, aber fein; wir leben einfach, naturverbunden, und was bei uns um so mehr wächst, ist das Wissen und Können. Deshalb bleiben wir gesund und werden alt‹.«

Wie zur Unterstreichung ihres wörtlichen Zitats des Herrn und Meisters sprach sie diese Erkenntnis exakt in Schriftsprache.

»Wie geht's ihm denn?« wollte ich wissen. »Ha, scho deutlich besser. Die Schmerze habet nachg'lasse, und 's Wasser kommt scho wieder, halt a bissele no schwach. Und d' Temperatur war bloß no 37,5 Grad.«

»Das ist ja gut. Da können wir schon ein wenig hoffen …«

»Also der Vinzenz – des isch selte' – hat glei' a große Sympathie für Sie entwickelt, Herr Dokter, und immer wieder gsagt: ›Des isch zwar ein junger, dafür aber weltoffener, noch unverdorbener Dokter‹.«

»So-so«, schmunzelte ich zufrieden und wurde von den flinken Eidechsenaugen der Zwergin forschend betrachtet, ob ich mich denn auch wirklich über dieses Kompliment freue.

Als wir vor dem Haus angekommen waren und die Liesel den wilden Brenno in sein Freigehege führte, war ich verblüfft darüber, daß der Hund nur einmal sanft bellte, als wolle er mich eben begrüßen. Er knurrte nicht und riß auch nicht an der Leine. Sollte sein Herr sich über mich auch mit ihm positiv ausgesprochen haben? Es war seltsam, wie so ganz anders heute das Tier auf mein Erscheinen reagierte. Auch die Kreuzottern und Vipern lagen träge in den Terrarien. Im großen sechseckigen Wohnraum roch es angenehm nach harzigem Holz, und im offenen Kamin flackerten große Holzscheite. Der Patient saß auf der »Kunst«, der warmen steinernen Ofenbank, wie sie im Schwarzwald dem Kachelofen zugehört.

Nach dem »Grüß Gott« sagte Laurin: »Auf der Kunst kann mer sei Fiedle am besten warmhalten. Des tut der Prostata gut.«

»Großartig!« lobte ich. »Da hab' ich mich schon als Kind bei meiner Großtante auch immer am liebsten aufgehalten. Die Katzen übrigens auch.«

Als ich näherkam, fauchte eine große graue Hauskatze, die sich auf Laurins Schoß geborgen fühlte.

»Des ischt der ›Maxi‹, ein ralliger Rölli (Kater), der wärmt mich von vorn und läßt keinen an mich, wenn er bei mir auf dem Schoß sitzt. Aber – bitte um Entschuldigung – ich muß sowieso gschwind zum Wasserlasse naus.« Laurin nahm den Kater Maxi auf den Arm und stieg über einen Holzschemel von der Ofenbank und verschwand durch die Tür in den rückwärtigen Teil des Hauses, wo Küche, Klo und Zugang zur »Speisekammer« lagen, wie die Liesel mir nun erklärte. Und ganz leise und geheimnisvoll flüsterte sie mir zu. »Dort isch au ein versteckter Zugang zum Felsekeller.«

»Zur Höhle?« konnte ich meine jähe Neugier nicht bändigen.

»O Jesses! I han sch' z'viel gsagt! Aber Sie hent ja Schweigepflicht, Herr Dokter – da kann i mi' auf Sie verlasse?«

»Bestimmt!« versicherte ich, »ganz bestimmt!«

Dann aber lenkte die Zwergin ab, bat mich im Holzsessel Platz zu nehmen und fragte mehr förmlich: »Sie esset doch a Kleinigkeit mit uns? 's gibt heut am Freitag allerdings bloß en Hirsebrei, aber vielleicht schmeckt der Ihne grad so wie dem Vinzenz und mir. I mach' den Hirsebrei nämlich mit frischer Fleischbrüh' vom Waldbauer, der geschtern a Sau gschlachtet hat.«

»Hirsebrei? Fabelhaft! So was hab' ich schon lang nicht mehr gegessen«, stimmte ich voll neugieriger Begeisterung zu.

»No isch's ja gut. Sie sind herzlich zu dem Eintopf ei'glade«, freut sich die Zwergin und verschwand nun in die Küche.

Das gab mir Zeit, mich vom Sessel aus ungeniert umzusehen.

Der Kachelofen wurde von der dahinterliegenden

Küche aus beheizt. In der Küche ist da, wie ich wußte, eine größere, breite Ofentür zum gewölbeartigen Backofen, der mit Holz gefeuert wird. Hier werden auch Brot und Kuchen gebacken, wenn die Holzglut mit einem besonderen Rechen nach rechts und links gehäufelt ist und in der Mitte Raum für das Backwerk frei wird. Vermutlich haben die Alemannen das früher einmal den Römern abgeguckt. Es ist jedenfalls im holzreichen Schwarzwald eine bewährte, vielseitig nützliche Ofenart, die hier Laurin eingebaut hatte. Der kleine offene Kamin war an den Hauptkamin, wenn auch abgeteilt, angeschlossen.

Über dem separierten quadratischen Bettlager von etwa zwei Metern Breite und Länge hingen ein antikes Bild von Alexander und eine farbige Lithographie von Napoleon. Da es sich um zwei erfolgreiche Feldherren handelte und Laurin mir ein friedfertiger Gelehrter und Einsiedler zu sein schien, mußte ich hier noch durch Befragung eine Erklärung suchen... Links und rechts der Eingangstür, durch die ich eingetreten war, standen große Schränke, darunter auch ein Vitrinenschrank mit alten, vielleicht ausgegrabenen, teilweise bemalten Tongefäßen. Fundstücke aus keltischen, römischen oder alemannischen Gräbern?

Ansonsten an den Seitenwänden des Raums in Bücherregalen von der Decke bis zum Boden nur Bücher, Bücher, Bücher... darunter viele Lexika und

Klassikerausgaben. Dazwischen aber einige Lücken mit seitlichen Holzstützen und kleinen Teppichen – ach siehe da! In einer dieser Einlassungen lagerte hingestreckt eine Kapuzinerkatze, ohne mich eines Blickes zu würdigen. Die »Lücken« auf einigen Bücherbrettern waren also Lagerstätten für die Katzen, die sich wahrscheinlich in gewisser Höhe wegen des wilden Brenno wohler fühlten als unten.

»Schauen Sie sich nur in meiner Höhle um«, sagte nun Laurin, der leise vom Örtchen zurückkam. »Fällt Ihnen auf, was hier fehlt?« fragte er lächelnd und meinte: »Hier gibt's kein Fernsehen, das können die wenigen Besucher nicht verstehen, die total verkabelt und verschnabelt sind und meinen, in der Waldeinsamkeit hier müsse man doch per Fernsehen mit den Ereignissen in der Welt verbunden sein.«

»Das würde hier nicht herpassen«, kam ich seinen mir denkbaren Argumenten entgegen.

»Sie sagen es«, bestätigte er. Jetzt, da er auf den Beinen war, bemerkte ich sein Kleinsein und fragte in dienstlichem Ton. »Ach, ich sollte noch für die Unterlagen wissen, wie Ihre Körpergröße ist?«

»Meine Kleinheit«, scherzte er, »mißt ganze einssechsundfünfzig.«

Ich notierte, während er auf die beiden Bilder von Alexander und Napoleon zeigte: »Die haben sich auch nicht lange mit ihrem physischen Wachstum aufgehalten und mehr Zeit mit dem geistigen Wachsen und mit Taten verschwendet.«

Aha, dachte ich, jetzt weiß ich, daß er sich mit der körperlichen Kleinheit dieser geschichtlichen Größen tröstet. Aber ich lenkte zunächst ab: »Darf ich Sie jetzt noch einmal untersuchen?«

»Soll ich mich hinlegen?« – »Das wäre am besten.«

Ich fand tastend, daß die Harnblase wohl weitgehend entleert sein mußte, und die noch etwas schmerzhafte Prostata schien etwas kleiner als am Vortag. Atmung, Herz und Blutdruck waren unauffällig im Normbereich. Nebenbei fiel mir bei dem kleinen Mann auf, daß alles, vor allem Arme, Beine und Rumpf, seine Proportion hatte – nur der Kopf, der Schädel war mächtiger ausgebildet und etwas disproportional – übrigens auch das Genitale, obwohl er den siebzigsten Geburtstag schon hinter sich hatte. Beinahe wäre mir der Scherz entfahren: »Auf Geist und Genitale kommt's halt an, auf die beiden ›G's‹.« Aber ich konnte meine Frivolität beherrschen und sagte nur: »Ja, die beiden Größen an der Wand haben bewiesen, daß es auf den Geist und nicht auf die Körpergröße ankommt.«

»Sie sagen es, Doktor«, bestätigte er stereotyp.

»Also, wir fahren bei der Behandlung mit den Medikamenten fort wie gehabt, bis alles wieder in Ordnung ist. Nächste Woche wird Dr. Pflanz wieder da sein und Sie besuchen. Ich werde ihn über alles in Kenntnis setzen, bevor ich nach Stuttgart heimkehre.«

»Schade«, meinte Laurin, »jetzt hätte ich mich gerade an Sie gewöhnt –«, da kam die Liesel und deckte den Tisch. »Der Herr Dokter ißt mit uns«, informierte sie Laurin etwas kurz angebunden, worauf Laurin sofort sagte: »Das ist mir aber eine hohe Ehre, Doktor Simon, daß Sie unser heute so frugales Mahl mit uns teilen und Ihre wertvolle, so bemessene Zeit noch in Gesellschaft mit uns verbringen.«

»O, dankeschön, die Liesel hat mich eingeladen, und ich folge dieser Einladung gerne, weil ich schon ewig nicht mehr Hirsebrei gegessen habe, obwohl ich einfache Gerichte schätze. Und gerne, verehrter Herr Laurin, hätte ich noch ein wenig von Ihnen und Ihrem großen Geschichtswerk etwas gehört, an dem Sie ja schon viele Jahre arbeiten, wie die Leute wissen.«

Nun brachte aber die Liesel rasch den Hirsebrei auf den Tisch und als Getränk einen frisch gepreßten Apfelsaft, der ebenso wie der feingewürzte Hirsebrei vorzüglich schmeckte, aber erst nach dem Essen.

Laurin verhielt sich nämlich beim Essen wie »abgeschaltet«. Er begründete das mit dem Hinweis, daß essen für ihn eine »heilige Sache« sei, auf die er sein Denken konzentrieren müsse, »weil denken beim Essen auch ein Danken einschließt.« So blickte er fast ausschließlich auf den Hirsebrei im Teller, den er eingangs mit ausgestreckten Händen in dreimaliger Hin- und Herbewegung der Hände einsegnete, auch als er einmal noch nachschöpfte. Und weil die Zwergin Liesel wortlos dem zeremoniellen Schweigen ihres Herrn und Meisters folgte, dem ich mich artig anschloß, so vollzog sich das Essen als ein getragenes Andante fast geräuschlosen Löffelns und Schluckens. Weder Laurin noch die Liesel tranken einen Schluck vom eingeschenkten Apfelsaft, so daß auch ich davon Abstand nahm, obwohl es mich danach gelüstete.

Als Laurin seinen Löffel im Teller liegen ließ und damit kundtat, daß das Essen für ihn beendet sei, wartete er noch, bis die Zwergin und ich ihm gleichermaßen folgten. Dann griff er zum Saftglas, erhob es zum Zutrunk und sagte als Dankgebet:

»Gesegnet seien Speis' und Trank –
Dafür Gott sei Dank!«

Die Zwergin brauchte beide Händchen, um das Glas zum Mund zu führen. Als wir einen langen Schluck genommen hatten, übernahm Laurin gleich das Wort und erklärte: »Wir haben es uns so angewöhnt, erst nach der Einnahme der Mahlzeit zu trinken, um den feinen Geschmack des Essens nicht zu verwirren. Die Ansicht, im Magen und Darm komme ja doch alles untereinander und durcheinander, halte ich für barbarisch.«

»Dem stimme ich zu« versicherte ich, »denn die Qualitäten des Geschmacks auf der Zunge und im Gaumen sind nicht nur das eigentliche Erlebnis beim Kosten einer Speise, sondern auch der Auslöser für eine optimale Bildung von Verdauungssäften.«

Laurin war begeistert. »Sie sind ja noch jung und verfügen schon über eine so tiefe Einsicht!« Dann blickte er mich mit seinen großen braunen Augen so durchdringend an, als könne er in die tiefsten Gründe und Abgründe meiner Seele schauen, faßte mich an beiden Schultern und sagte nach einer Weile: »Und Sie wollen uns in ihrer ersten Heimat hier wieder verlassen ... Aber ich weiß: Sie werden bald wieder zu uns kommen, ganz bestimmt!«

Ich zuckte zwar höflich mit den Schultern, bedauerte aber: »Wohl kaum.«

»O doch – wohl doch!« beharrte er. »Ich weiß es.«

Um der etwas peinlichen Prophetie Laurins zu entrinnen, wechselte ich zur Frage: »Könnte ich nicht etwas über Ihre historischen Studien hören, wenigstens in kurzen Hinweisen? Sie sind ja ein so überaus gebildeter, gescheiter und geheimnisvoller Mann, ja, ein ›Weiser‹, daß ich gerne noch durch einen kleinen Spalt auf Ihr umfangreiches Werk geblickt hätte, bevor ich wieder in meinen Alltag in der Klinik heimkehren muß.«

Er besann sich kurz, stand auf und zeigte auf ein

Regal seiner Bücherwand: »Diese blau eingebundenen Bücher, es sind schon dreizehn Bände, enthalten Ergebnisse und Gedanken zur Geschichte der Bevölkerung in Schramberg. Darin eingeschlossen sind Mythen und Geschichten der Zwerge, die als kleine, mitunter verwachsene Menschenwesen aus jenen einstigen Höhlenbewohnern hervorgegangen sind, die infolge Minderwuchs und Untauglichkeit zu Jagd und Kampf mehr oder weniger in der Höhle verblieben, zusammen mit den Weibern und Kindern, dem Nachwuchs der Jäger und Krieger, die sich aber auch zusammen mit den körperlich Schwachen um die ›Kultur‹ und Versorgung der Häuslichkeit in der Höhle bemühten.

Die Höhle bot ja in der Urzeit den Menschen, die vorher im offenen Gelände kampierten, großen Schutz vor Feinden und wildem Getier, und weil nur der Höhleneingang zu bewachen war, erstmals auch Möglichkeiten zur Entwicklung des tiefen Schlafes, den sich der Mensch vorher in freier Natur nicht leisten konnte. Natürlich gewährte die Höhle auch sicheren Schutz vor Kälte und aller Unbill des Wetters. Vor allem aber der Tiefschlaf ließ die Höhlenmenschen zu träumenden Wesen werden, die aus ihren Träumen neue Ideen und Bilder schöpften und in der Höhle allmählich kreative Fähigkeiten und Phantasie entwickelten, die schließlich eine Gegenwelt zu den im Grunde immer gleichartig ablaufenden Jagd- und Kampferlebnissen entstehen ließen.

Den ewigen Jagdgeschichten der nach Beute ausschweifenden Männer setzten die in der Höhle Zurückbleibenden ihre Phantasie und ihre sich immer höher entwickelnden Kunstfertigkeiten, aber auch denkerische Fortschritte entgegen. Und wenn wir die körperlich zur Jagd und kriegerischer Auseinandersetzung weniger oder gar untauglichen männlichen Wesen, die vor allem kleiner als die Jäger waren, zu Recht Zwerge nennen, so waren sie es, die mit ihrem Anderssein eine mehr und mehr Anerkennung findende Kompensation schufen, indem sie phantastische Geschichten erzählten, sich zu kundigen Waffen- und Goldschmieden entwickelten und die Funktion von Deutern und Wahrsagern übernahmen. Vor allem wurden die Höhlenzwerge auch so etwas wie ein kollektives Gedächtnis, da sie die Geschichte als Geschehnisse ihres Stammes überlieferten und damit zu einer lebendigen Bibliothek aller Erfahrungen und allen Wissens wurden. Damit fanden sie die für sie wichtige Zustimmung derer, von denen ihr Anteil an Lebensnotwendigem ja abhängig war. Sie stärkten die Jäger und Krieger mit der geistigen Macht von Ritualen der Höhle und wurden schließlich zu Hütern der Geheimnisse und geistigen Kräfte, zu Anfertigern von Plänen und Handlungs- und Verhaltensprogrammen, später auch zu Verfassern von Büchern und heiligen Texten. Der Konsensus der Zwerge war und blieb es aber, die Höhle als verläßlichen Ort der Intelligenz nicht zu verlassen, den Ort mächtiger Mütter. – In christlicher Zeit, so meine ich, ahmten Eremiten und Mönche die Abgeschlossenheit der Höhle als Anderswelt nach.

Und ich bin mit meinem in eine Höhle eingelassenen Haus ein später Nachkömmling der Zwerge, wie Sie schon wissen.« Laurin lächelte, während ich nun doch einen Blick auf die Uhr warf.

»Entschuldigen Sie, Herr Doktor, daß ich mich mit dem Anfang meiner Geschichtsbücher so lange aufgehalten habe. Natürlich reicht meine Geschichte weiter, sogar bis ins 18. Jahrhundert, denn es war ja zunächst über die Kelten, dann über die Römer und schließlich über die Alemannen hier zu berichten und wie es mit der Geschichte der Zwerge weiterging ...«

»Bestimmt werde ich Sie bald einmal während eines Urlaubs wieder besuchen, und ich bin so fasziniert von Ihren Gedankengängen, daß ich mich jetzt nur schweren Herzens von Ihnen trenne, um in meine Pflichten zurückzukehren«, versicherte ich.

»Sie werden wiederkommen«, sagte darauf Laurin und blickte mich wieder durchdringend an. »Sie werden mich aber nicht als Urlauber, sondern als künftiger ›Doktor der Zwerge‹ besuchen. ich weiß es und freue mich schon darauf.«

Ich wußte dem nur ein ungläubiges Lächeln entgegenzuhalten und schied mit Dank vom »Philosophen der Zwerge«, mit Eindrücken, die mir bis heute blieben.

Nelly, die heimlich hübsche Frau meines Freundes Kurt Weißschedel, blüht seit ein paar Tagen sichtlich auf. Mit ihrem »Kurti« geht es tatsächlich bergauf. Er kann nicht nur die gelähmten Gliedmaßen, seinen rechten Arm und sein rechtes Bein schon wieder ein klein wenig bewegen. Weit mehr noch begeistern die Fortschritte in der Wiederfindung des Sprechvermögens.

Es bessert sich in des Gehirnes Fiederwindung –
Wir merken's an der Sprache Wiederfindung,

witzle ich und merke, daß Kurt wieder zu lachen vermag.

Etwas holprig und guttural klingt es freilich noch, wenn er »gutten Morgen – gutten Tag – gutte Nachd« sagt, aber Frau Heimchen hat riesigen Erfolg mit ihren Sprechübungen, und ich applaudiere jedesmal, wenn die ersten Äußerungen gelingen. Und schäkernd über meine Hochachtung für das »Heimchen« schüttle ich den Reim:

Ich ahnte gleich, daß dich das Heimchen rette –
Ach, wenn für sie ich nur ein passend
Reimchen hätte!

Draußen im Sessel, wohin ich mich während ihres Besuchs zur Lektüre der Zeitung zurückziehe, sucht mich Nelly dann irgendwann unter einem Vorwand auf, um ihrer Freude über den unerwarteten guten Verlauf in Kurts Befinden Ausdruck zu geben, aber auch, um mir das jeweilige Tonband mit meinen Erzählungen und die Maschinenschrift zu übergeben. Tatsächlich schreibt sie alles ab, was ich aufs Tonband erzähle, so daß ich nun schon über fünfzig Blätter in meinem Nachttisch horte.

»Daß Sie nicht nur erzählen aus Ihren Erlebnissen als Arzt, sondern wohl auch viel lesen, das nehme ich an«, hatte Nelly kürzlich bei einem unserer Gespräche geäußert. »Aber lesen Sie auch Bücher von zeitgenössischen, modernen Autoren? Welche zum Beispiel?« wollte sie wissen.

»O ja«, versicherte ich, »besonders gerne lese ich Martin Walser.«

»Warum?« bohrte sie weiter und begab sich damit ein wenig in die Rolle der Frau Studienrätin. Aber sie konnte mich damit nicht in Verlegenheit bringen.

»Ja, warum?« wiederholte ich, um Zeit für ein kurzes Nachdenken zu gewinnen. »Ich glaube, daß es dafür zwei Gründe gibt. Walser hat selbst einmal auf die Frage, woher er seinen Antrieb zum Schreiben beziehe, sinngemäß geantwortet: ›Wenn man mit etwas nicht fertig wird, so reagiert man. Negative Erfahrungen und die Empfindung eines Mangels motivieren mich. Es fällt mir dann ein, woran es mir fehlt, nicht woran ich Überfluß habe. Das Schreiben wird mir dann zu organisierter Spontaneität.‹ Hier sehe ich eine gewisse Analogie zur Grundhaltung eines Arztes und seiner Auseinandersetzung mit den Defiziten der Menschen, die den Arzt aufsuchen und zur Begegnung des Arztes mit seinen eigenen Mängeln führen. Der ›Aufruf‹ derer, denen ›etwas fehlt‹, und das ›Sich-hingezogen-Fühlen‹ des Arztes zum ›Mangel‹ des leidenden Menschen provoziert sein schöpferisches professionelles Handeln. So gesehen sind die Motivationen des Schriftstellers den therapeutischen Motivationen des Arztes verwandt, da beide einem Mangel des Mängelwesens Mensch begegnen und auf dieses Phänomen reagieren. Aber ich schätze natürlich die Werke Martin Walsers auch wegen seines so souveränen wie subtilen und treffsicheren Umgangs mit der Sprache.«

Nelly fand das »interessant«, ohne sich nun weiter zu vertiefen. Aber heute brachte sie mir als Geschenk »ein neues Buch von Walser«, denn ich hätte nun ja trotz meiner Erzählungen, auf deren Fortgang sie jedesmal gespannt sei, sicher auch noch Zeit und Bedürfnis zum Lesen. Als Witwer schmerzt mich geradezu meine Freude über Nellys Aufmerksamkeit, spüre ich doch, woran es mir Solisten wohl im Grunde mangelt. Und so kommt der Verdacht in mir auf, daß ich meine Geschichten vielleicht nur erzähle, um gegen eine tief verborgene Einsamkeit anzukämpfen. Im übrigen vermeide ich es, Nelly über meine Erzählungen zu befragen.

Andererseits erzähle ich Kurt – und damit ja auch Nelly – nun mehr und mehr von mir selbst, von meinem Leben und von den verschlungenen Pfaden, auf denen das Schicksal mich endgültig zurück an den Ort führte, von dem ich ausgegangen war.

Schicksal am Wendekreis des Krebses

Mein Bundesbruder Dr. Erich Pflanz war offensichtlich mit meiner Praxisvertretung zufrieden. Er bedankte sich überschwenglich, als er nach gelungener Bruchoperation und kurzer anschließender Erholung wieder in seine Praxis heimkehrte und alles gut vorfand. Als Andenken schenkte er mir ein Ölbild des Schramberger Malers Stefan Hinger – glutvolle Rosen in einer Vase auf dunkelgrüner Tischdecke, ein Bild, das jeden Betrachter faszinierte. Aber das lag nun schon drei Jahre zurück, und ich war inzwischen zum Oberarzt der Abteilung für Innere Medizin aufgerückt, immer noch unschlüssig, ob ich mich in freier Praxis niederlassen oder Klinikarzt bleiben solle. Sina, meine Frau, als medizinisch-technische Assistentin ausgebildet, redete mir ständig zu, doch aufs Land oder in die Provinz zu gehen, um eine Praxis zu gründen. Die beiden Kinder, zwei Buben, hatten bereits den Eintritt ins Gymnasium geschafft, und Sina drängte es nun wieder zu beruflicher Tätigkeit. Als 1961 die Sonne kurz vor dem Eintritt in den Wendekreis des Krebses, also vor der Sommersonnenwende stand, erreichte uns mit telefonischem Anruf die Nachricht,

Doktor Pflanz sei einem Herzinfarkt erlegen, die Beerdigung finde am 22. Juni statt. So fuhren Sina und ich zur Beisetzung nach Schramberg und zunächst ins Haus des verstorbenen Freundes. Wir trafen im Trauerhaus neben Verwandten und Schwester Else den einzigen Sohn des Verstorbenen, der als Oberarzt in einer großen chirurgischen Klinik tätig war. Er nahm mich zur Seite und berichtete, daß sein Vater einem plötzlichen Herztod erlegen sei. Er habe sich aber mit dem Vater vor zwei Monaten ausgesprochen, weil er einem inzwischen an ihn ergangenen Ruf an die Chirurgische Universitätsklinik in Asunción folgen werde. »Dann werde ich eben meine Praxis meinem Bundesbruder Dr. Simon anbieten«, habe der enttäuschte Vater gesagt. »Es tut mir leid – aber ich bin doch inzwischen qualifizierter Unfallchirurg«, sagte der Sohn und kämpfte gegen Tränen.

»Nun machen Sie sich keine Vorwürfe, Herr Kollege«, beschwichtigte ich und mußte doch auch schneuzen. »Ich kann Ihre Entscheidung gut verstehen und habe das auch Ihrem Vater nahezubringen versucht. Aber nachdem Ihre verehrte Frau Mutter gestorben war, hat er sich wohl oft sehr alleine und verlassen gefühlt und wollte Sie halt nicht auch noch in gewissem Sinne ›verlieren‹, denn Paraguay ist weit …«

Da kam die Frau des Sohnes, eine attraktive, schwarzhaarige Dame aus Asunción, und bat um

Entschuldigung, aber es seien Kondolenzgäste da. »Wir sehen uns doch nach der Beerdigung noch einmal – ich möchte Sie und ihre Gemahlin noch zum Kaffee und Abendessen einladen. Wir treffen uns danach im ›Hirsch‹ – ja?«

»Nur zum Kaffee, wir müssen heute noch nach Stuttgart zurück«, konnte ich noch sagen.

Es wurde eine riesige »Leich'«, bei der nicht nur die meisten örtlichen Kollegen, der Oberbürgermeister und Persönlichkeiten aus allen Bereichen des öffentlichen Lebens, Bundesbrüder und der halbe Fußballverein, sondern auch viele Patienten und Bekannte anwesend waren, wohl ein paar hundert Personen. So war dann auch die Stadtkirche beim Requiem voll besetzt.

Im stillen dachte ich mir aus, was der knorrige, humorvolle Pflanz gesagt hätte, wenn er seine »Leich'« hätte erleben können? Und ich dachte dabei an seine »Methode«, mit einem überfüllten Wartezimmer fertig zu werden. Da soll er mitten unter die dumpf wartenden Patienten getreten sein und gefragt haben. »Seid ihr alle wirklich krank? Wehe, wenn ich nachher einen erwische, dem außer schlechter Laune nichts fehlt und der bloß krankgeschrieben werden will!« Daraufhin soll sich dann das Wartezimmer meist gelichtet haben, denn der Pflanz konnte Simulanten und Klageweiber nicht leiden. Für die wirklich Kranken und begründetermaßen Bedrückten hatte er aber ein Herz und opferte sich auf, anteilnehmend und besorgt wie ein guter Vater. So vermutete ich, daß er wohl gesagt haben würde: »'s isch ja gut – danke, danke, daß ihr zur Leich' komme send! Aber jetzt ganget schnell wieder heim und hebet von eurer Heuletse no ebbes für später uf! Da hör' i no euer Geschluchze wieder besser… Heut' wird mers z'viel…« Das war so seine Art, nicht nur mit Scherereien, sondern eigentlich mehr noch mit sich selber fertig zu werden, wenn ihn eine Flut der Gefühle bedrängte. Seine groben Worte galten also wohl mehr ihm selbst als anderen und sollten sein inneres Berührtsein verbergen. Ich schließe das aus einem seiner »goldenen Worte«, die er mir einmal sagte: »A Dokter, wo vor de Patiente heult, g'hört selber in Behandlung und ins Wartezimmer, aber net ins Sprechzimmer.«

So verbrachten Sina und ich nur noch den Kaffee mit den Familienangehörigen und einer stattlichen, handverlesenen Trauergemeinde im »Hirsch«. Dabei kam der Sohn noch einmal kurz zu uns und sagte, er müsse in spätestens acht Tagen mit Frau und Kindern nach Paraguay abfliegen, da er seine neue Stellung dort als Chef der Unfallchirurgie in Asunción im Juli antreten solle. »Aber wir sehen uns vorher ja noch einmal bei der Testamentseröffnung bei Notar Geiger.«

»Testamentseröffnung?« fragte ich befremdet, »damit habe ich doch nichts zu tun!«

»Doch, doch! Notar Geiger hat auf mein Drängen

einen baldigen Termin zugesagt und wird Ihnen – oder hat vielleicht schon – eine Einladung zukommen lassen. Und er muß es ja wissen, warum.«

Ich war einfach sprachlos, und der junge Doktor Pflanz klopfte mir beschwichtigend auf die Schulter: »Schon gut. Der Alte hat gewußt, was er wollte.« Und schon war er mit dem Zuruf »auf bald!« wieder weg.

Auf der Heimfahrt rätselten Sina und ich über diese »Vorabmitteilung« und darüber, was der gute Erich Pflanz für mich verfügt haben könnte. Wir einigten uns auf eine »Erinnerungsausgabe«. Aber Sina fing zu Hause wieder mit ihrem alten »Bohren« an und meinte: »Also, wenn du mich fragscht« – als ob ich sie fragen wollte! – »du sollteschtjetzt dem Pflanz sei' Praxis übernehme. Die kennscht du ja von der Vertretung her. Und Schramberg isch so idyllisch im Schwarzwald g'lege, a Städtle, wo's mir ei'fach g'falle tät... Die schöne Täler, die herrliche Bergwälder – und im Winter glei schifahre könne, und im Sommer die Wanderunge...« Sie kam ins Schwärmen. »Do kennt mer sich no, do bischt ebber als Arzt – und die Fasnet erscht!«

Ich hatte den Kopf nachdenklich in die Hände gestützt. »Ja, ja – die Fasnet erscht!« wiederholte ich ironisch. »Des will überlegt sei'«, beschied ich meine gute Sina, und wir einigten uns, diesen Gedanken zu überschlafen.

Als ich fünf Tage später mit dem Sohn des Verstorbenen, mit dessen Tante, der alten Schwester von Pflanz, und Schwester Else im Sprechzimmer von Notar Geiger saß, war mir flatterig zumute. Die Hitze und mein niederer Blutdruck rüttelten an meinem Befinden kaum weniger als die Spannung, wie der Notar das mehrblätterige Testament zur Hand nahm und das Siegel aufbrach. Ach, es flimmerte mir vor den Augen, und ich hatte das Gefühl, als erlebte ich die Szene weit weg, obwohl sie doch so nahe war. Die Stimme des Notars, um Sachlichkeit im Ton bemüht, klang doch bewegt, denn er war ein Freund von Pflanz und auch schon ein Herr von Anfang sechzig.

»Das Testament hat zwei Teile, wobei der erste Teil die letzten Verfügungen enthält, während der zweite Teil aus einem umfangreichen Brief an den Sohn, Herrn Privatdozent Dr. Hans-Erich Pflanz besteht und nicht verlesen werden soll.«

Und nun begann eine längere Verlesung der sehr detaillierten, juristisch exakt formulierten Verfügungen über das Erbe, über dessen Umfang ich in Staunen geriet. Aber nicht nur Pflanz selbst, sondern auch seine verstorbene Frau stammten aus vermöglichen Familien.

So erbte der Sohn als Haupterbe einen wahrhaftig großen Geldbetrag und ein Mietshaus in Stuttgart, auch Schmuck, Preziosen, Kunstgegenstände und viel Persönliches an mobilem Familienbesitz.

Aber dann konnte ich es kaum fassen, als der

Notar verlas: »Mein treuer Freund und Bundesbruder Dr. Simeon Simon … soll meine Praxis und das Haus erben, in dem sich die Praxis befindet, sofern er bereit ist, meine allgemeinärztliche Praxis weiterzuführen. Um ihn für die Nebenkosten ein wenig zu entschädigen, soll er aus den verzeichneten Geldmitteln den Betrag von 30 000 DM erhalten. Es besteht auch der ausdrückliche Wunsch, Schwester Else, meine treue Arzthelferin, bis zu ihrem Eintritt ins Rentenalter in der Praxis als Mitarbeiterin zu beschäftigen.«

Mir wurde schwindelig, es fiel mir schwer, mich auf dem Stuhl zu halten, so daß mir in der Unterbrechung ein Tee gereicht wurde. Als ich versicherte: »Es geht schon wieder, danke«, ging die Verlesung weiter, und ich habe von allem nur noch behalten, daß die Schwester von Pflanz auch ein Haus in Stuttgart und einen Geldbetrag erbte und Schwester Else eine Eigentumswohnung in Schramberg und Geld zugeeignet wurden. Bange war's mir darum, was wohl der Sohn zu dem mir zugesprochenen Erbe sagen würde? Aber dem schien alles recht zu sein. Er sagte sogar nach der Zeremonie etwas sarkastisch zu mir: »Jetzt hat mein Vater doch einen tüchtigen Kollegen gefunden, den er für die Fortführung seiner Praxis in die Pflicht nehmen kann, nachdem es mit mir nicht geklappt hat.«

Ich weiß nicht mehr, wie ich mit dem Wagen nach

Stuttgart heimkam – meine Gedanken wirbelten wild durcheinander ... Bald fühlte ich mich wie in einer zugeschlagenen Mausefalle, bald wieder wie einer, dem wie im Märchen ein riesiger Reichtum zugefallen war ...

Die große Aussprache mit meiner Sina zu Hause erlebte an den folgenden Abenden, wenn ich von der Klinik heimkam, eine Runde nach der anderen, oft bis tief in die Nacht. Zunächst schien ich Blei in der Zunge zu haben, denn ich überließ meiner Frau das Wort und hörte ihr leidenschaftliches Plädoyer für eine Annahme der Erbschaft und ihre »Skizzen« einer »Zukunft«, die sie hinreißend zu kolorieren verstand.

»Denk' an die Ärzteschwemme in Stuttgart, wo die Internisten Haus an Haus ihre Täfele hent ... Dir liegt doch der Praktiker im Blut! Des hat der Pflanz instinktsicher g'schpürt ... Und wie gern' tät ich dich in einer so richtig umtriebige Praxis unterstütze! Des könnt ich doch leicht, wenn mir im Stockwerk über der Praxis im eigene Häusle wohne tätet ... Und Schramberg isch so a richtig lieb's, kleins Städtle mit viel nette Leut ... Do läßt sich's au no wurzle ... Die Provinz isch in so unruhige Zeite gsünder als Großstädt' ... Du sagscht doch immer: ›Ich will zu den Stillen im Lande gehören, die vom Lärm der Welt zurückgezogen lebet, damit sich in ihne Kräfte formet, die in Schwächeperiode von de große Zentre aus der Provinz dann den Zusammenhalt von Staat und Gsellschaft übernehme könnet …«

Ach, es war so vieles richtig unter den Argumenten, die mir Sina geradezu beschwörend vortrug. Aber ich mußte ihr die Wucht erlittener Erfahrungen aus meinen ersten vierzehn Lebensjahren in Schramberg entgegenhalten.

»Denk an die langen und harten Winter im Schwarzwald, wo meinem Vater beim morgendlichen Eintritt in die Bank der lustige Fridolin Kienle schon Anfang November seinen meteorologischen Standardspruch sagte: ›Herr Simon, auf der Höh' hat's Schnöö …‹ Wo ich als Junge noch Anfang April über teilweise schneebedeckte Wiesen ging und jene freien, tagsüber von der Sonne beschienenen Stellen aufsuchen mußte, um ein paar erste Schlüsselblumen zum Geburtstag meiner Mutter zu finden … Wo – wenigstens damals noch – jeder über jeden gewiß nicht alles, aber genug wußte, um ihn an der Fasnacht zu hänseln … Wo manchmal wochenlanger Regen und nebeldampfende Tannenwälder lastende Finsternis verbreiten … Und der oft meterhohe Schnee im Winter erst – kein Schleckhafen für ärztliche Hausbesuche bei Tag und erst recht bei Nacht …«

»Schimmi« – so nannten mich Sina und die Freunde – »Schimmi, du hast mir schon oft erzählt von Albert Schweitzer, der während seiner Besuche beim Freund und Kollegen Dr. Heisler im nahen

Königsfeld gelegentlich nach Schramberg kam, um über sein Leben als Urwalddoktor vorzutragen. Und wer wollte damals schon – hingerissen von Albert Schweitzer –, später einmal Urwalddoktor werden? Hast du das vergessen?«

Ich will's kurz machen. Meine gute Sina hat mich Zug um Zug weichgeklopft und schließlich zu einem überzeugten Ja geführt. »Am Wendekreis des Krebses let's go West«, bekräftigte ich und ergänzte: »Die Nomaden bewegten sich auf den Breitengraden normalerweise von Ost nach West – oder in unserem Fall von Nordost nach Südwest.«

»Dummerle«, sagte Sina glücklich, »wir wissen aber doch, wo wir schließlich auf Dauer seßhaft werden.«

»Ja, im alten Nest«, konnte ich mir nicht verkneifen zu antworten.

Da begannen wir nun in der lieben kleinen Stadt zu leben.

Die ärztlichen Kollegen im Städtle nahmen uns freundlich auf, da ich ja lediglich in eine schon alteingesessene Praxis einrückte und nicht als »Zusätzlicher« hereinrammelte. Aber es kam mir zunächst bei meiner ärztlichen Tätigkeit so vor, als würde ich nur den alten Freund und Bundesbruder Dr. Pflanz auf lange Zeit vertreten. Ob in der Sprechstunde oder bei Hausbesuchen: Patienten zitierten oftmals Sprüche und Meinungen von Dr. Pflanz, mit denen er vor allem den Tagen oder Wochen des Krankseins, aber auch bleibender Invalidität einen Weg zu Sinn und Trost bahnen wollte. Ein paar seiner mir vermittelten Spruchweisheiten habe ich mir schließlich aufnotiert.

»Armut und Krankheit sind wie Zwillingsschwestern: die eine kann sich hinter der anderen verstecken, und jede von beiden kann die andere aus sich hervorrufen.«

»Liebe und Krankheit tragen ihre Irrungen und Wirrungen im Bett aus – himmlisch die eine, mitunter himmelan die andere. ›Bettreif‹ machen jedenfalls beide. Deshalb ist das Bett allemal ein Ort hoher Erkenntnis.«

»Das Schicksal hat einen Fahrplan, der nicht mit ›fair play‹ verwechselt werden darf.«

»Der Herr von Schrecken zu Schreckenstein regiert überall.«

»Nur Sonnenschein im Leben – macht Wüste.«

»Ein Mann von Bildung hält die Faust im Sack.«

Wenn er derb und gar deftig in seinen Ausdrücken war, so sagte er entschuldigend: »Jeder Tag, sogar jede Stunde hat halt ein eigenes Wörterbuch.«

Zu Arbeitslosen konnte er sagen: »Wenn die Arbeit beim Teufel ist, so ruh' dich erst mal aus und hüte dich, daß jetzt der Schellenober und die Eichelsau im Wirtshaus Macht über dich gewinnen.«

Den Alten spendete er auf seine Art Trost: »Im Alter sind halt die Fleischtöpfe des Lebens bis auf Reste an den Rändern leer. Wenn wir sie sparsam mit dem Brot des Täglichen auswischen und mit Phantasie das Verbliebene genießen, können wir sogar manchmal noch mit Vergnügen grunzen und rülpsen wie einst in den Tagen des Überflusses.«

Ich freute mich darüber, daß ein Arzt wie Pflanz die Lebensphilosophie vieler Patienten mitprägen konnte und ihnen über seinen Tod hinaus eine oftmals zitierte Autorität geblieben war.

Seine in der Patientenkartei festgehaltenen Erfahrungen und Erkenntnisse über Person, Lebensumstände, Wesen und Erkrankungen der Patienten und deren Behandlung wirkten fast immer in meine Entscheidungen hinein. Es war oft so, als stünde er mit unüberhörbarem Rat an meiner Seite. Irgendwo in den Tiefen meiner Seele wurde er zu einer Vaterfigur, die ich still verehrte, ohne dabei in den Fehler einer blanken Nachahmung zu verfallen. Mehr aus einer wesensmäßigen und die ärztlichen Grundeinstellungen berührenden »Verwandtschaft« erkläre ich mir die immerwährende Verbundenheit mit diesem mir vorbildlichen Arzt. Und über alle Peinlichkeit, der ich mich wegen meines Erbes von Haus und Praxis gegenüber der Öffentlichkeit ausgesetzt fühlte, schrieb ich mir selbst die Parole:

Diene, und verdiene dir die Nachsicht der Menschen für dein »Glück«, daß sie dir's gönnen und nicht neiden!

Oft dachte ich nun an meinen Großvater, den von pietistischer Strenge und rigorosem Verständnis der Bibel geprägten Pfarrer, der mein Wesen dominierte. Und ich war dem Umstand dankbar, daß auch Großmutter Martha, die Praktische, in mir hauste und allem Absoluten ein wenig die Schärfe nahm, mich ausgewogen denken und handeln ließ.

Was ich vermied, war alles Laute anläßlich der Praxisübernahme und des Beginns meiner ärztlichen Tätigkeit. Es gab keine große Einladung »anläßlich ...«, mit Besichtigung der renovierten Praxis, etwa gar noch verbunden mit einer kleinen Gemäldeausstellung, wie ich das gelegentlich schon erlebt hatte. Eine sachliche Mitteilung von üblicher Größe in der Lokalzeitung, daß ich die Praxis des verstorbenen Kollegen Dr. Emil Pflanz als Arzt für Allgemeinmedizin und Sportmedizin übernommen hätte, schien mir genug der Informationspflicht. Die Sprechstundenzeiten erfuhren keine Veränderung.

Nur so nach und nach luden wir immer wieder den einen oder anderen Kollegen und ein paar meiner einstigen Schulkameraden und Bekannten ein.

Besuch erhielten wir von Versicherungsvertretern, von Vertretern einiger Arzneimittelfirmen und spontan von den Pfarrern der katholischen und der evangelischen Kirche.

Der katholische Stadtpfarrer namens Herman Schrempf – »Herman« wohlgemerkt mit nur einem r und einem n – war ohnehin Patient und Freund von Dr. Pflanz gewesen und versicherte mir, daß er der Pflanzschen Praxis treubleiben wolle, denn der Emil habe mich ihm schon während meiner früheren Vertretung empfohlen und ihm verraten, daß ich ebenso wie er ein heimlicher Liebhaber von Schüttelreimen sei. Umgekehrt hatte mir Emil Pflanz auch schon vom »Geistlichen Rat«, seinem Freund Hermann Schrempf, erzählt und ihn als Mann eines kultivierten Humors und heimlichen Schriftsteller geschildert.

Nun hatte er sich schon bei seinem ersten Besuch scherzend vorgestellt: »Ich bin der Pope der stärksten Glaubensfraktion hier.« Als persönlichen Gruß übergab er Sina und mir als »Eigengewächs« ein Buch mit dem schlichten Titel »Tröstungen«. Er hatte vor die Widmung den Schüttelreim gesetzt:

Für des Lebens Sorgenbuch
Von Gott dir Rat zu borgen such'.

Seinem nach der Konfession für uns zuständigen Kollegen Pfarrer Schräuble fiel es dagegen schwer, sich auf die Ebene des Scherzens zu begeben. Er trug es wie eine auferlegte Kränkung, auf die er nach außen nicht reagierte, wenn an der Fasnet die heidnischen Lästerzungen übermütig und distanzlos Frivolitäten von sich gaben und scherzten: »Der Schräuble ist eher ein Mütterle für seine wuchtige Schraube«, womit die Größe und Korpulenz der Frau Pfarrer angesprochen war. Als ziemlich strenger und spröde erscheinender Theologe der evangelischen Diasporagemeinde blieb er dem heidnischen Fasnachtstreiben fern, all den »paganen Umtrieben«, während sein katholischer Kollege, vom Volk als »gottseliges Hermänle« apostrophiert, mitten unter den Maskierten saß und so zu scherzen und Witze zu erzählen wußte, daß er stets von Lachern umlagert war. Und keiner hätte es gewagt, ihm ungebührlich nahezutreten, denn er war schlagfertig mit Antworten und über fast jeden so informiert, daß er ihm mit gleicher Münze hätte heimzahlen können.

Pfarrer Schräuble war aber trotz seiner einspännigen Förmlichkeit und pietistisch wirkenden Strenge ein im Detail aufmerksamer, liebenswerter Mensch. So überbrachte er uns bei seinem Antrittsbesuch einen von ihm eigens bei einem Spaziergang zusammengestellten »Waldstrauß«, ein »Zeugnis persönlichen Gedenkens«, wie er sagte, »ein Duft ihrer alten Heimat, in die sie heimgekehrt sind«.

Seine Frau – »d' Pfarrere« – war freilich groß und füllig. Sie trank gerne Wein – am liebsten »Liebfrauenmilch« und »Niersteiner Domtal« – und vor allem war sie »kuchenlüstern«, wie sie freimütig gestand. Dabei war sie – eine Verehrerin der Droste-Hülshoff – der Lyrik zugetan und schrieb selbst äußerst zart empfundene Gedichte, von denen sie uns ein im Selbstverlag gedrucktes Bändchen schenkte, in das sie eine Widmung mit dem Wort der Theresa von Avila eingeschrieben hatte: »Der Geduldige erreicht alles.« Vor kurzem hatte sie der Landesbischof besucht, dem sie zuvor schon ein Gedichtbändchen mit Widmung gesandt hatte. Der Bischof habe, wie die Frau Pfarrer arglos stolz berichtete, schmunzelnd zu ihr gesagt: »Also Frau Pfarrer, ich hätte gar nicht gedacht, daß in einem so mächtigen Körper eine so überaus zarte Seele wohnen kann.« Das konnte sich freilich nur ein Bischof erlauben und dafür noch Beifall ernten.

Pfarrer Schräuble war, wie wir bald erleben sollten, ein »Fortschrittlicher« in der Gestaltung der Gottesdienste. Die Jugend für das Evangelium zu gewinnen, lag ihm offenbar besonders am Herzen. Die Jugend in den Gottesdienst zu bringen, ging er so manches Risiko ein, indem er junge Leute die Liturgie selbst gestalten ließ. Die Orgel und der Organist kamen dabei freilich zu kurz, weil die Jugend eine eigene Jazz-Gruppe mitbrachte und die Gemeinde mit rhythmischem Klatschen beim Gesang des Refrains moderner Lieder den musikalischen Teil der Liturgie gestaltete. Der Gottesdienst begann ungewöhnlich früh um 8 Uhr morgens mit dem Titel »Frühschicht«. Die Rolle des Pfarrers wirkte bescheiden, denn er sprach nur die Segnungen, während die Bibeltexte, die Fürbitten und sogar die kurze Predigt, die der junge Vikar im vorgegebenen »Sound« der »Jugendsprache« hielt, im Stile eines Musicals abliefen. Den älteren Besuchern der »Frühschicht« war es zum Davonlaufen zumute, als der Prediger den jungen Leuten sagte: »Herr, wir bitten dich, laß uns nun so richtig Bock darauf haben, dein Wort zu hören und zu verinnern. Wir stehen auf dich und vertreten im Geiste deines Worts hier alle Minder- und Andersbegabten, alle von der Gesellschaft Benachteiligten und Entfähigten, die als ›klein‹ Geschmähten, weil vertikal Benachteiligten – sie alle, die deiner Hilfe in dieser kalten, plutokratischen Ellenbogengesellschaft bedürfen. Laß uns eine tolle Frühschicht haben und mit ihr ein Zeichen setzen, mit unserer Betroffenheit redlich umgehen und dadurch etwas bewegen.«

Diese Passage und weitere mehr aus dem »Adolang«, der eigenen Sprache und Ausdruckweise der heutigen Heranwachsenden, wurden begreiflicherweise zum Gegenstand heftiger Diskussionen im Kirchengemeinderat. Pfarrer Schräuble verteidigte sich aber mit dem Hinweis, die Kirche sei nie so mit jungen Leuten gefüllt wie bei solchen Gottesdiensten. Man müsse der Jugend Raum in der Kirche für ihren Lebensstil gewähren. Es sei doch nun einmal so, daß Engel und Teufel um die Wette musizierten, während Kinder zu Jugendlichen und diese zu Erwachsenen würden. Und jedes Alter habe eben seinen Sound.

Erste Kontakte gab es auch mit Handwerkern, deren Hilfe wir für die Renovierung der Praxis- und Wohnräume bedurften. So bestellten wir für eine Neugestaltung des Kachelofens und die Armierung der Türen auf Anraten von Schwester Else den »Robert«, der Häfner und Schlosser in einem war. Seine aus dem Alemannischen stammende Frau hatte wegen der zwei Meistertitel ihres Mannes einen Krattel. Auf die telefonische Bitte von Sina, er möge doch zur Besprechung anfallender Arbeiten einmal vorbeikommen, sagte die »Frau Häfner- und Schlossermeister«: »Also Frau Doktor, der Robert, der Häfner, der Schlosser, min Ma', hät morge bi Ihni i der Näh' öbis z'mache. Und no kunnt er gli' bi eu' vorbei, wenn er die Türe fertig hät.«

Schwester Else lachte, als ihr meine Frau die gespreizte Redeweise im Dialekt vortrug. »Die schwätzt immer so«, wußte Schwester Else. Deshalb habe ihr Dr. Pflanz, als sie einmal am Telefon um einen Hausbesuch wegen ihres erkrankten Robert bat, auch gesagt: »Dank sei dir, Berta, Frau des Robert, des Häfners, des Schlossers, für den Anruf. Sag' ihm, daß ich sofort komme und nicht erst, wenn ich im Tös* noch einen anderen Besuch machen muß.« Das war eine Kritik an der Gepflogenheit Roberts, seine Arbeit nach Stadtvierteln einzuteilen, auch wenn's da und dort dringlich war.

Der Fliesenleger Langenbacher, auch ein alter Patient der Pflanzschen Praxis, kam acht Tage vor der Wiedereröffnung der Praxis, um im Behandlungsraum einen neuen Boden zu verlegen. Er war aktenkundig ein hochtouriger, nervöser Mann mit Neigung zu hohem Blutdruck. Er litt unter Zeitstreß und ließ, wie Schwester Else wußte, seine Armbanduhr stets eine Viertelstunde vorgehen. Als er nun eine Viertelstunde vor acht Uhr morgens mit einem Kleinlaster in Begleitung seines Gesellen anrückte, stürmte er gleich ins Sprechzimmer, wo ich ins Studium der Karteikarten vertieft war, und hechelte: »Herr Doktor, i bin der Fliesenleger Langebacher, hier bekannt, und will jetzt da Bode im Behandlungszimmer mache. Aber vorher sotet Se mir amol da Blutdruck messe.«

»Ja warum denn, Herr Langebacher – was isch denn los?«

»Ha, Herr Doktor, i han geschtern mei' Uhr zum Uhrmacher bringe müsse, weil, die geht älleweil z'schnell. Und i glaub', daß des mit mei'm hohe Blutdruck zammehengt.«

Ich kontrollierte den Blutdruck. Er war an der

*Tös, ein Stadtteil Schrambergs

oberen Grenze der Norm. Der Puls war beschleunigt.

»Wann kriegen Sie die Uhr wieder vom Uhrmacher?«

»Heut nachmittag.«

»Also, ich schlage vor, Sie kommen morgen und übermorgen – solange Sie hier zu tun haben – zur Blutdruck-Kontrolle. Dann kann ich auch Ihre Uhr mit der wirklichen Zeit vergleichen, und wir werden sehen, was los ist. Wahrscheinlich geht die ›innere Uhr‹ bei Ihnen zu schnell, und dafür wäre dann nicht der Uhrmacher, sondern der Doktor zuständig.«

Tatsächlich hatte das nervöse Bündel, wie sich zeigte, seine Uhr wieder eine Viertelstunde vorgestellt. Zu behandeln gab's dann eine Schlafstörung des überforderten Mannes.

Das »Vevele«, wie Genoveva, die Hilfe im Pflanzschen Haushalt, genannt wurde, fremdelte anfangs sehr, als sie sich an die »neue Herrschaft« gewöhnen mußte. Vor allem hatte sich halt auch das »Interieur« verändert, war von Barock auf Biedermeier gewechselt worden, und das Vevele vermißte das große Portrait in Öl ihres vorigen Herrn. An seiner Stelle hatten wir ein Landschaftsbild aufgehängt. Das Vevele stand immer wieder versunken vor dieser Wand mit dem nun neuen Bild und erklärte meiner Frau: »Do isch er gwese und hat mi – wunderbar in Öl gemalen – so gütig wie an Vadder a'glächelt.«

»Net weine, Vevele«, versuchte meine Sina zu trösten. »Er guckt jetzt vom Himmel zu uns runter und will, daß mir – du und ich und mei' Mann – gut zueinander sind.«

Erst als wir Vevele die Kopie eines größeren Portraitphotos von Doktor Pflanz schenkten, fand sie zu mehr Distanz in ihrem Schmerz.

Kurt und Nelly wissen jetzt Bescheid über eine der wichtigsten Stationen meines Lebenslaufs – die Rückkehr zu den Quellen meiner Heimat. Aber ich muß ihnen noch mehr erzählen, tiefer graben, denn sie sollen auch verstehen, welchen inneren Weg ich zurückgelegt habe. Deshalb erzähle ich ihnen noch einmal von Laurin, der mich schon in meiner ersten Schramberger Zeit so nachhaltig beeindruckt hat, und von den Zwergen.

»Doktor der Zwerge«

Laurin, der »Philosoph der Zwerge«, war und blieb nicht nur ein gelegentlicher Patient. Sein Höhlenhaus stand mir jederzeit offen, und ich kam oft, wenn es meine Zeit erlaubte, zum Gespräch mit diesem gelehrten Mann. Allmählich wurde ich sein Vertrauter, wobei Distanz der tragende Grund für persönliche Nähe blieb.

Laurin war nicht gerade ein Zwerg in herkömmlicher Vorstellung. Mit seiner Körpergröße von 1,56 m gehörte er zu den Kleinwüchsigen. Sein überproportionierter Kopf mit asketischen Gesichtszügen, der gütige Blick mit der Fähigkeit zu scharfer, konzentrierter Einblendung und dann wieder entrücktem Schauen, seine hakenförmige Nase, darunter ein eher kleiner Mund mit weichgeschwungenen Lippen, ruhend auf einem energisch geformten Kinn mit kleinem Grübchen – dieser Kopf, dieses Gesicht verliehen ihm die Erscheinung einer vergeistigten Persönlichkeit. Bei seinem Anblick fielen mir immer wieder Skulpturen einstiger römischer Senatoren, ja sogar die Büste Senecas ein. Laurin sprach stets ruhig, gemessen, und ich erinnere mich bei allen unseren Begegnungen nie der Anzeichen von Hastigkeit oder ungezügelten Emotionen. So habe ich ihn gleichsam als Spätexemplar der Stoa, einer Personifizierung stabiler Ausgewogenheit und des Gleichmuts in allen Lebenslagen in Erinnerung. An dieser Haltung, nach der ich selber im aufregenden ärztlichen Beruf insgeheim strebte, konnte ich immer wieder die Distanz des Weges messen, die ich in meiner künftigen Entwicklung noch vor mir hatte. Freilich besaß Laurin dabei mir gegenüber einen Vorsprung von gut 30 Lebensjahren.

Über seine persönliche Lebensgeschichte erzählte er nur in einzelnen Puzzles, lückenhaft, mit Aussparungen. Er vermied es, das Buch seines Lebens aufzuschlagen. Darin erkannte ich ein Stück seiner Weisheit. Gewiß lag das aber auch daran, daß er es weder bei sich selbst noch bei anderen schätzte, die eigene Person zum Thema im Gespräch werden zu lassen.

Wie ich einmal vorsichtig äußerte, als Arzt hätte ich schon oft bemerkt, daß Kleinwüchsige bei rohen, taktlosen Menschen zur Zielscheibe für Spötteleien würden, reagierte er nicht mit einem Lamento, sondern mit sarkastischem Humor: »Alles, was dem Menschen zu klein oder zu groß – überhaupt ›zu‹ – erscheint und seine Mittelmäßigkeit über- oder unterbietet, führt ihn zu Aggression, im besten Falle zu Spott. Aber das ist auch bei den Kleinwüchsigen, den Zwergen nicht selten so. Da sagt ein Zwerg zum anderen beim Einkauf von Stoff in einem

Geschäft: ›Jetzt guck' au', wieviel Stoff der riesige Dickwanst braucht, bloß für a Umhüllung von sei'm madige Ranze!‹ Der andere meint: ›Der braucht net bloß meh' Stoff, sondern au meh' Wasser und Seife und kolossale Menge' an Futter derzu.‹ Der erste fährt nach ein paar Augenblicken tiefsinnig fort: ›Der hat au' a längere Leitung als mir. Denk' bloß, wenn der mit sei'm Fuß in an Nagel tappt, wie lang des braucht, bis er's merkt!‹ Der andere sagt: ›Du hascht recht. Mir Kleine tappet scho' gar net in en Nagel, weil mir uf da Bode gucket.‹ Sie sind sich rasch einig darüber, daß die Zwerge vorteilhaftere Geschöpfe gegenüber den Riesen seien, was sie später an der Kasse des Stoffgeschäftes bestätigt finden.«

Mir fiel damals bei Laurin die Geschichte mit einem kleinwüchsigen Patienten ein, einem Italiener. Er war als hochbegabter Porzellanmaler zugezogen und als Fachkraft bei der Schramberger »Majolika« angestellt. Der kleine Mann aus Italien, nennen wir ihn Luciano, stand wegen eines erfolgreich behandelten »Hautkrebsles« in Überwachung bei mir und wegen seines ihm gegenüber riesigen schwäbischen Hausdrachens in häuslichem Dauerstreß. Der Photograph hatte – übrigens wie immer in solchen Fällen unterschiedlicher Größe bei Ehepaaren – beim Hochzeitsphoto den kleinen Luciano auf die zweite Stufe einer dezent verkleideten Treppe gestellt, um das Brautpaar halbwegs ebenbürtig erscheinen zu lassen. Mir war das bei Hausbesuchen auf dem an der Wand der Wohnstube hängenden Brautbild schon aufgefallen. Weil der kleine Luciano von seiner großen suevischen, zu Eifersucht neigenden Alemannin aber bei heftigen Auseinandersetzungen verdroschen wurde – »i hau' dir da Ranze voll, wenn d'wieder ins Wirtshaus gohscht« – suchte Luciano trotz solcher Drohungen gelegentlich Trost im Wein. So entdeckte ich nach einem Nachtbesuch den armen Kerl, wie er dahintorkelte und schließlich Halt an einem dünnen Laternenpfahl fand, den er innig umarmte. Ich hielt an und ging zu Luciano. »Der Laternepfahl gibt net so viel her wie dei' Emma. Komm', steig' ei', i bring di' heim, und no sagscht deiner Emma en Gruß von mir, i hätt' die troffe und zum a Viertele ei'glade. No wird se au' halbwegs z'friede sei!« Luciano strahlte. Er hatte mich verstanden. Anderntags brachte er einen Krankenschein mit einem Zettel in die Praxis: »Herzlichen Dank für die gestrige Beratung!«

Wenn ich bei unseren Gesprächen die Kleinwüchsigkeit als Folge einer Besonderheit der Funktion der Hypophyse, der Hirnanhangsdrüse also und der von ihr ausgehenden Steuerung der Hormone erklärte, so wußte das Laurin schon. Er bohrte aber weiter mit der Frage, warum das so sei? Und ich mußte die Begrenzung wissenschaftlichen Wissens zugeben. In Anbetracht der sonst vorherrschenden Beschleunigung des Wachstums, der augenfälligen Tatsache, daß die Mehrzahl der Kinder an hohem Wuchs ihre Eltern übertrifft, ist der noch stattliche Bestand an Kleinwüchsigen hier schon ein Phänomen. Laurin verdankte ich es, darauf aufmerksam zu werden. Und ich fand mit der Zeit heraus, daß in Schramberg die Kleinwüchsigen in meiner Praxis recht zahlreich erschienen. Laurin sagte scherzend: »Sie sind halt der ›Doktor der Zwerge‹. Alle kleinen Leute, auch solche, die nur in sozialer Hinsicht Zwerge sind, fühlen es, daß Sie als Doktor nicht nur etwas, sondern ganz und gar alles für sie fühlen. Sie wissen, daß Sie Ihnen als Helfer Ihr Herz schenken.« Und als er dann auch noch das Glas erhob und auf den »Doktor der Zwerge« prostete, da hatte ich meinen wohlgemeinten Spitznamen weg. »Das muß sich erst noch erweisen«, versuchte ich abzuschwächen. »Das hat sich schon erwiesen, und ich kann mir nicht vorstellen, daß sich Ihre Persönlichkeit in Ihrem Grundverhalten ändern könnte.«

Da hatte ich's! Und obgleich mir's peinlich war: Die Bezeichnung »Doktor der Zwerge« sickerte auf geheimnisvolle Weise in die Bevölkerung.

Nun sind die Menschen in meiner Geburtsstadt mit ganz großer Majorität anständige, liebe Menschen, denn sie verfügen noch über Tugenden, die sie einfach liebenswert machen. Vor allem ist ihnen die Gottesgabe des Humors und der Freude am Witz zuteil geworden.

Als ich mit der Familie einen vierzehntägigen

Osterurlaub in südlichem Land verbracht hatte, unguten Gefühls deshalb, weil eigentlich der Garten hätte »gerichtet« werden sollen, da fanden wir bei der Heimkehr aus dem Staunen nicht heraus. Der Garten war umgeschoren, angepflanzt sowohl im Nutz- wie auch Ziergarten, so fachmännisch und schön, daß wir im ersten Augenblick daran dachten, unser Vevele, die während unserer Abwesenheit das Haus hütete, hätte vielleicht den Gärtner bestellt. Aber – herrjeh – da waren im Ziergarten mehrere Gartenzwerge angesiedelt, die verschiedenen Verrichtungen nachgingen. »Auch das noch!« stöhnten wir fassungslos und fragten das Vevele, was denn da geschehen sei?

»Also, Sie werdet's net glaube, aber i weiß es net. Da müsset nachts Heinzelmännle komme sei', denn alles ischt in einer Nacht passiert. Und weil i ja immer wie a Murmeltier schlaf', han' i doch gar nix mitkriegt. Aber die Heinzelmännle – an a paar Fußabdrück hab' i gsehe, daß die heimliche Gärtner kleine Füß g'habt habe müsset, die habet nur da Garte hergrichtet. Die Zwerg – die hat uns der Luciano von der Majolika neigschtellt und gsagt, er hätt' se selber a'gmolt und woll' Ihne damit a Freud' mache. Des seiet doch luschtige Kerle, und einer von dene, des hent Sie ja scho' gsehe, hält sich anere große Glockeblum! Der sei »ziemlich trunke vom Blütestaub«, hat der Luciano gsagt, der Dokter tät scho wisse, was er damit meint.« Das wußte ich freilich. Aber nun war ich in meinem Geschmack der Gefangene eines Geschenks, das ich nicht mehr zurückweisen konnte ohne den lieben Luciano zu kränken. Und da meine Sina und das Vevele die Zwerge liebgewannen, bevölkerten sie fortan den Ziergarten und vermehrten sich gar, weil der Luciano mich an jedem Geburtstag mit einer neuen Kreation beschenkte.

Schwester Else, die ab und an den Hartleibigen ein Klistier verabfolgte, jedoch – »weils gleich losging« – oftmals einen Rest in der Klistierampulle hatte, fragte mich dann immer: »Soll i den Rest de Zwerg verpasse?« Damit meinte sie, den Rest in den Vorgarten über die Pflanzen zu spritzen. Schließlich sagte ich nur noch: »Was eventuell übrigbleibt, ist für die Zwerg'.«

Meine und meiner Frau mit mancher Schläue durchgeführten Nachforschungen, wer denn die Heinzelmännchen gewesen waren, die in einer einzigen Nacht unseren Garten hergerichtet und auch noch angepflanzt hatten, blieben ergebnislos. Wir wußten nicht, bei wem wir uns hätten bedanken können. Laurin, dem ich die Geschichte erzählte, schmunzelte nur mit der orakelhaft klingenden Bemerkung, die einer rhetorischen Frage gleichkam: »Warum wollen Sie nicht einfach das Wunderbare eines kleinen Wunders als solches annehmen? Muß denn alles analysiert sein?«

Zu den Kleinwüchsigen zählte auch mein Frisör,

der ein Tausendsassa im Haareschneiden wie auch Frisieren war und als Barbier eine sichere Klinge führte, der sich besonders sensible Männer mit und ohne Gottvertrauen überließen. Seine Kleinwüchsigkeit hatte den Vorteil, daß er keine Frisier- und Rasierstühle brauchte, um mit dem Kopf des Kunden immer auf gleicher Höhe zu sein. Und mitunter – bei den »Riesen« – bestieg er einen treppenförmigen Schemel. Er betätigte sich nur als Herren- und Kinderfrisör, hatte aber dennoch genug Kundschaft. Vom »Lesezirkel« bezog er ein breites Sortiment an Zeitschriften, so daß auch die Mütter, die ihre Kinder ins Etablissement brachten, Lesestoff bei ihm fanden. Dort konnten sie heimlich, weil von der Lesemappe umhüllt, auch Zeitschriften lesen, die allerlei Modernes und Riskantes enthielten, inklusive Witze, die eigentlich nur in Männerzeitschriften gedruckt wurden.

Als der Friseur, der Rigobert mit Vornamen hieß, jedoch mit Rigo angesprochen wurde, zur wirklich hübschen Frau des Kaminfegers sagte: »Guckscht, während i dei'm Heinzele en schöne Bubikopf mach', amol in des Modeblättle nei, do siehscht die schönste Fraue aus Paris«, antwortete die Kaminfegerin schlagfertig: »Also die wo hübscher sei' soll wie i, die isch halt gschminkt.« Von den Männern, die wartend dasaßen und grinsten, sagte einer, um abzulenken: »Hent ers scho g'hört? Der Guschtav Lebewein isch gschtorbe.«

Rigo antwortete, während er dem Heinzele die Locken abschnitt: »Welleweg, der Guschtav isch gschtorbe.« Nach einer Weile fragte einer: »Ja an wa isch denn der Guschtav gschtorbe?« Ein anderer dünkte sich kundig: »Er soll anere Grippe gschtorbe sei'. Er hat nämlich sei'm Dokter gsagt: I druck' anere Grippe rum. Aber der Dokter, ein Spaßvogel, hat g'meint: Druckscht zur Abwechslung lieber amol wieder an deiner Gisela rom. Und wie se no a Röntgenaufnahm im Spital gmacht hen, isch's rauskomme – a fortg'schrittener Lungekrebs!« »Des isch ja scheußlich«, sagte einer, und danach einer nach dem anderen: »Ja, des ischt scheußlich.« Und Rigo, dessen Schere vehement klapperte, da er beim Feinschnitt angelangt war, sagte wie aus einer anderen Welt: »Jetzt brauch' i den Guschtav, wo älle drei Tag treu und brav komme ischt, nemme rasiere.« Und mit einem Blick auf die Männerrunde: »Aber i han jo no euch, wo der Bart no runter muß.«

Nach einer Weile lachte einer laut auf: »Ja so ebbes! Des ischt ja ein Witz!«

»Was? – Los, verzähl' uns des!« sagten zwei. Der Leser, der sich kaum vor Lachen halten konnte, sprudelte heraus: »Also, was unsere Schüler doch gattig's Zeug in ihre Aufsätz schreibet! Da hat doch einer in seim Aufsatz übers Rote Kreuz g'schriebe: ›Die Helfer und Helferinnen beim Roten Kreuz sind selbstlos in der Liebe tätig. Nur wenige von ihnen bekommen Geld dafür.‹«

Alles lachte. Einer meinte, das gebe was für die Fasnet her. Aber kaum hatten sich alle ausgelacht, fuhr der Leser der Zeitschrift fort: »Unglaublich! Da schreibt doch eine Schülerin: Wir gingen bei unserem Stadtrundgang an einem Haus vorbei, wo, wie die Frau Lehrerin erklärte, die Mütter ihre Kinder gebären. Aus dem ersten Stock schaute eine solche Gebärmutter und winkte uns zu. Wir gingen aber nicht hinein.«

Während des allgemeinen Gelächters entschuldigte sich Rigo bei der Kaminfegerin, die sich indigniert fühlte und die Augenbrauen hochzog: »Gell, des ischt wieder a Männergschwätz! Aber der Heinzele versteht des ja net.«

So ging's halt beim Herrenfriseur Rigo zu, der als Zwerg galt und zu allem hin seinen Glatzkopf unter einem Toupet verbarg. Er war aber witzig und humorvoll, wenn er gelegentlich wegen solcher Nachteile von Freunden auf die Schippe genommen wurde. Sagte ihm einer einmal: »Also Rigo, a Friseur mit Glatze, des isch ja gradso wie en Geißbock ohne Bart.« Darauf Rigo: »Do, wo's druf a'kommt han i an ganze Wald von Hoor.« Und als ein anderer auf seinen Kleinwuchs spöttelte: »Du muscht scho ällweil' mit der Scher' klappere, daß mer di' sieht, Rigoletto«, da gab er zurück: »I bin froh, daß i in mei'm Parterre net ällen Blödsinn höre muß, der im Dachg'schoß verzapft wird.« Damit zog er die Lacher auf seine Seite. Das Besondere in Schramberg lag eben darin, daß man sich solche Witzeleien nicht nachtrug. Sie hatten unterschwelligen Bezug zu den Sticheleien der Fasnacht und waren deshalb Bestandteil einer allgemein tolerierten Verhaltenskultur.

Es ist Zeit, Kurt wieder eine von den deftigeren Geschichten zu erzählen, die er so gerne hat. Daran fehlt es nicht in meiner Erinnerung. Also, lieber Kurt, da ist sie, die Geschichte vom Richard Speckle und den Gumpenbadern.

Die Gumpenbader

In Schramberg gab es seit alten Zeiten schon immer wieder Menschen, die sich der Natur mit Haut und Haar verbunden fühlten. Mit der Natur muß der Mensch in Einklang leben, und so bedarf es ständiger Abhärtung und Gewöhnung an das Gebirgsklima, besonders an Luft und Wasser, um der Anfälligkeit für Krankheiten, vor allem den Erkältungen, vorzubeugen. Ein paar »Verrückte« – wie die Mehrheit meinte – hatten vor langer Zeit schon, ermutigt von den Schriften des Sebastian Kneipp, eine drastische Übung der Abhärtung entwickelt, deren Kultstätte im finsteren Bernecktal lag. Dort, in der Nähe des einstigen Steinbruchs, hatten sie in der Berneck mit ihrem selbst in Sommermonaten kalten Gewässer einen Aufstau durch aufgeschichtete Steinblöcke geschaffen, so daß ein »Gumpen« mit tieferem Wasser entstand, ein richtiges Naturbad im Bergbach. Hinter dichtem Gebüsch legte man die Kleider ab – Männlein und Weiblein getrennt – und stieg dann, wenn auch meist schnatternd, in das wirklich kalte Wasser. Die Füße zuerst, oben, wo das Wasser noch seicht war. Dann gossen die Gumpenbader mit hohlen Händen

Wasser über die Oberschenkel und rieben sich schließlich das kalte Naß auf den Körper, um dann mit einem Aufschrei in den tieferen Teil des Gewässers zu tauchen. Jetzt kam es zur totalen Anpassung unter lautem Prusten, Hüpfen und Rudern mit den Armen, während »die Natur« die »giftigen Hitzen« aus dem Leibe zog und Herz und Kreislauf in kannibalischen Wirbel versetzte. Die Verweildauer im kalten Wasser war unterschiedlich, bei Anfängern und leibarmen Leuten meist nur kurz, also ein paar Minuten. Danach rieb sich jeder mit seinem Handtuch trocken und ging dabei auf der Wiese im Kreis herum. Es gab meist auch hilfreiche »Badweiber«, die auf Wunsch noch den Rücken oder die Brust mit Lorbeeröl einrieben, das aus den Früchten des Lorbeerbaums gewonnen wird und mit seinen ätherischen Ölen die Haut und die Muskulatur belebt und gerade nach einem kalten »Reizbad« zu anhaltendem Wärmegefühl verhilft. Ein beachtliches Erfahrungswissen fand bei den Gumpenbadern zu Anwendung und Tradition. Vereinzelt waren seit langen Zeiten ja auch Ärzte unter diesen konsequenten Naturmenschen, die ein wenig darauf achteten, daß das Angewöhnen ans kalte Naturgewässer von Anfängern möglichst im Sommer begonnen wurde, also bei günstigen Wasser- und Lufttemperaturen. Die schon Abgehärteten badeten nämlich auch im Winter, wobei allerdings der Hang zu Angeberei eine Rolle spielte. Jedenfalls sah man in der Zeitung immer wieder Bilder der Unentwegten, wie sie Löcher ins Eis schlugen, um für kurze Zeit ins kalte Wasser einzutauchen. Einen dieser »Eisbären« kannte ich. Er kam einmal wegen einer Fingerverletzung in die Praxis. »Des ischt a Ausnahm', Herr Dokter, daß i bei Ihne erschein'. I bin nämlich Gumpebader, da fehlt ei'm nix«, prahlte er. »Soso, da fehlt ei'm nix ...«, wiederholte ich eigentlich eher nachdenklich als spöttisch, denn Richard Speckle entsprach seinem Namen durch eine Massigkeit des Rumpfs, der mit Armen und Beinen dadurch ins Mißverhältnis geraten war. Im stillen dachte ich – ohne ein Knecht des Schlankheitsideals zu sein – an die ärztliche Erfahrung, daß im Alter von vierzig Jahren diesem Richard Speckle für das Zertifikat eines gesunden Leibes noch kein Fettpolster zustand. Gedacht, und irgendwo im Gehirn gespeichert, wo so vieles, was tagaus tagein in der Sprechstunde und bei Hausbesuchen Revue passiert ...

Knapp ein halbes Jahr später wurde ich um einen dringenden Hausbesuch beim Richard Speckle gebeten. Er hatte heftige Schmerzen im rechten Unterbauch. Die Untersuchungen ergaben, daß ein Harnleiterstein die kolikartigen Schmerzen verursachte. Nach der Injektion eines schmerz- und krampflösenden Mittels erinnerte ich mich wieder der stolzen Behauptung, daß die »Gumpenbader« alle gesund bleiben würden. Aber ich enthielt mich einer

Bemerkung darüber. Richard Speckle hatte offensichtlich an Gewicht zugelegt, wirkte leibiger als zuvor, ja, ein wenig aufgedunsen. Als ich eine längere Weile bei ihm am Bett saß und nichts sagte, sprudelte er, als die Spritze wirkte und er allmählich seine Schmerzen loswurde, in wachsender Selbsterkenntnis los: »Mer sollt' halt derheim bleibe und net u'bedingt nach Thailand reise, in die Hitz', in des völlig andre Lebe. Da hat mei Friedel scho' recht. Aber meine Kegelbrüder hent kei Ruh' gebe. ›Des isch doch was für uns Männer‹, hent sich älle begeischtert, ›Sonne, Sandstrand und mandeläugige Susle – des muß mer doch ei'mol wenigschtens erlebt han ... Unser kalt's Gumpeloch bleibt uns ja zum Abkühle immer no ...‹ Also, weil i kein Frosch han sei' welle, bin i halt mit sechs von meine Gumpe- und Kegelkumpel nach Pataya gfloge. Dort am Strand war vielleicht ebbes los, Herr Dokter! Sind Se au' scho' amol dort g'wä?« Ich schüttle den Kopf. – »Friedel, du könnt'scht mir bitte amol an Tee mache, solang' i no mit em Dokter schwätz' – ja, am beschte en Kräutertee – i dank der schö' ...«

»Also – vom sündige Strand wollt' i Ihne doch erzähle ... Also des könnet Se sich kaum vorstelle, was da los ischt! Wie uf em Volksfescht isch da en Trubel mit lauter Mädle mit Blüte im schwarze Haar – Mandelauge – mit Nase, die ei'dellt sind wie nach eme Frontalz'ammestoß – aber vollblütige Lippe und Figürle! Figürle mit volle Buse und schmale Hüfte – wie g'molt!« Richards Augen bekamen feuchten Glanz. Als ich trocken fragte: »Und?« – »Und! fragen Sie da noch!« empörte er sich geradezu. »Also – unser Kegelkass' hat für drei zauberhafte Nächt' g'reicht: Dernoch hen mer halt jeder selber zahlt. Aber mir hent voller Stolz erlebt, was unser Demark wert ischt!« »Hoffentlich hent ihr Kondome derbei g'het!« warf ich besorgt ein.

»Narr, en ganze Koffer voll, Herr Dokter – mer hent scho ufpaßt, daß uns keine böse Virusle a'flieget, des isch klar. Also noi, do isch's ganz hygienisch zugange, des muß i scho' sage, obwohl des wilde Zibetkätzle waret, die uns jedesmal vorher a Vollmassasch verpaßt hent, wie's unsere Massöse nie und nimmer fertig bringet ...«

»So, do han i dein Kräutertee«, unterbrach die Friedel und höhnte: »Des send no Mannsbilder, Herr Dokter, die kommet krank heim, wenn mer se oimal allei verreise läßt! Und hier hen se a Gschiß, weil se im kalte Gumpe badet und mit ihrer eiserne Gsundheit hausiere ganget.«

»Wahrscheinlich ist der Ausflug ins tropische Klima, in eine völlig andere Lebenskultur dene Gumpebader net bekommen«, stimmte ich zu.

»Des stimmt«, bestätigte die Friedel. »Zwei hent a Darminfektion heimbracht, einer liegt im Tropeinstitut in Tübinge mit ere Leberinfektion, dem geht's arg schlecht, und wie's mei'm Richard bekomme ischt – des sieht mer ja.«

»Ja, was soll man denn machen, wenn es einen – wenigstens ›einmal‹ im Leben – in solche ferne Länder zieht?« fragte Richard vorwurfsvoll.

»Am besten daheimbleiben – in dem, was uns und unserem Organismus vertraut ist«, sagte ich absichtlich schroff und erhielt dafür Beifall von der Friedel.

»Bleibe im Lande und nähre dich redlich – so steht's in der Bibel«, hieb sie in die Kerbe und gab dann noch eins drauf, denn die Orgien am Märchenstrand von Pataya waren den zu Hause gelassenen Frauen aus illustrierten Blättern bekannt. »Älles wege dene rassige Weiber«, zischte sie. »Wie wenn die unterm Hemet ebbes anders hättet wie mir! Derbei sin' des gegenüber uns Weiber hier ja Spielzeugpüpple – die hent doch bloß mickerige Äpfele und kleine Müschele – also, wie mer wege sotte schwarze Konkobiene oder Kongobiene a teure Reis' mache und krank heimkomme mueß – des soll no ebber verschtande!«

Der Richard hörte kleinlaut zu, erhob dann aber – wenn auch äußerst undiplomatisch – doch Einwände. »Also mit em Kongo hat des nix uf sich, denn der Kongo isch ja in Afrika ... und so winzig, wie du sagscht, sin die ›Äpfele‹ und ›Müschele‹ au wieder net ...«

»Do sieht mer, daß du di kundig g'macht hascht, samt dene Fetze von Kegelbrüder!« zischte die Friedel, fing ihr Heulgesicht mit dem Schurz auf und verschwand.

»Jetz' ischt aber der Ofe aus«, sagte ich resigniert zu Richard, der seelisch k.o. im Bett lag und nur noch an die Decke starrte. Nach einer Weile, während der ihn der Ringrichter ausgezählt haben würde, fragte er mich trocken: »Herr Doktor, was macht mer jetzt do?«

»Es ist Reue angesagt, Richard«, begann ich nach kurzem Nachdenken. »Du mußt zuerst in dich gehen und deine Fehler einsehen. Glaub' ja nicht, daß die Friedel deine Abenteuer am Strand nicht gespannt hat! Du muscht dei' Friedel ganz lieb um Verzeihung bitte, wenn du wieder gsund bischt.«

Draußen im Flur verabschiedete ich mich mit einigen Ratschlägen von der Friedel ... und sagte noch dazu: »Friedel, du bischt a prächtigs Weib, weil du den Richard, der am Bode zerstört ischt, pflegscht und sicher wieder gsund und normal werde läscht.«

Meinem Freund Kurt Weißschedel im Bett neben mir geht es von Tag zu Tag besser. Nicht nur die Halbseitenlähmung der Gliedmaßen und der einen Gesichtshälfte bildet sich allmählich zurück. Er kann den linken Arm und die Hand, auch das linke Bein schon wieder langsam bewegen, und die Lähmung der rechten Gesichtshälfte ist deutlich geringer als zuvor. So wird er nun auch von einer Krankengymnastin täglich mit Bewegungsübungen betreut, um die dünn gewordene Muskulatur wieder aufzubauen. Vor allem macht er Fortschritte mit dem Sprechen, obgleich er dabei noch rasch ermüdet und mir dankbar ist, daß ich ihm meine Geschichten erzähle und er nur zuhören muß und bisweilen lächelt oder gar laut auflacht. Ja, er witzelt sogar auffallend oft, als hätte er eine bei Irritation des Stirnlappens im Gehirn zu beobachtende Witzelsucht.

Als ich ihm von den Gumpenbadern erzählte, titulierte er diese mit »Humpenbader« und meinte zu deren Reise nach Thailand: »Der Heiland wär' besser gwese als Thailand.« Aber er war gegenüber den Deftigkeiten meiner Erzählungen kein Spielverderber, im Gegenteil. Wenn er mitunter »Ei-ei-ei« sagte, so ließ er mich spüren, daß er so etwas insgeheim gar nicht ungern hörte, weil er endlich auch wieder einmal lächeln oder lachen konnte. »Erwachsene sind oft unvernünftiger als Kinder«, sagte er einmal, und wenn abends nach dem Besuch von Nelly die Zeit unserer stillen Zweisamkeit anbricht, so dreht er sich alsbald mir zu und sagt: »Erzähl' mir was von deine Gschichte, von Schramberg, von de Zwerg und seltsame Leut'.« Und dann geht's los.

Heute, als ich beim Besuch von Nelly wie immer draußen sitze auf dem Flur, um die beiden ungeniert turteln zu lassen, setzt sich Nelly nach der Verabschiedung von Kurt zu mir und macht einen ziemlich frustrierten Eindruck. Sie ist tags zuvor bei Professor Feinschnabel gewesen, um seine Einschätzung der Situation und des weiteren Verlaufs von Kurts Erkrankung zu erfragen. Und heute ist sie, kurz bevor sie ins Zimmer kam, dem Stationsarzt begegnet. Sie mokiert sich über die Redeweisen der Ärzte, die sich in gestelzten Formulierungen ihrer Meinung nach nie klar und bestimmt ausdrücken, wenn man ihre Ansicht hören will.

Da fragte sie den Oberaugur Feinschnabel: »Glauben Sie nicht auch, Herr Professor, daß es meinem Mann wesentlich besser geht und er doch wieder gesund wird?«

Darauf Feinschnabel: »Ach, wissen Sie, gnädige Frau, das Wort ›glauben‹ gehört nicht zum Wortschatz eines wissenschaftlich orientierten Arztes. Der Arzt weiß, oder weiß nicht. Alles dazwischen besitzt unterschiedliche Grade der Wahrscheinlichkeit.«

»Ja, aber wenn sich Krankheitserscheinungen, Symptome, bessern und auch der Patient sich besser fühlt, wie das bei meinem Mann ja der Fall ist, so tritt doch ›das Prinzip Hoffnung‹ in den Horizont der Erwartung ...« »Aber natürlich, gnädige Frau, bitte verstehen Sie mich nicht falsch! Gewiß machen auch wir uns Hoffnung und neigen dazu, einen weiteren günstigen Verlauf anzunehmen.«

»Wie schön, Herr Professor, daß auch Sie dazu neigen, einen günstigen weiteren Verlauf anzunehmen!«

»Gnädige Frau, ich weiß, daß Sie Philologin sind

und aus meinen Formulierungen eine gewisse Bedachtsamkeit heraushören, und ich verstehe auch, daß Sie lieber ein ›Forte‹ des Optimismus vernehmen würden... Aber bei der Prognose einer zweifellos gravierenden Erkrankung ist es schwer zu sagen, ob die Besserung weiterhin anhält oder ob sie stagniert ...«

»Man kann also nicht annehmen, daß die Lähmungserscheinungen sich wieder ganz zurückbilden?«

»Tja ... Man kann eben nicht mit Sicherheit ausschließen, daß nicht vielleicht in den betroffenen Hirnarealen Narben und gewisse Defizite bleiben –«

»Wofür spricht Ihre Erfahrung, Herr Professor?«

»Ach, wissen Sie, die Erfahrung – die sogenannte Erfahrung ist ja nur eine schwache Stütze des Wissens auf dem Wege zur Wahrheit.«

Als sie ihre Enttäuschung nicht verbergen konnte, verabschiedete sich der Professor mit der gestanzten Versicherung: »Glauben Sie mir, gnädige Frau, es wird hier bei Ihrem Mann alles getan, was getan werden muß und getan werden kann.« Glauben Sie mir – da hatte er unbewußt doch das verpönte Wort glauben benützt, unglaubhaft.

Und als sie heute dem Stationsarzt auf dem Flur begegnete und nach seinen ärztlichen Eindrücken fragte, beschied er sie im Tone Feinschnabels: »Ich bin als Assistenzarzt leider nicht legitimiert, über Privatpatienten meines Chefs Auskunft zu geben.«

Nun sitze sie so klug wie zuvor bei einem Puzzle von Aussagen: Glauben gehört nicht zum Wortschatz wissenschaftlicher Ärzte. Der Arzt weiß oder weiß nicht, er hofft nur oder hofft kaum. Der Arzt neigt dazu, anzunehmen. Es ist kaum anzunehmen, daß. Er findet dies oder das sinnvoll oder weniger sinnvoll. Es ist schwer zu sagen, ob oder ob nicht. Der Arzt findet etwas angezeigt oder nicht gerade angezeigt.

Nelly bricht in Tränen aus, und ich habe Mühe, sie zu besänftigen.

»Ja, Sie haben recht«, gebe ich zu. »Die Wahrheit aber kann der Arzt oft oder meistens schon deshalb nicht sagen, weil er sie selber nicht weiß. Und viele Klinikärzte, die vor allem wissenschaftlich tätig sind und mit den Vorbehalten der Wissenschaft leben müssen, sind im Umgang mit der Vermittlung ihres Wissens mitunter ungeschickt. Wir Hausärzte sind in diesem Punkt erfahrener im Gespräch und geübter in Scherz und Ironie, aber auch in der Vermittlung eigenen Nichtwissens. Das merken Sie doch an meinen Erzählungen – oder?«

Nelly beginnt zu lächeln und wischt sich die Tränen aus dem Gesicht. Dann gibt sie mir plötzlich einen Kuß auf die Wange: »Ein Glück, daß Sie meinen Mann und mich trösten – ob's nun wieder gut wird oder nur besser. Danke! Leider hab' ich's eilig, eine Kollegin kommt mich besuchen. Also – adieu!«

Nelly eilt los und winkt am Ende des Flurs noch einmal kurz zurück.

Sie hat mich ein wenig verwirrt. Erstmals ist ein Gefühlsausbruch, eine ziemlich heftige Emotion vor mir abgelaufen, und mir wurde offenbar, welcher Leidenschaft sie fähig sein kann. »Wunderbar, wunderbar, diese Frau«, sage ich in toller Begeisterung leise vor mich hin. Der Anlaß ihrer Gefühlsaufwallung war gewiß plausibel, aber die geschraubte Ausdrucksweise mancher Klinikärzte gehört nun einmal zu den Ritualen der sogenannte Götter in Weiß und hätte ja auch rein mental, vor allem mit Ironie bewältigt werden können. Warum hat sie sich mir gegenüber einem so heftigen Affekt überlassen? Sie vertraut mir, denke ich. Sie ist gescheit genug, um zu wissen, daß sich Schlaganfälle wiederholen können, und sie ahnt wohl auch trotz aller sichtlichen Besserung bei Kurt, daß »etwas bleiben« würde, eine vorzeitige Pensionierung und Versorgungsbedürftigkeit anstünde. Das war es, was sie vom Professor gerne erfahren hätte. Aber der Professor hatte recht, vorerst alles noch in der Schwebe zu lassen. Er hätte es nur offener und verstehbar sagen sollen.

Feinschnabel ist aber dennoch ein feinfühliger Mensch. Er überraschte mich, als er mich in sein Sprechzimmer bat, mit der Bitte um Verständnis, daß er mich noch eine Weile länger unter seinen Fittichen behalten wolle, obwohl ich nun allmählich für die Überweisung in eine Rehabilitationsklinik reif wäre. Aber er würde so gerne noch meine günstige Einwirkung auf »den armen Herrn Weißschedel« so lange wie möglich nützen, wir seien doch zu einem guten Tandem geworden. »Und Gymnastik und Spaziergänge werden Ihnen für den Anfang der Bewegungstherapie auch hier geboten, Herr Kollege.«

O, wie bedankte ich mich bei ihm, denn Kurt und Nelly begannen mir ans Herz zu wachsen. Und bei einem Heilverfahren mit vielen anderen herumzuhüpfen und zu traben, das liegt ohnehin fern von meinen weiteren Absichten. Also werde ich Kurt weiterhin Geschichten erzählen und versuchen, ihn bei guter Laune zu halten.

Eine dieser Geschichten stammt teilweise noch aus meiner Vertretungszeit in Schramberg.

Idylle

Vom Eingang ins Bernecktal geht es schräg gegenüber der Falkensteiner Kapelle in eine steil ansteigende, enge Waldschlucht hinauf zur Ramsteiner Höhe. Ein klarer Bergbach murmelt diskret hinunter zur Berneck. An den dicht bewachsenen Ufern des Baches hatte ich im Knaben- und Jünglingsalter immer wieder Feuersalamander und Ringelnattern entdeckt. An den Ufern dieses Baches entlangzustreifen war stets ein Abenteuer mit vielen Entdeckungen. Vorsicht war geboten, weil auch mitunter Kreuzottern den einst zahlreichen Fröschen nachgingen. Im quarzigen Sand des Bergbachs suchte ich an heißen Sommertagen oft stundenlang nach Gold und war enttäuscht, als ich glitzernde metallische Bröckelchen fand, die ich für Gold hielt, bei denen es sich aber nach Auskunft des Naturkundelehrers um Pyrit handelte. An heißen Sommertagen in das kühle Dunkel in der Ramsteinschlucht einzutauchen, den Harzduft der Tannen zu atmen und die Füße im kalten Gewässer zu kühlen, das bedeutete mir als Knabe so etwas wie Einssein mit den Geheimnissen einer mächtigen Natur und ihrem stillen Walten. Oben, noch vor

Ankunft auf der Höhe, gab es ein Plateau mit Wiesen, auf denen vielerlei Blumen und Kräuter wuchsen. Dort stand ein alter Schwarzwälder Bauernhof, den zu meiden allein schon ein riesiger schwarzer Hund gebot, der häufig frei herumlief und jeden anknurrte, ja anfletschte, der in die Nähe des Hofes kam. Außerdem war, wie man sich erzählte, der Bauer ein jähzorniger, unberechenbarer Mensch. Er hieß »Basche«, abgeleitet von Sebastian, und gelegentlich hörte man ihn brüllen, wenn er – oft wegen einer Lappalie – einen Disput mit seinem Weib hatte, einer kleinen, etwas fülligen Frau mit großem Verstand und einer schier unbegrenzten Fähigkeit zum Dulden und Leiden.

Diese bruchstückhaften Erinnerungen an Erlebtes und Gehörtes fielen mir schon ein, als ich während der Vertretung von Dr. Pflanz einmal um einen Besuch dort oben in waldiger Höhe gebeten wurde, weil die Magd – 's Burgele, wie man ihren Namen Walburga umgeformt hatte – eine akute Mandelentzündung mit Fieber hatte. Schwester Erna nahm ich damals als Schutzengel und Wegekundige mit. Sie verfügte über ein höchst interessantes Hintergrundwissen von den Leuten dieser abseits gelegenen Bergidylle, von all ihren Geschichten, den Personen des Hofes bis hin zu vielen Intimitäten eines immerwährenden Lebensdramas jener grundverschiedenen Menschen, die hier in dem alten Bauernhof hausten.

Da war also der Bauer, der Basche, ein hagerer, mittelgroßer Mann mit zerfurchtem Gesicht, in das die Gewitter eines leicht entflammbaren Jähzorns ihre Blitzeinschläge mit Falten und Gerbung der Haut hinterlassen hatten. Seine Augen, die einst wie Kohlen glühten, waren inzwischen, seit er das siebzigste Lebensjahr überschritten hatte, trüb geworden, und ihr Feuer daher nicht mehr so schreckend wie früher.

Seine Frau, die Zusel, die eigentlich Susanne hieß, war nur 1,50 m groß, in meinen Augen ursprünglich zum Geschlecht der Zwerge gehörend. Sie war die Eignerin des Hofes, den sie wegen frühen Todes ihres Bruders übernehmen mußte. In der Figur einer üppigen Ceres, aber mit feinen Gesichtszügen, einem hübsch modellierten Mund und der Fähigkeit zu herzhaftem Lachen glich sie einem bis ins Alter reizenden Pummelchen. Vor allem war sie klug, letztendlich gar gescheit, weil sie es verstand, die Affektausbrüche ihres primitiven, im Grunde aber gutmütigen Basche sowie auch die eigenwilligen Anmaßungen der Magd, des Burgele, immer wieder auszugleichen und alle unter dem riesigen, tief herabreichenden Dach des Schwarzwaldhauses beieinander zu halten. Diese so lebenswichtige Fähigkeiten hatte sie, wie ich vermutete, von den Zwergen als ihren weit zurückliegenden Vorfahren überkommen. Laurin, der Philosoph der Zwerge, schärfte also bereits meinen Blick, um die Nachfahren der

Zwerge in solcher Betrachtung ausfindig zu machen.

Ein arger Zankapfel wurde bisweilen das Burgele im Trio auf diesem Hof. Sie war einst als Vollwaise im Alter von 16 Jahren als Magd auf den Hof gekommen und immer ein wenig so wie eine Tochter behandelt worden. Vor allem die Zusel empfand mütterliche Gefühle für sie, nachdem sie sich nach einigen Fehlgeburten umsonst eine Tochter gewünscht hatte. Als das Burgele älter und mannbar wurde, stieg ihr ein junger Mann, Arbeiter in der großen Uhrenfabrik, buchstäblich nach. Sie hatten sich bei der Schramberger Fasnet kennengelernt. Aber welch ein Pech! In jenen Tagen, da der junge Liebhaber schon einige Male beim Burgele mit einer Leiter in die Kammer eingestiegen war, erkrankte die Zusel, und daher schlief der Basche – um ihr Ruhe zu lassen – im zweiten Bett in der Kammer vom Burgele. So wachte der Bauer gegen Mitternacht auf, als der Bursche dahertappte, der Hund anschlug und alsbald eine Leiter ans offene Fenster angelegt wurde. Auch das Burgele sprang jetzt aus dem Bett und schrie: »Hansi, hau ab – hau ab!« Aber der Basche war vor ihr am Fenster, warf die Leiter zurück und schrie: »Du Allmachtsfetz! Wart', i kumm' gleich' mit am Hund!« Zum Glück war der Hansi noch nicht auf der Leiter und konnte sich aus dem Staub machen, weil das Burgele den Basche festhielt und ihn notgedrungen über die

Harmlosigkeit dieses »Einbrechers« aufklärte. Listig, wie nun einmal Frauen sind, beschwor das Burgele den Basche, jetzt keinen Lärm zu machen und der kranken Zusel ihre Ruhe zu lassen. »Weischt, i frier immer so«, soll sie gesagt haben, »und du könntescht mi' jetzt a bissele wärme...« Und so wurde es alsbald still bis auf ein gelegentliches Knarren des Betts.

Das Burgele entwickelte mit den Jahren ein Selbstbewußtsein, das angesichts ihrer einfachen Manieren mitunter dreist und anmaßend auf die älteren Bauersleute wirkte. Es lag an den Umständen, daß die beiden Alten immer mehr an Arbeit und Besorgungen dem Burgele zumuten mußten und bald ohne sie den Hof mit seinen vielerlei Arbeiten nicht mehr umtreiben konnten. Wenn etwa Basche, der Chef, zum Burgele sagte: »Morgen beginnen wir mit der Heuet«, dann konnte das Burgele ihm widersprechen: »Nei', morge muß i in d'Stadt ge' Einkaufe – übermorge tuet's es au no' mit em Heumache.« Und so geschah es denn auch nach dem Willen der Magd, denn ihrer zwar bislang unausgesprochenen, aber geradezu in der Luft liegenden Drohung mit einer Kündigung ging vor allem die Zusel aus dem Weg, die ihren Basche ständig beschwor, um Gottes Willen nicht zu explodieren.

Eine besondere Eskalation erfuhren schließlich die Eigenmächtigkeit der Magd und die latente

Spannung im Hause, als das Burgele, die seit Jahren ein Verhältnis mit einem »Kerle« hatte, wie sich der Basche neidisch und wohl unterschwellig eifersüchtig ausdrückte, anläßlich ihres 40. Geburtstages mit der Forderung kam, der Franz, der Bierkutscher bei einer Brauerei war, solle künftig abends mit ihnen gemeinsam abendessen dürfen und auch bei ihr schlafen. Dieser Franz war wohl ledig, hatte aber schon so viele Schlafstellen hinter sich, daß ihn die Schramberger nur den »Bettschenkel« hießen. Was Wunder, daß da der Basche explodierte: »Was? Sag's net no amol, daß d' uns da Bettschenkel ins Haus bringe willscht! Also des kommt net in Frage! Uf gar kein Fall!«

»No pack' i halt mei' Sach und gang!« trotzte das Burgele zornig. Und als der Basche tobte, sagte sie kühl und überlegen: »I werd' aber dann au sage, wer hier a Bettschenkel ischt!«

Die Bäuerin, das einsichtig liebe Zusele, die Zwergin und einzige, die Verstand besaß, fing zu weinen an und streichelte das Burgele: »Des kannscht mir doch net a'do', Burgele ...«

Nun schwenkte auch der Basche um, weil er es nicht ertragen konnte, wenn sein braves Weib weinte. Und auch er setzte sich nahe an das Burgele und redete ihr zu, doch zu bleiben, sei sie doch alleweil wie ihre Tochter ...

Da legte das Burgele ihren rechten Arm um Mutter Zusele und nahm ihre Drohung reumütig zurück. Und mit der linken Hand streichelte sie dem Basche die Schenkel unterm Tisch bis hin zum Hosentürle und sagte mit der sanften Stimme einer Mutter, die ihre Kinder vor dem Einschlafen beruhigt: »Send mir net bös – ihr wisset doch, daß mir 'zammeg'höret – Bettschenkel hin oder her, i mag euch doch, jeden uf sei' und mei' eigene Weis' – do ändert sich nix, wenn nur der Franz ab und zu kommt und nach em Vesper bei mir schloft ...«

Diese Besiegelung bleibender Treue trotz der gelegentlichen Auftritte des Bettschenkels Franz war dem Basche und dem Zusele so wichtig, weil nicht nur alles beim alten blieb, sondern dadurch auch die Position der Alten gegenüber dem großkotzigen Sohn gestärkt wurde. Der war im fernen Stuttgart Zahnarzt und hatte eine so noble Frau geheiratet, daß er sich vor diesem anspruchsvollen, vornehmtuerischen Frauenzimmer seiner bäuerlichen Herkunft und der Eltern schämte. Mit dem scheinheiligen Argument, sie, die Eltern, hätten nun genug gerackert, sie sollten jetzt in ein Seniorenstift gehen und von des Lebens Mühe ausruhen, wollte er ihnen auf Rentenbasis den Hof abkaufen und zu einem Ferienhaus umgestalten. »Und unser Burgele?« fragten die Eltern.

»Euer Burgele, diese impertinente Person, soll ihren Bettschenkel heiraten und sehen, wo sie bleibt.«

Da explodierte der Basche und schrie: »Jetzt guck' du, wo du bleibscht! Mir bleibet hier! Baschta!«

Seitdem waren zwei Jahre vergangen, und der Sohn Fritz hatte nie wieder von sich hören lassen.

Jetzt aber wurde ich vom Burgele dringend um Hilfe gerufen. Der Basche sei aus besonderem Anlaß explodiert. »Was Schreckliches« ereigne sich jetzt.

Zusammen mit Schwester Else machte ich mich sofort auf den Weg.

Als wir den steinigen, holperigen Weg in der Ramstein-Schlucht hochfuhren, langsam, fast im Schritt-Tempo, um keinen Achsenschaden zu riskieren, war ich wieder wie einst verzaubert vom Tannenduft und Harzgeruch der aufgesprungenen Tannenzapfen, die auf den Bäumen geöffnet hingen und abgeworfen in großer Menge auf dem Weg verstreut lagen ... Wie herrlich sind hier die Wege und Pfade im Schatten verzweigt, ohne Furcht vor den gelben Flammen des Ginsters, die überall züngeln, als wären sie der Anlaß für eine feine Brise Rauch, die unsere Nähe zum Hof des Basche und der Zusel ankündigte.

Als der Hof noch etwa zweihundert Meter entfernt vor uns lag, hielt ich an. Wir sahen, wie zwei Männer vom Hofhund verbellt und verfolgt wurden und eilig in das schützende geparkte Auto einstiegen. Sie fuhren sofort los und kamen uns entgegen, weshalb ich auf dem schmalen Weg ein Stück zur Seite in die Wiese auswich. In dem schwarzen Mercedes mit Stuttgarter Kennzeichen saßen zwei Männer; der etwas ältere am Steuer kopfschüttelnd, der jüngere neben ihm heftig gestikulierend, wobei er den Vogel zeigte.

»Das ist er«, sagte Schwester Else – »der Sohn, der Zahnarzt«, fügte sie hinzu. »Da ging's wieder einmal ums Haus«, vermutete sie.

Als wir vor dem Haus angelangt waren, lief der Hund nun knurrend und mit sonorem Gebell um unseren Wagen. Ich konnte mich nicht entschließen, gleich auszusteigen. Da kam das Burgele und legte den aufgebrachten Benno an die Leine. »Ruhig, Benno, ruhig, des sind brave Leut'«, wirkte sie auf den großen Hund ein, der einem Riesenschnauzer glich.

Jetzt konnten wir durch die offene Haustür in den dunklen Flur treten, wo es nach Geräuchertem roch. Die Bäuerin, die Zusel, kam aus der Stube, wo wir den Basche jammern und stöhnen hörten. Er schimpfte dabei, was ganz verwaschen nach »Sauhund« klang.

Die kleine Zusel weinte und brachte nur hervor: »Helfet Se, helfet Se – der Basche kann's Maul nemme bewege ...«

Wie ich's geahnt, war dem Basche ein Kiefergelenk ausgekugelt.

»Hat er einen Schlag abbekommen?« wollte ich wissen.

»Ha nei', der Basche hat bloß laut geschrien und dabei halt 's Maul weit ufg'macht«, erklärte das Burgele. Beim Abtasten gab's keine Hinweise auf einen Kieferbruch, und so sagte ich nur: »Also, Schwester Else – los geht's!«

Während Schwester Else dem Basche auf dem Stuhl von hinten an der Stirn den Kopf ruhig hielt und ich zunächst ein Schmerzmittel spritzte, befahl ich der Zusel und dem Burgele, im Hintergrund auf Stühlen Platz zu nehmen und jetzt zur Beruhigung das Lied »Am Brunnen vor dem Tore« zu singen. Und Schwester Else begann vorzusingen, bis die verblüfften Frauen einstimmten. Beim zweiten Vers fragte ich den Basche leise: »Läßt der Schmerz jetzt nach?« Er nickte. Und als die Frauen den dritten Vers sangen, gab ich mit den Augen Schwester Else ein Zeichen, den Kopf jetzt festzuhalten. Kaum hatten die Frauen gesungen »der Hut flog mir vom Kopfe«, da gab ich dem Basche einen Schlag auf den Unterkiefer, daß er laut aufstöhnte. Das linke Kieferköpfchen war wieder in der Gelenkpfanne, wovon ich mich tastend und durch Bewegung des Unterkiefers überzeugte.

Während Schwester Else noch einen Stützverband anlegte und sich um die Nachsorge kümmerte, bat mich die Zwergin Zusel in die Küche, weil sie noch mit mir allein sprechen und einen Wacholderschnaps eingießen wolle.

Die Küche war imposant, weil sie einen großen gußeisernen Herd mit Holzfeuerung, auf Regalen Eisentöpfe und Eisenpfannen, kupferne Schöpflöffel in verschiedener Größe besaß; dazu die Öffnung zu einem gewölbten, gemauerten Ofen, von dem aus der Kachelofen und die Kunst, die wärmende Sitzbank neben dem Kachelofen in der Wohnstube, geheizt und in dem einmal in der Woche auch Brot und Kuchen gebacken wurde. Ein Holztisch und einfache Holzstühle, auf denen wir uns nun niederließen, gaben Gelegenheit, auch in der Küche Mahlzeiten einzunehmen. Deshalb gab es auch ein Kruzifix in der Ecke über dem Tisch, dem sich alle beim Tischgebet vor dem Essen stehend zuwandten, wenn außer der Bitte um die Segnung von Speis und Trank das Vaterunser und ein Avemaria gebetet wurden.

Auch jetzt bekreuzigte sich die Zusel und sprach: »Herr, ich bin nicht würdig, in Dein Haus einzugehen, aber Dein Wort nimmt alle Sünde von mir. Du hast uns wieder einmal vor Bösem bewahrt ...«, und nun sprachen wir gemeinsam das Vaterunser und ein »Gegrüßet seist du, Maria, Mutter Gottes ...«

Dann setzten wir uns, und die Zusel füllte uns beiden ein Glas mit eigengebranntem Wacholderschnaps.

»Es ist so«, erzählte sie, wie ich noch fast wörtlich, zumindest sinngemäß behalten habe, »unser Sohn, ganz schrecklich intelligent, wurde, wie Sie schon wissen, Zahnarzt, obwohl er eigentlich Hals-Nasen-Ohren-Arzt werden wollte. Aber er zeigte schon als Gymnasiast ein starkes Interesse an Geld und träumte von großem Reichtum. Da war's dann mit dem ärztlichen Berufsziel eines Hals-Nasen-Ohren-Facharztes schnell vorbei, als ihm, dem so gescheiten Abiturienten, ein Zahnarzt, Vater eines Schulkameraden, sagte: ›Werden Sie doch lieber Zahnarzt als Hals-Nasen-Ohren-Arzt, wenn Sie viel Geld verdienen wollen, denn Ohren hat der Mensch nur zwei, aber Zähne hat er zweiunddreißig!‹ Er wollte damit einen Witz machen, aber unser Fritz nahm das ernst und studierte nun Zahnmedizin. Und er ist tatsächlich reich geworden, aber ganz anders in seinen Einstellungen wie wir. Er heiratete eine zwar hübsche, aber geltungssüchtige Frau, mit der er angeben konnte. Was die besaß als Mitgift, sag' ich Ihnen, wär' in einen Schurz gegangen. Ihre Ansprüche dagegen reichten in den Himmel. ›Du mußt deine bäuerliche Herkunft austilgen‹, lautete ihre Forderung, und unser Fritz war ihr hörig. So brach er die Brücken zu uns ab, und wir sahen die beiden Enkelkinder nur an Ostern und vor Weihnachten, wenn er alleine mit den Kindern zu uns auf den Hof kam, um ›den Osterhasen‹ für die Kinder und die Weihnachtsgeschenke abzuholen. Die Kinder sagten ›Bauernoma‹ und ›Bauernopa‹ zu uns, und wenn ich sie in den Arm nehmen und abschmatzen wollte, wichen sie zurück oder sträubten sich. Als ich einmal fragte: ›Ja, was habt ihr denn gegen euere Oma?‹, da sagte das Mädchen, die ältere von beiden: ›Du stinkst nach Mist.‹« Zusel weinte, und ich versuchte zu trösten, obwohl mich diese

Geschichte selber erschütterte. Weil mir wenig Stichhaltiges als Trost einfiel, prostete ich mit dem duftenden Wacholder im Glas zu: »Vergib' den Kindern, Zusel, sie plappern nur nach, was ihre Mutter ihnen eingegeben hat. Wir müssen alle viele Kränkungen hinnehmen, das gehört zum Leben. Hauptsache, daß wir uns verstehen.«

Wir leerten das Glas in einem Zug, und Zusel goß ein zweites Glas ein.

»Heute kam der Fritz«, fuhr sie fort, »gleich mit einem Notar. Er wollte einen Sorgevertrag für uns entwerfen, einen Vertrag für eine Leibrente, wenn wir ihm den Hof überschreiben. Aber als er anfing, den Besitz, immerhin sein Elternhaus, herunterzumachen, wurde mein Basche zusehends zorniger.

›Das alte Haus verkommt immer mehr‹, warf der Sohn uns vor, ›die kleine Landwirtschaft bringt doch nichts – man sieht euch ja schon das Franziskusleiden (die Armut) an, und nicht nur das Anwesen, sondern ihr selber verwahrlost allmählich immer mehr!‹

Da explodierte der Basche und schrie verzweifelt: ›So einen Halunken haben wir ins Leben gesetzt! So einen miesen Gauner! Verlaß sofort das Haus! Ich will euch nie wieder hier sehen! Raus! Raus!‹ Und plötzlich bekam der Basche ein schiefes Maul und faßte sich an den Unterkiefer und konnte nichts mehr sagen.

Der Notar nahm seine Aktenmappe und sagte zu unserem Sohn: ›Kommen Sie, das hat keinen Sinn hier.‹

Dann gingen sie wortlos. Aber unser Benno, der ganz auf den Basche hört, hatte wohl etwas mitbekommen und zerrte draußen im Hof an seiner Kette und wurde so wild wie sein Herr. Das Burgele eilte hinaus und hielt ihn am Halsband zurück, als die beiden Besucher aus der Haustür kamen und zum Auto gingen. ›Machen Sie schnell!‹ rief das Burgele, denn sie konnte den Benno kaum noch halten. Da riß das lederne Halsband, und Benno sprang auf die beiden Männer zu, die sich mit einem letzten Satz ins Auto noch retten konnten.«

»Das haben Schwester Else und ich noch mitbekommen. Angerufen aber wurde ich schon viel früher …«

»Das war das Burgele«, erklärte Zusel. »Die hat schon gleich, wie die Herren ins Haus kamen, geahnt, was nun folgen würde und vorsorglich den Doktor verlangt.«

»Des isch scho a Dondersmensch, des Burgele«, konnte ich noch sagen, bevor Schwester Else kam und die Rückfahrt in die Praxis anmahnte. Als sie die Schnapsgläser auf dem Küchentisch und meinen abwesenden Blick bemerkte, meinte sie süffisant: »Da werd' ich jetzt wohl ans Steuer müsse …«

Auf der Rückfahrt bergabwärts ins Bernecktal saß Schwester Else angespannt am Steuer. Sie wollte es mit dem Fahren gut machen, mein Vertrauen finden. Aber ich saß völlig in mich gekehrt neben ihr und sprach kein Wort.

Wieder einmal leistete ich ärztliche Hilfe, ohne daß mich das Medizinische dabei nachhaltig erregt oder gar stolz über das Gelingen gemacht hätte. Nein, die Hilfe erschien mir eher als ein Kairos, ein entscheidender Augenblick, der mich in die Teilhabe des komplexen Dramas einer Lebensgeschichte führte, eines Schicksals, in dessen Dramaturgie ich während einer von vielen Szenen meinen Auftritt hatte. Mein ärztlicher Beruf und meine ärztliche Hilfe waren die Legitimation dafür, in einem bestimmten Augenblick eine konkrete Not zu wenden, mehr wohl nicht. Der Flaschner, der einen Wasserrohrbruch beseitigt, – ist er nicht ebenfalls Helfer in einer Not? Was trennt dingliche Nöte von menschlichen? In dieser Frage liegt's wohl, was den Unterschied machen könnte.

Kurt kann nun sein Vergnügen an meinen Erzählungen auch wieder mit Worten Ausdruck geben. Und er läßt mich wissen, daß ihm nicht nur die deftigen Geschichten Spaß machen, sondern daß ihn auch der Blick des Arztes hinter die Kulissen des kleinstädtischen Lebens, hinter die alltäglichen bürgerlichen Fassaden fasziniert. Oft habe ich mich gefragt, warum es in Schramberg so viele Originale gibt, so ausgeprägt eigene Typen, die auf mich den Eindruck von Narren und Spintisierern machen. Die Fasnet kann nicht die Ursache sein. Die Typen sind eher das Salz der Fastnacht, ihr unsichtbares Gerüst, das dieses Konstrukt von hintersinnigem Humor und vordergründigem Witz zusammenhält und ihm eigenartige Strukturen der Komik garantiert. Wenn diese Originale einmal aussterben sollten – und viele befürchten das –, dann wird es um die Urwüchsigkeit der Schramberger Fasnet geschehen sein.

Die Ärzte und Personen der Sozialdienste gehören zu denen, die den Spaßvögeln und Sonderlingen das Jahr über am intensivsten begegnen, besonders bei Hausbesuchen, wo der Arzt sie in ihrem Milieu aufstöbert.

Da ich trotz aller Zeitnot bei den Hausbesuchen im dichten Siedlungsgebiet der Stadt im Tal gerne auch zu Fuß gehe, wenn die, denen mein Besuch gilt, nahe beieinander wohnen, so begegne ich so manchem auch auf der Straße.

Von zwei solchen Begegnungen erzähle ich Kurt, von Fridolin Kienle und von Rita Mariani.

Einer, dem ich rund um das Postgebäude im Zentrum, nahe dem Rathaus, sehr oft unterwegs begegne, ist der Fridolin Kienle, »das dichtende Lokalblatt«, wie er genannt wird. Er ist ein stets gut mit allen möglichen Neuigkeiten ausgestatteter, witziger Mann, der seine Erkenntnisse und Nachrichten meist in Versform vermittelt – »daß mer's au b'halte ka'«! Seine aufmerksamen Beobachtungen der Natur und des Wetters erfolgen von einem kleinen Fenster aus, das Licht in seinen Lokus bringt. Von dort aus hat er »einen majestätischen Blick« zum Norden hin und Nordwesten der Stadt, auf den Paradiesberg und auf die Höhe von Aichhalden. Dieser begrenzte Ausblick auf Berg und Himmel, deren Stimmungen er im Jahreslauf in allen Nuancen kennt und zu deuten weiß, genügt ihm für zuverlässige Prognosen. Das hört sich dann beispielsweise kurz und bündig an, wenn es um den Einzug des Winters geht:

Herr Dokter,
auf der Höh'
hat's Schnöö.

Oder nach Art der formulierten Bauernregeln, wie man sie im hier verbreiteten »Lahrer hinkenden Boten« immer lesen kann:

Bringt das Frühjahr Donner und Blitz,
Gibt's im Sommer arge Hitz',
sagt der Fritz
ohne Witz.

Der angehängte Schnörkel vom Fritz, einem professionellen Meteorologen, ist dabei weniger poetisch denn als sanfter Seitenhieb zu verstehen.

Fridolin war ein durchaus talentierter Gelegenheitsdichter. Seine Versle gingen alljährlich in die Fasnetssitzungen und Büttenreden ein. So etwa die nie stattgefundene Gerichtsverhandlung gegen nackt aufgetretene Zwerge.

Im Rathaus muffeln Aktenberge
Von Anno Dazumal,
Als sie verhafteten zwei nackte Zwerge –
von wegen der Moral …
Moral ischt aber, wenn man's trotzdem tut -
Das tat wohl auch den Großen gut.
Man ließ die nackten Zwerge frei
Und schmunzelt über jeden Nackedei …

Alljährlich zitierte er sein Wintergedicht:

D'Schiltach zugfrore,
Bitzlige Ohre,
D'Nasespitz weiß,
Der Keller voll Meis' (Mäuse)
– Do kommt mer derhinter:
Mer hent halt jetzt Winter.

Das Faszinierende an Fridolins Gedichten ist für mich die Knappheit der Aussage, die ihn als einen Reporter von Gnaden ausweist. Sein mündlicher Bericht über einen Selbstmord kann das beweisen:

Der Märze Karle hot sich ufg'hängt,
Sei' Weib war ganz ufg'regt,
Der Bolezischt hot's ufg'nomme,
In der Zeitung war's ufg'macht –
I han's bloß kurz ufg'sagt.
De meischte hen ufg'lacht:
»Was? Der Karle isch ufg'fahre?«
»Was! ufg'fahre! Von wege! Der war ein Narr,
Weshalb ihn unser Pfarr'
Bei der Leich' au' wird a'fahre,
Weil Chrischte uf gar kein' Fall selber abfahret,
Sondern brav machet, was Sterbliche frommt:
Warte, bis 's Zügle nach Fahrplan kommt!

Der Fridolin war als Dichter und lachender Philosoph ein Ausnahmegeschöpf, bei dem der liebe Gott am Morgen seines Schöpfungstages sicher eine große Idee hatte, an die er sich nach der Mittagspause nicht mehr so genau erinnern konnte, weshalb er nicht zur Ausführung des ursprünglichen großen Entwurfs kommen konnte. So entstand aus dem Fridolin ein Flaschner mit himmlischem Geblüt und stummelförmigen geistigen Flügeln, mittels derer er sich aus den Niederungen ein wenig erheben und in kleinen Strecken davonflattern konnte.

Da er fast alles in Reime faßte und er einmal unter ständigem Harndrang litt, teilte er mir mit:

Seit em Blitz von Aichhalde
Kann i 's Wasser kaum no halte.

Die leichte Blasenreizung konnte rasch behoben werden.

Er, der so heitere Mensch, litt mit Maßen an zwei relativ kleinen Übeln: an einer lästigen Schuppenflechte und an seiner Frau. Die stickte und strickte den ganzen Tag. Vor allem stickte sie Wandbehänge mit Sprüchen.

Ewiger Frieden
sei hienieden
dir beschieden

ist ein Prototyp für jene Weisheiten und Wünsche, die sie auf leinene Tücher stickte. Da Fridolin längst zu einem Kompromiß mit seinem stickwütigen Weib Anna gefunden hatte, las man jetzt auf Annas Wandbehängen Fridolins Sentenzen und Kleingedichte. Als Geschenk von den Kienles und Anerkennung für meine Behandlung der Schuppenflechte erhielt meine Frau »etwas fürs Schlafzimmer«, Fridolins gehäkelte Verse:

Der Auerhahn, der Auerhahn
Fängt mit der Balz frühmorgens an.
Drum setz' auch du in süßen Dingen
Auf den Morgen das Gelingen.

Also, da *mußten* wir abgeklärt schmunzeln, und meine Sina lobte: »Das ist wunderbar gehäkelt!« Dabei ließen wir's und warten bis heute auf einen Menschen, dem wir mit diesem Spruch an die Wand des Schlafzimmers eine Freude bereiten könnten.

Es gereicht dem Fridolin aber zur Ehre, daß er nicht nur Verse, sondern auch den tropfenden Wasserhahn dichtet und daher »Dichter und Flaschner« ist und im Gesangverein »Liederkranz« einen beachtlichen Tenor einbringt.

Eine Hexe im verhunzten Häusle

Da gab es eine alte, im besten Umstand eigensinnige Frau,die ich regelmäßig besuchte, weil sie außer mir niemand so recht traute und darum vereinsamt lebte. »Des ischt a Hex'«, meinten ihre Nachbarn, weil sie ihre romantische Einsamkeit sogar mit Hilfe der Natur verteidigte. Ihr »verhunzt' Häusle« war so eingewachsen von einem Dschungel an Büschen und Bäumen, daß keiner von außen spannen konnte.

Das »verhunzte Häusle« war tatsächlich ein Kuriosum. Der Besucher, der sich auf gewundenem schmalem Kiesweg durch den Dschungel zum Häusle vor die Haustüre gefunden hatte, mußte dort bei der Klingel zwei aus dem Putz herausragende Drähte in Kontakt bringen, worauf eine Klingel ertönte. Die »eiserne Rita«, wie sie wegen ihrer Bedürfnislosigkeit und Zähigkeit von jenen genannt wurde, die sich nicht an der »Hexenjagd« gegen die völlig zurückgezogen lebende alte Frau beteiligten – diese eiserne Rita war ein einziges Willensbündel; nur die Vergeßlichkeit befiel sie allmählich. Das brachte ihr aber für die sichere Handhabung ihrer täglichen Verrichtungen nur gelegentliche, kurzzeitige Schwierigkeiten. So etwa, als ich geklingelt hatte und sie mich bei der Begrüßung nur mit »Herr Dokter« ansprach, weil ihr mein Name, den sie natürlich wußte, nicht sofort einfiel. In typisch schwäbischer Version griff sie mit einer Hand an die Stirn und fragte: »Ach – wie heißet *mer* jetzt wieder?«

Ich kam ihr auf halbem Wege entgegen: »Ha, i bin doch der doppelte –?«

»Simon! Jetzt han i's wieder, was i weiß, natürlich weiß. Aber i glaub', mei Gedächtnis läßt allmählich a bissele noch.«

»Ha, mit 78 Jahr isch des natürlich, Rita«, sagte ich, »d' Hauptsach' ischt, daß du no woischt, was de willscht! Und vor allem, daß de deine Kombinatione bediene kannscht.«

Mit Kombinationen meinte ich die verflixten elektrischen und sonstigen Schaltungen im Haus, die ein unbedarfter Geselle des Elektrikers auf dem Gewissen hatte, ein junger Mann, der als einziger die Zusammenhänge, den Bockmist seiner Fehlanschlüsse, kannte, jedoch mit dem Motorrad so zu Schaden kam, daß er ins Jenseits wechselte, bevor sein Meister sich über das heillose Durcheinander in den Schaltungen kundig machen konnte. Wenn man nämlich auf den Lichtschalter drückte, schaltete sich die Backröhre im Elektroherd der Küche an. Wollte man wirklich Licht einschalten, so mußte man am Elektroherd auf den Knopf der Backröhre drücken. Dann ging das Licht am Eingang und im

Hausflur an. Schaltete man die größte der drei Heizplatten auf dem Herd ein, so brannte im Keller das Licht. Bei Benützung der kleinsten Herdplatte ging das Licht auf der Bühne an. Und weil der Elektriker auch die Flaschnerarbeiten besorgte, so mußte man erst im Klo die Wasserspülung bedienen, bevor in der Küche das Wasser lief. Und wenn die eiserne Rita in der Küche bügelte und das Bügeleisen in der nächstliegenden Steckdose anschloß, ging das Licht in der Küche an. Nun hatte der Elektromeister und Flaschner natürlich angeboten, dieses schreckliche Durcheinander in Ordnung zu bringen. Aber die eiserne Rita wollte das nicht. Sie erblickte nämlich in der Verworrenheit der Schaltungen etwas Positives, weil nur sie die Tricks alle kannte und ohne deren Wissen kein Unbefugter sich in ihrem Haus zurechtfinden konnte. Sie mißtraute nämlich allen Fremden und wollte sich auf keinen Fall aus dem Haus drängen und in ein Altersheim abschieben lassen. Für sich selbst hatte sie alle Kompliziertheiten der installatorischen Schaltungen auf einen Zettel geschrieben, den sie stets in einer Schürzentasche bei sich trug. Selbständig bleiben bis zum letzten Atemzug, das galt ihr alles. »Nur im Häusle bleiben«, war ihre Devise. Dafür entwickelte sie eine eiserne Energie mit erstaunlichem Erfolg, denn sie stand kurz vor ihrem 80. Geburtstag und hatte bisher keine fremde Hilfe in Anspruch genommen.

Die Migräne wurde ihre Krankheit, nachdem ihr

Mann, im Zivilberuf Koch und beim Militär Küchenbulle, 1943 in Rußland gefallen war, und der einzige Sohn ein Jahr später nach einem Bombenangriff in Stuttgart infolge schwerer Verletzungen im Krankenhaus starb. Rita war verzweifelt und vom »lieben Gott« so enttäuscht, daß fortan nur noch ihr hagerer Leib sich ihrer Trauer annahm und ihrem Leid in Form der Migräne wenigstens eine Gebührenziffer verlieh, mit der sie im Katalog der Leiden ein Unterkommen fand. Dabei deutete sie ihr nun chronisches, widerwärtiges Leiden mit periodisch auftretenden, oft nur halbseitigen Kopfschmerzen, Benommenheit, Schwindelgefühl, Appetitlosigkeit und gereizter, aggressiver Stimmung letztendlich positiv. Durch die Migräne könne sie jeden bevorstehenden Wetterwechsel mit Sicherheit voraussagen, insbesondere heraufziehende Gewitter, aber auch ausbleibende Entleerung und bevorstehende »Herzhopser«, womit sie ihre zeitweilige Herzarhythmie meinte. Es habe sein Gutes, wenn man sich durch die Migräne als leibliche Verkündigung auf den Wetterwechsel und besondere Beschwerden vorbereiten könne, sagte die alte Frau verständig. Überhaupt waren ihre Gedanken über die Welt und die Menschen durch einen soliden Grundstock an Wissen, an Gelerntem und praktisch Erfahrenem geprägt. Sie hatte bis zum Einjährigen eine Realschule besucht und war dann als junges, noch unerfahrenes Ding, als sie ein Eingangspraktikum für eine Lehre im Hotelfach begann, ihrem späteren Mann begegnet, dem aus Italien stammenden Francesco Mariani, der als Koch im gleichen Hotel wie sie in Baden-Baden tätig war. Der Franz, wie Francesco alsbald hier in Deutschland geheißen wurde, hatte sich mit südländischem Elan in das schüchterne Mädchen aus Sankt Georgen verliebt, erwarb die deutsche Staatsangehörigkeit und heiratete die Rita, als sie eines schönen Frühlings, noch ledig, mit einem Knäblein niedergekommen war und er dem hübschen Büble seinen Vater nicht vorenthalten wollte. Der Geistliche, dem sich Rita anvertraut hatte, soll nachhaltig auf Franz, einen gläubigen Katholiken aus Bergamo, eingewirkt haben. Und er bereute es nicht, denn die Rita erbte von den früh verstorbenen Eltern ein altes Haus in Schramberg, just das später bei einer Renovierung »verhunzte Haus« in Nähe des Mühlegrabens. Hier wuchs dann auch der Sohn Marcello auf, den die Spiel- und späteren Schulkameraden Mazze nannten. Sein Vater, der Franz, konnte als Koch zunächst im Hotel »Post«, später im Hotel »Hirsch« Stellung finden, und so verbrachte die junge Familie schöne Jahre in Schramberg, denn Franz war mit Leidenschaft und vielen Ideen als Küchenmeister tätig und als Italiener mit deutscher Staatsbürgerschaft im Lande so eingelebt, daß er sogar die alemannische und schwäbische Mundart beherrschte. Mutter Rita war eine tüchtige, fleißige Hausfrau. Im Sommer ging sie »in die Beeren«, denn die Wälder waren frei für Beerensucher, die vor allem Heidelbeeren, Brombeeren, Himbeeren und Preiselbeeren in solcher Menge fanden, daß sich ganze Batterien von Gesälzgläsern für die Winterzeit füllten und zusammen mit eingemachtem Obst aus dem Garten einen Teil der Ernährung sicherstellten.

Aus uralemannischer Zeit, die der schwäbischen in Schramberg bis Anfang des 19. Jahrhunderts vorausging, hatte sich neben vielen anderen Sprüchen noch der der Beerenleser erhalten:

Mir sind ehrli', ehrli',
Und gont i' d' Beerli ...

Weil das »in die Beeren«, also in den Wald gehen, in früherer Zeit auch ein Ausdruck dafür war, daß man sich draußen in der Natur, in der Verborgenheit des Waldes lieben wollte, beteuerten jüngere Leute, vor allem Mädchen und Burschen, die »aus den Beeren« heimkamen:

Ihr könnet's glaube, ehrli':
Mir waret i' di' Beerli.

Die Marianis lebten »gradso« wie die meisten Leute, denen der Arbeitslohn in der großen Uhrenfabrik oder einer der Uhrfedernfabriken oder der Keramikfabrik »Majolika« ein gerade hinreichendes Auskommen ermöglichte. Die Menschen hier waren bescheiden in ihren Ansprüchen und ihrer Lebensführung. Reisen konnten sich nur wenige leisten. Wenn die Marianis einmal im Jahr zur italienischen Verwandtschaft im Zug nach Bergamo fuhren, so mußte Erspartes für die Reisekosten herhalten, oder die Rita blieb zu Hause und ließ den Mazze mit seinem Vater zu den italienischen Verwandten fahren. Kamen die aber von Italien zu Besuch, so ging es in Haus und Garten so lebhaft und freudig laut zu, daß die Nachbarn sich die Ohren zuhielten und Franz ihnen zur Beschwichtigung jedesmal danach eine »Pizza da Silva oscura« mit Schwarzwälder Speck durch Mazze überbringen ließ und sich für den Umtrieb durch den Besuch entschuldigte. »Des sind brave Leut'«, war das Urteil der meisten, besonders auch des Stadtpfarrers. Aber es gab auch Neider, deren Pfeile sich von Anfang an auf Rita richteten, weil sie dieser stillen, ganz ihren häuslichen Aufgaben zugetanen, bestimmt nicht hübschen Frau den ständig vivace lebenden, so freundlichen und angesehenen Franz nicht gönnten. Boshaft und hinterhältig hörte man von ihnen: »Wo hat au' der temperamentvolle Francesco na'guckt, wie er die fade Nudel Rita g'heiratet hat!? Die ischt jo imstand und legt ihr Stricketse net amol weg, wenn er uf ihr liegt.« Und ein anderes Schandmaul steigerte die obszöne Phantasie dieser Leute: »Des soll ja vielleicht grad b'sonders reize, wenn so a kalte Sophie z'erscht o'beteiligt ischt und nach eme Weile erscht heiß wird.« In meiner Jugendzeit habe ich das, was hinter vorgehaltener Hand sich herumsprach, meinen Eltern abgeluchst. Daher weiß ich von dem Rufmord, der an den »lieben Marianis«, wie meine Eltern sagten, verübt wurde.

Als dann der Franz mit den deutschen Soldaten gen Rußland zog und dort durch eine bei der Feldküche einschlagende Granate getötet wurde und ein Jahr später der Mazze, der in Stuttgart ein humanistisches Gymnasium besuchte, weil er einmal Pfarrer werden wollte, in den Trümmern eines durch eine Luftmine eingestürzten Hauses begraben wurde und seinen schweren Verletzungen erlag, hatte die Rita in kurzer Folge ihre Familienangehörigen verloren und begann, vernehmlich auf die Herren des Dritten Reiches zu schimpfen. Aber der Pfarrer schirmte sie mutig ab und führte heftige Dispute mit den Herren in Braun, die, als sich der Krieg 1944 auf den Schlachtfeldern gewendet hatte, nervös und gereizt auf alles reagierten, was gegen den »Führer« von verzweifelten Menschen an Verwünschungen ausgestoßen wurde. Aber sie fühlten wohl doch schon das »Bummerlein Bumm« des schlimmen Endes, und so erklärten sie die Rita einfach für seelisch gestört, um diese »heiße Kartoffel« loszuwerden. Dem Pfarrer war es damit halbwegs recht. Er war der einzige, der sich Ritas annahm und Schlimmeres abwenden wollte. Indem die braunen Machthaber vor Ort die Rita für nicht zurechnungsfähig erklärten und der Pfarrer ihr für eine Weile Zurückgezogenheit in ihrem Haus auferlegte, um sie von unbedachten Äußerungen in der Öffentlichkeit abzuhalten, war Rita vor Verhaftung verschont. Damit begann aber auch eine Depression bei Rita, von der sie sich bis heute nicht mehr so recht befreien konnte. obwohl sich nach Kriegsende die politischen Verhältnisse gründlich verändert hatten, gab es nach dem Tod des alten Pfarrers niemand, der sich um eine Rehabilitierung der Rita gekümmert hätte. Sie war, wie die Leute eben sagten, für »verrückt« erklärt, nie einer psychiatrischen Begutachtung zugeführt worden, die sie ohnehin abgelehnt hätte, und lebte, nun auch von Alterungsprozessen eingeholt, in jener Isolierung, von der schon die Rede war.

Der alte Dr. Pflanz, den sie gelegentlich um einen Hausbesuch bat und der um ihre schicksalhafte Geschichte wußte, war ein praktisch denkender Mann. Er schien überzeugt davon, daß eine öffentliche Rehabilitierung der Rita nichts mehr gebracht hätte. Sie war so tief gekränkt darüber, daß der alte, inzwischen verstorbene Pfarrer mit den braunen Machthabern gemeinsame Sache gemacht, ihnen nicht widersprochen und ihr Normalsein bekräftigt hätte. Dr. Pflanz konnte ihr diese Fehlannahme jedenfalls nicht ausreden. So erklärte es sich, daß die Rita, obwohl christlich und fromm gebildet, von der Kirche nichts mehr wissen wollte. Sie ging nur ziemlich heimlich immer wieder zum Beten in die verlassene Falkensteiner Kapelle, wo sie für ihre, wie sie überzeugt war, »umsonst ermordeten Familienmitglieder« eine Kerze anzündete und ihrer gedachte.

Doktor Pflanz packte sie bei regelmäßigen Hausbesuchen an ihrem versteckten Humor und versuchte es, sie auf diesem Wege aus der Düsternis ihrer Gedankenwelt herauszuführen. Er hörte ihr geduldig und interessiert zu, wenn sie aus ihrer Jugendzeit erzählte und dann in der Erinnerung an bessere frühere Tage schwelgte. Da konnte sie dann auch plötzlich wieder einmal lachen. Und hier knüpfte ich an und bat sie, die Geschichte von ihrem Patenonkel beim Essen nach ihrer Firmung zu erzählen.

»Wen interessiert sowas heut' no?« verschränkte sie sich höflich, doch bemerkte ich ein zurückgehaltenes Leuchten in ihrem Gesicht.

»Ha, mich interessiert ganz besonders alles, was früher war, wie d'Leut hier früher g'lebt hent«, beteuerte ich. Und nun hörte ich mit Vergnügen zu.

»Ach, Herr Dokter – früher war halt alles anders. I mein', es hat alles no sei Ordnung g'habt im Lebe, und deshalb hat mer sich früher ei'fach besser z'recht finde könne«, holte Rita aus und war bemüht, so nah wie ihr möglich ans Schriftdeutsche heranzukommen.

»Wisset Se, mer hat im Kaiserreich gwußt, wer für was zuständig ischt. Zum Beispiel hat der Metzger Fleisch und Wurscht, aber net au no Käs' und

Wecke verkauft. Der Bäcker hat halt sei' Brot und Wecke und Schneckenudle und ei'fache Kuche backe, frisch, weil se fascht mitte in der Nacht scho mit em Backe a'fange hent, und net wie heut ihrn Teig aus em Gfrierfach g'holt und bloß ›aufbäht‹habet. Und se hent au net mit Kaffee g'handelt. De Kaffee hat mer in Kaisers Kaffeeg'schäft g'holt oder im Delikatesselädele. Der Schuhmacher hat no Schuh' gmacht. Mei' Götte (Pate) war zum Beispiel Schuhmacher, und hat die ganz' Verwandtschaft und a Menge Kunde mit Schuh' versorgt. Der hat no d'Füß – jeden einzeln – abg'messe, und no hent die Schuh' au wirklich paßt. Der war net bloß a Flickschuster, wenn d' Sohle abg'laufe waret oder 's Oberleder rissig und löcherig worde ischt. Er war eine Instanz für die Entscheidung, ob die ›Schuh' so marode‹ waret, daß eine Reparatur nicht mehr lohnend schien und ein Paar neue Schuh' angemessen werden mußten, oder ob sie noch repariert werden konnten. Fuchsteufelswild wurde er, wenn jemand ›eigenmächtig‹ Fabrikschuh' im Schuhgeschäft kaufte und ihm nur zu fälliger Reparatur gebracht hat. Ich weiß noch, wie eine Tante mir einmal ein paar feste ›Haferlschuhe‹ von Rieker im Schuhladen kaufte und ich zum Döte gehen und ihn bitten mußte, den linken Schuh auszuweiten, weil er enger als der rechte war und mich drückte. ›So – mei' Patekind kauft Schuh' im Lade‹, sagte er indigniert, ›no soll se au' des Schuhg'schäft passend mache.‹ Und er ließ mich stehen und fuhr in seiner Arbeit fort. Er und seine Frau sprachen ein ganzes Jahr lang nicht mehr mit meinen Eltern und mir, so beleidigt haben sie sich gefühlt. Und die Tante, des Schuhmachers Frau, schimpfte auch noch: ›Da hat mer bei der Firmung 's Esse zahlt und a Paar Lackschühle fürs Kind g'schenkt, eigens a'gfertigt, und jetzt hat der Mohr sei' Schuldigkeit do, jetzt kauft mer d'Schuh im Lade.‹

Das war freilich arg auf de' Putz g'haue. Denn des Feschtmahl ima kleine Wirtschäftle nach der Firmung war so schlicht, wie mer halt früher in unserm armselige Lebe in punkto Esse war: A Nudelsupp hat's gebe, und dann a Siedfleisch mit Kartoffle und Rahme (rote Rüben). Und de Nachtisch, an Pudding mit Schokoladesoß, hat 's Göttele (die Patentante) aus Donaueschinge zahlt. Mei' Göttele war reich, denn ihr Ma' war Viehhändler. Die hent mi für d' Kommunio' und für d' Firmung ganz nobel ei'kleidet, bis zu de weiße Strümpf', und kei' so a Gschiß g'het wie der Götte, der Schumacher und sei' Frau.«

»Jetzt gefallen Sie mir, Frau Rita«, sagte ich spontan, denn die Rita bekam Farbe ins blasse Gesicht, weil sie eine verborgene Leidenschaft überfiel. Sogar ein Kompliment, wie man es Damen macht, rutschte mir heraus: »Also, Frau Rita, ich freu' mich so, weil Sie jetzt so richtig Ihren Charme entfalten!«

»Oh jeh«, meinte sie abwehrend: »D' Schöheit vergeht, und wüscht bleibt wüscht.«

Ich hatte also aus ihrer Sicht überzogen und fragte daher sachlich:

»Wie sah es denn früher mit der Ernährung aus, was hat man so die Woche über gegessen? Die Gehälter waren doch in den zwanziger Jahren gewiß klein.«

»Ja, mei' Franz hat als erster Koch mit Trinkgelder grad so vierhundert Mark netto heimbracht. Des war im Vergleich mit de Arbeiter a relativ guter Lohn damals, wo viele so abg'magert wie em Tod sei' Dürrfleischreisender ausg'sehe hent. Da hat mer mit allem haushalte müsse. Der Garte und der Wald waret für Salat, Gmüs', Obst und Beere eine unerläßliche Voraussetzung fürs Küchenprogramm. Fleisch und Wurscht hat mer sich nur wenig leischte könne. Maurer, Handwerker und Schwerarbeiter hent beim Metzger meistens bloß an billige Schwartemage oder da A'schnitt von Wurscht kauft. Und am Sonntich hat's halt an Schweinebrate g'reicht. Und so hat's d' Woch' über in der Regel am Montag de Rescht vom Sonntag gebe, am Dienstag, vielleicht a Fleischküchle zu Kartoffel und Salat oder Gmüs', am Mittwoch an Ei'topf mit Kartoffel, Gmüs' und a dreinei'gschnitzelte billige rote Wurscht, am Donnerstag Kartoffelbrei mit Kraut und a Blut- oder Leberwürschtle, am Freitag entweder Pfannkuche oder Dampfnudle mit Kompott, am Samstag ›Kaminfeger‹, also Bratkartoffle mit ere Blutschwurscht vermischt, im Sommer mit Salat aus em Garte, und am Sonntag wie g'sagt Schweinebrate mit Soß und Spätzle oder breite Nudle und Salat oder Gmüs'. Aber am Sonntag war im Sommer meischtens Wandertag. Und da hat mer halt belegte Brote, Obst und in der Feldflasch Tee mitg'nomme, denn einkehre hat me sich net leischte könne. Ja, der Bua hat gelegentlich a Jabeso* trinke dürfe.«

»So kenn' ich das auch noch aus meiner Kinder- und Jugendzeit«, bestätigte ich angeregt. »Da hat mer sich höchstens zwischendurch beim ›Bruckbäck‹ einen Seelenwecken für sechs Pfennig oder, wenn's möglich war, beim ›Ganter-Bäck‹ a Heidelbeerküchle für dreißig Pfennig g'leistet.«

»Ja, so war's«, pflichtete Frau Rita bei, und nach einer kurzen Pause schloß sie die Augen und sprach wie eine Sibylle, eine antike Seherin: »Wir Übriggebliebenen erleben in so manchen Stunden eine schöne, aber verblühte Vergangenheit, im Schatten von Geld und falschem Fortschrittsdenken ... Was wir hier noch haben, ist ein Stück Natur, das Rauschen und Schweigen unserer Wälder und die stille Macht der Berge ... Das Neue, der Fortschritt, das kostet einfach zuviel vom Alten ... Entschuldigung! Ich schließ' einfach manchmal die Augen und träume vor mich hin ...«

»Recht so«, bekräftigte ich. »Der Traum ist wie die Treue der geschlossenen Augen, jene Treue, die

*Zitronenlimonade

uns, wenn wir nach Sicherheit unserer Gedanken suchen, ins Vertrauen führt.«

Da griff die angeblich harte und spröde alte Rita nach meinen Händen und drückte sie fest. »Mit Ihne, Herr Dokter, kann' i halt schwätze und alles entfalte, was i sonscht bloß bei mir denk'.«

»Erzähl' mir noch etwas von den Zwergen«, bat mich eines Abends mein Bettnachbar in der Klinik. Kurt Weißschedel machte beachtliche Fortschritte mit dem Sprechen und befürchtete, daß unser Duo in der Klinik durch meine Entlassung nach Hause ein jähes Ende nehmen könnte. »Jetzt hab' ich mich so an dich und deine wunderbaren Geschichten gewöhnt. Es wär' arg, wenn wir auseinander kämen«, beteuerte er. Vielleicht befürchtete er aber auch, mir könnte schon bald der Stoff für Erzählungen ausgehen. »Hascht no was auf Lager?« fragte er schüchtern, vertraulich. »Und ob!« versicherte ich und fragte höflich: »Darf's was mit Pfeffer sei'?« – »Des hör' i gern!« versicherte Kurt. Also.

Five-o'clock-Lilli

Da wurde ich eines Vormittags zur »Five-o'clock-Lilli« gerufen, die in einem kleinen, putzigen Häusle am Brestenberg am Fuße des Schloßbergs wohnte und mit einem Zwerg verheiratet war. Der war 1,50 Meter klein, sehr muskulös, als Müllmann in körperlichem Training, hieß Adolf Mosengeil und wurde »Blaserle« genannt, weil er eine im Gegensatz zu seiner geringen Größe enorme Puste besaß, mit der er an den Rändern der Mülleimer hängengebliebenen Unrat wegblasen konnte. Es wurde scherzhaft behauptet, er könne sogar mit seinem gewaltigen Atem für seine Lilli den Fön ersetzen und blase sie auch, wenn sie dem Bad entstiegen sei, von unten bis oben trocken, um das Badetuch zu sparen. Seine Gutmütigkeit grenzte, wie viele meinten, schon an Schwachsinn. Die Lilli war zehn Jahre älter als er, ein schlankes rothaariges Weib mit grünen Augen und zahlreichen Pigmentflecken auf der Haut, weil sie, wie böse, aber kundige Leute meinten, vom Schoßhündchen des Teufels beklekkert worden sei. Der Zwerg Blaserle war so in sie vernarrt, daß er das Teufelsweib heiratete, obwohl sie zehn Jahre älter und nicht zu halten war. Als sie ihn nach seinem Heiratsantrag als Adam inspizierte und er vor lauter Aufregung nur ein winziges Männlein hatte, soll sie kritisiert haben: »Da hätt' i mir scho ebbes mehr vorg'schtellt.« Das Blaserle, das sich unter Wert eingeschätzt fühlte, soll darauf gestottert haben: »Ww – wenn i aus – ggg – gschlofe han, noo henkt do – do – do vvv – vorne a Viertelpfund meh'!«

Die »Five-o'clock-Lilli« hatte ihren Spitznamen von ihrer Gewohnheit, junge Männer, meistens noch wenig erfahrene Jungen, zum »Five-o'clock-tea« in ihr Häusle einzuladen. Obwohl sie als Bedienung in einem kleineren Gasthaus tätig war, konnte sie geschraubt daherreden und eine feine Dame mimen, denn sie hatte die Mittelschule besucht, dort Englisch gelernt und diese Allerweltssprache während einer Tätigkeit in einem amerikanischen Offizierskasino in Stuttgart fließend zu sprechen gelernt. Das ließ sie vor den staunenden Leuten in der Wirtschaft und wo sie hinkam auch immer wie beiläufig durchblicken. »Have a smoke, please«, sagte sie etwa zu einem jungen Mann, wenn sie ihm eine von ihren Zigaretten anbot, weil sie bemerkt hatte, daß er nach dem Essen nervös und vergeblich nach Glimmstengeln in seinen Taschen suchte. Und wenn sie sich des Opfers ihrer Begehrlichkeit einigermaßen sicher fühlte, flüsterte sie ihm ins Ohr: »Give me the pleasure to see you again at five o'clock tea in my house«, wobei sie ihm eine Visitenkarte mit ihrer

Adresse überreichte, auf der außer ihrem Namen auch stand: »Studio for young people«. Das hatte damit zu tun, daß sie davon überzeugt war, daß nur der Umgang mit jungen Männern ihr Gealtertsein aufhalten oder lindern könnte. So lauerte sie, zu raschem Zupacken bereit, wie eine Spinne im Netz auf junge Bettgenossen. Der Tee war die Ouvertüre. Und da sie noch über einen rüstigen Appetit verfügte, so fehlte es beim Tee nicht an feinen Fisch- und Lachsbrötchen und bisweilen sogar an Kaviar. Den anschließenden Sekt beschaffte sie sich preiswert vom Wirt.

Nun, was sie mit den jungen, mitunter unbeholfenen Kavalieren tat, das ist leichter zu erraten als zu beschreiben.

Als ich nun zum Hausbesuch zu ihr kam, lag sie, etwas angetrunken, mit »Veilchen« unter den Augen, vielen blauen Flecken am Körper und mit Schmerzen von Malträtierungen im Bett.

»Ja, was isch denn da passiert?« wollte ich wissen und blickte sie dabei mit allem Ernst an, obwohl ich innerlich Genugtuung darüber empfand, daß diesem Luder einmal einer den Ranzen verhauen hatte. Was sie mir nun erzählte, war pikant und einigermaßen doch überraschend.

Sie war mit einem jungen Galan ins Gefecht gegangen, der immer wieder ungeschickt von ihr herunterfiel, als das Blaserle, ihr Zwergmann, vorzeitig kam. Da sie vom Gefecht so erhitzt war und keine Unterbrechung brauchen konnte, forderte sie das Blaserle auf, den Galan zu halten, wenn er abrutschte. Und das Blaserle tat folgsam, wie ihm geheißen war. Als sie danach unter die Dusche ging und der Galan sich in Windeseile verlegen anzog und verschwand, setzte sich das Blaserle an den gedeckten Tisch, aß die Leckerbissen auf und trank in großen Schlucken die fast noch volle Flasche Sekt aus. Er fühlte sich danach wohl so stark wie noch nie zuvor, riß der Lilli, als sie vom Duschen kam, den Bademantel vom Leib und verlangte nun von ihr, was ihm als Ehemann zustand. Das habe sie, beteuerte die Lilli, so in Form gebracht, daß sie vor Lust geschrien habe. Aber danach verwandelte sich der muskulöse Zwerg Blaserle in einen Racheengel. Mit der Faust und mit der flachen Hand vermöbelte er sie wohl eine Viertelstunde lang so gewaltig, wie er sie zuvor geliebt hatte. »Sie sehen's ja, Doktor, zu was der Zwerg fähig war. Ich brauche jetzt eine Arbeitsunfähigkeitsbescheinigung, weil mich jede Bewegung so schmerzt, daß ich kaum hochkomme.«

»Ja, wollen Sie jetzt Anzeige erstatten und ein Attest über die Verletzungen von mir?« fragte ich die Lilli.

»No, Mister Doc«, tönte sie, »nur keinen Skandal! Wenn's überstanden ist, hat mir's gut getan. Ich hab' ja dem Blaserle alles schon verziehen, und er mir auch. Ich glaube, wir werden noch happy miteinander ...«

Da verordnete ich essigsaure Tonerde für feuchte Umschläge und ein Schmerzmittel.

Das Blaserle kam in die Praxis und entschuldigte sich. Aber ich beruhigte den wackeren und seltsamen kleinen Mann: »Das hat einfach einmal sein müssen. Und jetzt mach' der Lilli Umschläge und zeig' ihr bei jeder Gelegenheit, daß du deinen Mann stellen kannst!«

Mein dankbarer Zuhörer Kurt Weißschedel läßt ein zufriedenes Lachen hören. Ob er sich in seinem Lehrerkollegium auch so aufgeschlossen gezeigt hat? Für den Pädagogen in ihm habe ich da noch eine ganz andere Geschichte parat, eine, deren Ausgang allerdings eher schmerzlich ist. Sie handelt von dem Schüler Mathias King, der auszog, in der grausamen Welt des Sports sein Glück zu machen.

Der Torwart

Als der alte Praktiker Dr. Bing, der mich einst mit der Zange in dieses Leben gezogen hatte, sterbenskrank war, besuchte ich ihn einige Male. Er empfahl mich als Sportarzt beim örtlichen Fußballklub, der Spielvereinigung Schramberg. Meine Sina war alles andere als erbaut von der Übernahme eines solchen Ehrenamtes, weil natürlich die Fußballspiele der Schramberger Mannschaft am Samstag oder Sonntag das gemeinsame Wochenende in Frage stellten. Aber ein erfolgreicher Fußballklub trägt zum Image einer Stadt bei, vollends in der Provinz. Und schließlich hatte ich in jüngeren Jahren selber Fußball gespielt und bis zu meinem 14. Lebensjahr so manchem Spiel der Schramberger Mannschaft zugeschaut. Das war freilich lange her. Wir Buben fischten damals den Ball oftmals aus der Berneck, wenn er vom Sportplatz hinausgekickt wurde und in den Bach flog. Jetzt war die Abschirmung mit Maschendraht höher, der ganze Platz war besser ausgebaut, und auf dem roten, sandigen Boden, der Oberfläche des »Rotliegenden«, war grüner Rasen angepflanzt. Die »Spielvereinigung 08 Schramberg« spielte in der Bezirksliga. Jeder im

Städtchen wußte, daß dies, die Spielkultur und die Kampfkraft der ersten Mannschaft vor allem dem Trainer, Studienrat Luithlen, Sportlehrer am Gymnasium, zu danken war. Dieser fußballerfahrene Pädagoge, der während seiner Studienzeit in England aktiv bei einem Zweitligaverein Fußball gespielt hatte, besaß eine natürliche, unangefochtene Autorität im Verein und bei der Mannschaft. Er verstand es, junge Talente zu erkennen und sie mit geduldiger Mühe aufzubauen. Ich kannte ihn und seine Familie schon als Hausarzt und wußte, daß er an zwei Abenden in der Woche sich ausgiebig dem Training der Mannschaft widmete und während der Spielzeit jeden Samstag bei den Spielen vorher wie danach mit seiner Mannschaft verbrachte. Als ich ihn einmal wie spaßhalber danach fragte, ob er auch »Zwerge – ausgeprägt Kleinwüchsige« in der ersten Mannschaft habe, lächelte er: »Drei Mann sogar, und dazu noch die vielleicht größten Talente. Alle drei knapp unter ›1,60 Meter klein, aber oho!‹«

»Das würde mich speziell interessieren«, erklärte ich, »denn ich befasse mich mit den Kleinwüchsigen, mit den ›Zwergen‹, seit mich Herr Laurin mit der Mythologie und Geschichte der Zwerge bereichert hat und hier eine ganze Schar von Kleinwüchsigen zu meinen Patienten zählt.«

Gottlob Luithlen, ein Schwabe durch und durch, sagte nur knitz: »Wenn Sie die sportärztliche Rolle im Verein a'nehmet, no könnet Sie a'nehme, daß i

Ihre Frage voll und gründlich a'nehme und beantworte darf.«

Nun, ich sagte zu und wurde alsbald vom Vorstand des Fußballvereins als betreuender Sportarzt der Fußballmannschaft bestätigt. Schwester Else war begeistert: »Herr Dokter, do tät sich der Dr. Pflanz aber freue! I lass' Ihr' Berufung als Dokter zum Fußballverei' ei'rahme und hän's no ins Wartezimmer!«

»Des hätt' grad no g'fehlt!« stoppte ich ihren Eifer. »Da kämet mir ja im ›Narreglöckle‹. Fehlt denn bloß no a Urkunde mit meiner Ernennung zum ›Doktor der Zwerge‹ mit Unterschrift vom Laurin! Nei', Schwester Else – so gut Se's au' meinet, aber des Brimborium lasset mir sei' – was tätet da die Kollege und d'Ärztekammer in Schtuegert sage!«

Als neues Vereinsmitglied entsprach ich den in mich gesetzten Erwartungen erst einmal mit einer Spende in vierstelliger Höhe. Dem allen irdischen Jammer umschließenden Hinweis des Vereinspräsidenten, des Zahnarztkollegen Dr. Remigius Schmelzle, die Spielvereinigung sei noch ein echter Amateurverein, der nur von den Beiträgen und Spenden der Mitglieder und den geringen Einnahmen der Eintrittsgelder bei Heimspielen auskommen müsse, begegnete ich in der Sitzung des Vorstands mit der Erklärung, bezüglich meiner ärztlichen Betreuung von Spielern und der ärztlichen Untersuchung der

Jugendspieler samt anfallenden Attesten keine Honorarforderung zu stellen. Es gab freundlichen Beifall, obwohl ich mit dieser Geste noblen Verzichts lediglich in die Fußstapfen meines Vorgängers getreten war. Um auch mir mit einer Artigkeit entgegenzukommen, wurde ich zum außerordentlichen Mitglied des Vereinsvorstandes bestimmt. Jetzt war ich also wer! Die Vereine, zumal der Fußballverein, sind eben maßgebliche Faktoren des gesellschaftlichen Lebens in unseren Gemeinden und Städten. Das wurde offenkundig, als zwei Tage später in der Lokalpresse zu lesen war: »Die Spielvereinigung jetzt mit Sportarzt«, wobei – für mich wegen der Kollegen peinlich – hervorgehoben wurde, daß jetzt beim Fußballverein ein »ausgebildeter Sportarzt« die medizinische Betreuung der Kicker übernommen habe, »was sich sicher auf das Training und die Kondition der Mannschaft in Zukunft auswirken wird.«

So mußte ich zunächst einmal die Wogen der Erwartungen etwas dämpfen und den Trainer, Studienrat Gottlob Luithlen, zu einer Aussprache einladen.

Als ich mich wegen der flinken Gedankengänge des Sportjournalisten zurücknahm, winkte er gleich ab: »Mit der Phantasie unserer Journalisten müssen Sie sich anfreunden. Was ich als Trainer da mitunter schlucken muß, ist ja bekannt. Gewinnt die Mannschaft, so ›so hatte der Trainer ein glückliches

Händchen‹ bei der Aufstellung und Spieltaktik der Mannschaft ... Verlieren wir aber, so ›rauft sich der Trainer die Haare‹, oder ›weint‹ er gar wegen des Versagens seiner Spieler. Es ist ein hartes Geschäft mitunter, aber ich betreibe es mit Leib und Seele, sonst ginge es nicht.«

»Also, ich will mich selbstverständlich nicht ins Training der Mannschaft einmischen«, stellte ich klar. »Ich könnte mir aber ein Zusammenwirken vorstellen, wenn ich als medizinischer Berater im Hintergrund Ihnen behilflich sein dürfte, oder wenn wir gemeinsam die physische Kondition der Spieler prüfen, besonders nach Verletzungspausen.«

Wir waren uns auf Anhieb einig. Und so kam ich bei einem Viertele Haberschlachter alsbald auf mein Interesse an den Zwergen zurück.

»In der ersten Mannschaft spielen drei Zwerge, wie Sie die Minderwüchsigen nennen«, erklärte Gottlob Luithlen, den die Kicker und Fans »Gottle« nannten, Ausdruck ihrer Verehrung und Verbundenheit mit dem Fußball-Lehrer.

»Die Brüder Albin und Emil Merz gehören zu meinen Zwergen«, erzählte Gottle. »Sie sind meine beiden Flügelstürmer – Rechts- und Linksaußen, können so fußeln, sind so quick und so trickreich, daß sie überall von den Gegenspielern gefürchtet werden. Mit denen habe ich am wenigsten Kummer, denn sie sind ausgeglichen im Wesen, geradezu besessen vom Training und ohne größere Formschwankungen. Das sind wahre Muskelpakete, und der Emil hat einen so harten Schuß, daß es dem gegnerischen Torwart die Finger umdreht, wenn er den Ball damit parieren will.

Unser Glanzstück ist der Torwart, auch ein Zwerg mit 1,58 Meter Größe. Den wollte mein Vorgänger nicht aufstellen, weil er als Torwart zu klein ist. Der kannte aber weder die außerordentliche Begabung des Jungen noch seinen Ehrgeiz und seine Zielstrebigkeit.«

»Der Mathias King«, warf ich ein. »Der wird bald nicht mehr in Schramberg zu halten sein, wie ich hörte.«

»Ja, das ist ein für uns kleine Provinzvereine übles Kapitel. Da müht man sich jahrelang mit einem Talent ab, und wenn es dann zu glänzenden Leistungen kommt und endlich der Verein davon profitiert, dann schnappen die Bundesligavereine uns die Talente weg und machen sie zu Profis mit hohen Gagen.«

»Was ist denn das Besondere an dem Mathias King«, wollte ich nun wissen, »wie kann der kleine Mann das große, hohe Tor so hüten, daß er oft unhaltbare Bälle fängt oder wegfaustet?«

»Also der Mathes ist – ich sage einmal ein Phänomen, weil ich mit dem Begriff Genie bei jungen Menschen zurückhaltend bin. Der Junge, der eine Klasse im Gymnasium wiederholen mußte und im kommenden Jahr endlich das Abitur machen will, ist mir auch als Schüler bekannt, ja, er wurde mein Freund, wir duzen uns sogar, nachdem er mir nach einem Auswärtsspiel vermutlich das Leben gerettet hat. Als wir nach dem Spiel, das wir knapp und umstritten gewonnen hatten, zusammen mit dem Schiedsrichter zu den Umkleidekabinen gingen, flogen Steine von Fans. Ein größerer Stein hätte mich am Hinterkopf getroffen, wäre nicht unser Torwart wie eine Katze blitzschnell hochgesprungen und hätte mit den Händen den Stein abgewehrt. Dabei zog er sich einen Mittelhandbruch zu. Natürlich gab es einen langen Gerichtsprozeß gegen die Steinewerfer. Aber ohne die geistesgegenwärtige Reaktion von Mathes wäre ich mit unabsehbaren Folgen einer Schädel-Hirnverletzung vielleicht Invalide geworden.

Schon seit früher Jugend läßt bei ihm alles auf eine innere Besessenheit schließen, fliegende Gegenstände oder ihm aus Spaß Zugeworfenes in der Luft zu fangen. Die Eltern – Vater und Mutter arbeiten in der großen Uhrenfabrik – schickten den intelligenten Jungen, der es mit dem Körperwachstum nicht eilig hatte, aufs Gymnasium, um ihm einen sozialen Aufstieg zu ermöglichen. ›Sei fleißig, Bua, daß d' amol später net in d' Fabrik saue muscht wie mir‹, spornten sie ihn immer wieder an. Aber der Mathes war ein Träumer, obwohl er in der Höheren Schule ohne besondere Schwierigkeiten mitkam. Er ging oft allein in den Wald, wo er, wie er mir erzählt hat, auf seine Weise trainierte. Er übte vor allem sein Sprungvermögen und versuchte, hohe Äste zu erreichen. Er übte Weitsprung über Bäche – und kam oft mit nasser Hose heim. Er hob schwere Felssteine, die ihm bisweilen auf die Füße fielen, und kam dann humpelnd nach Hause. Er rannte aber auch über weite Waldwege bergauf-bergab. Und bei seinem geheimen Solotraining warf er auch immer wieder einen Ball gegen eine Felswand, um ihn nach dem Rückprall sicher aufzufangen. Dabei betrachtete er seine sich stark entwickelnde Muskulatur und verglich sie im Schwimmbad mit der seiner Schulkameraden.

Schließlich trat er der Jugendabteilung des Fußballvereins bei. Seine Absicht, Torwart zu werden, wurde aber vom damaligen Trainer mit dem Hinweis abgeschmettert, dafür sei er viel zu klein, dafür brauche man ›lange Latten‹. Tatsächlich endete sein Längenwachstum bei 1,58 Meter, obgleich er als Körpergröße immer 1,60 Meter angab.

In der Schulmannschaft stellte ich ihn ins Tor. Und siehe da! Der Mathes erwies sich als eine Pantherkatze, war unglaublich sprunggewaltig, flog nur so in die Ecken, um schier unhaltbare Bälle herauszuangeln. Vor allem besaß er eine Reaktionsgeschwindigkeit, die alsbald bestaunt wurde. Er war stets hochkonzentriert, leitete die ganze Abwehr in ihrem Stellungsspiel und besaß fast für alle Situationen einen sicheren Instinkt. Er warf sich durchgebrochenen Stürmern blitzschnell, mutig und so geschickt vor die Füße, daß diese verunsichert wurden und das Tor nicht trafen.«

Das alles und einiges dazu erzählte mir Lehrer und Fußballtrainer Luithlen über den Wunderknaben Mathes, der kein Zwerg sein wollte. Als wir drei Viertele Trollinger mit Lemberger geschlürft hatten, kamen wir überein, daß er mich Schimi und ich ihn Gottle ansprechen sollte.

In den folgenden zwei Jahren saß der Wundertorwart, der »Stuhlfaut« aus Schramberg, oft in meiner Sprechstunde, denn Verletzungen kriegte er nur allzuhäufig ab.

Als ich wieder einmal einen Finger wegen Verletzung der Gelenkkapsel ruhigstellen und behandeln mußte und bedachte, daß vor allem die Daumen- und Zeigefingergelenke schon so oft lädiert waren und an Elastizität eingebüßt hatten, fragte ich nachdenklich: »Mathes, du solltest dir schon einmal überlegen, ob sich all die Verletzungen und ihre Spätfolgen für einen Abiturienten, der viel schreiben muß, eigentlich lohnen? Dazu noch deine Schultergelenksverletzung und ein halbwegs abgeheilter Bänderriß am Kniegelenk? Liegt das alles drin?«

»Es muß!« sagte er trotzig. »Wer Spitze werden und sein will, der muß hart sein.«

»Und du willst Spitze sein?«

Statt einer direkten Antwort vertraute er mir bei

heiligem Schwur auf Verschwiegenheit an, ein großer Fußballverein in Stuttgart habe ihm einen Vertrag als Ersatztorwart angeboten mit der Chance, einmal Stammspieler zu werden. »No han i bald ausgsorgt«, meinte er stolz und vielsagend. Als ich ihn ernst und stumm anblickte, rückte er heraus: »Nächste Woch', da platzt die Bombe, wenn ich's dem Verein und vor allem Gottle bekanntgeb', daß i' scho' in vier Woche in Stuttgart a'fang'! Sie sind der erscht, dem i's streng geheim a'vertrau'.« »Und dein Abitur?« fragte ich brüsk, denn der Mathes schob diese Prüfung ständig vor sich her. »Des kann i no lang nachmache. I will jetzt endlich amol die erschte Millioo verdiene, i han mi gnug gschunde ...«

»Und dein Trainer und Lehrer Luithlen, und die Schramberger alle, die Fans?« wandte ich ein.

»Der Gottle, ja, den verlass' i ungern ... Aber 's Publikum isch wetterwendisch ... Z'erscht hent se gsagt: ›Der Dreikäsehoch! Was wird au der Knirps 's Tor hüte könne!‹ Und wie's dann anderscht komme isch, hat keiner was gsagt han wölle ... Han i aber gelegentlich an hohe Ball net kriegt, no hen se glei' wieder g'raunzt: ›Wenn er halt größer wär ...‹«

»Ja glaubst du, in Stuttgart wird das anders sein?«

»Dort isch mir's schnuppe, aber hier, wo jeder jeden kennt, geht ei'm des Hinteromgschwätz mit der Zeit uf da Wecker ...«

Alles Reden half da nichts mehr. Ein ehrgeiziger,

zugegeben hart an sich und seinem sportlichen Können arbeitender junge Mann sah sich kurz vor jenem großen Ziel, dem er entgegenphantasiert hatte.

Mathias King – der King im Tor – verließ Schramberg, um in Stuttgart mit seinen Fangkünsten großes Geld zu machen.

Enttäuscht waren viele, besonders Trainer Luithlen, der sich so große Mühe mit ihm gegeben hatte. Unter den vielen war aber auch seine Freundin, die Maria, ein etwas verträumtes, hübsches, liebes Mädchen aus der Nachbarschaft. Sie stand bei jedem Spiel hinter seinem Tor, um ihm durch ihre Nähe Kraft und Zuversicht zu geben. »Treu, aber langweilig«, befand einer aus der Mannschaft, der allerdings nur die beiden auseinanderbringen wollte, weil er insgeheim die Maria für sich gewinnen wollte, obwohl die nur Augen für den »Mathes im Tor« hatte.

Ich hatte kein gutes Gefühl, als Mathes nach Stuttgart ging. Aber schon bei seinem ersten Besuch in der alten Heimat saß er am Steuer eines flitzigen Porsche, dessen Schnelligkeit er auch in der Stadt unter Beweis stellte. Als ihn die Polizei stoppte und – »weil du's bischt, Mathes« – nur hundert Mark Bußgeld verlangte, zog Mathes einen Blauen aus dem Brillenfutteral. »Macht nix«, versicherte er und startete furios. Seiner Maria steckte er fünfhundert Mark zu und meinte: »Da, kauf' dir an hübsche Fahne, wo dir paßt!« Weil die Maria aber

Charakter hatte und sie seine Großkotzigkeit nicht mochte, gab sie ihm den Fünhundertmarkschein zurück mit der Bemerkung: »Wenn du mir bloß ei'mol gschriebe und auf meine Brief Antwort gebe hättescht, wäre i glücklich gwese.«

Da steckte der Mathes kurzerhand den Geldschein wieder in die Tasche und sagte kaltschnäuzig: »Ein King schenk' kein zweites Mal!«

Ach, der Mathes besaß leider nicht die Seele und den Geist eines Zwerges, er war nur ein kleingewachsener Ehrgeizling.

Als er einige Monate später wiederkam, um seine Eltern zu besuchen, stellte er seine neue Freundin vor, ein übermäßig gehübschtes Wesen, das sich den Aussagen mehrerer Bekannten nach »wie Gräfin Rotz« aufführte und, wenn sie den Mund auftat, nur in Salonschwäbisch sprach. »Der Mathes ist auf dem beschten Weg, ein Liebling der Degerlocher zu werde. Mein Liebling ischt er schon lang...« Als Mathes auf einem Spaziergang durchs Städtle einmal ausspuckte, herrschte sie ihn an: »Aber Mathes! In Gegenwart einer Dame spuckt man nicht! Hab' ich dir das nicht schon oft gesagt?« Die Liebe machte ihn aber blind, weshalb er überall prahlte: »Jetzt hab' ich eine feine Dame als Freundin, die weiß, was sich gehört.« Daß das schicke Luder aus dem Stuttgarter Bohnenviertel stammte, verschwieg er. Er hatte längst begriffen, daß die Welt getäuscht werden will. Das Weib hieß mit Vornamen Magda;

er nannte sie vertraulich »meine Dada« und äußerte einem Freund gegenüber: »Was die drauf hat, dafür reicht die Phantasie von dene Provinzler hier nicht in sündhaften Träumen aus! Und vom Geld versteht se mehr als jeder Bankdirekter!« Der Mathes war jedenfalls nach der neuen Mode sportlich salopp gekleidet, und man sah es seinem »Outfit« sehr wohl an, was das alles gekostet haben mochte. Seine Eltern waren hin- und hergeschüttelt von Stolz und Besorgnis, eigentlich mehr bedrückt als richtig erfreut. Wer wie sie stets einfach gelebt hatte und seinen Grundsätzen gemäß bescheiden geblieben war, den mochte es schwindeln, wenn der Sohn nun so rasch auf großem Fuße zu leben begann. Unter den Bekannten breitete sich Neid aus. »Früher sind se in d' Heidelbeere gange und hent Brotsuppe gesse – heut' ganget se nach Schtuagert und esset im feinschte Hotel Hummer ond Kaviar«, geiferten einige, während andere ihre Meinung mit Sprichwörtern zum Ausdruck brachten, von denen ich mir nur merkte: »Wenn's Kälble Stiefele a'zieht und d' Kuh de' Kopf hochstreckt, rutschet se uf ihre eigene Flade aus.« Aber Gottes Mühlen mahlen bekanntlich langsam, und so währte es fast drei Jahre, bis sich der große Fußballverein in Stuttgart plötzlich für einen anderen Torwart entschied und den Mathes ausmusterte, als er in einigen Spielen doch nicht das »brachte«, was man von ihm erwartete. Der Abstieg, ja der Fall des Mathias King war jetzt nicht mehr aufzuhalten. Er mußte sich mit dem wesentlich geringeren Einkommen bei einem Oberligaverein in der Nähe von Stuttgart begnügen. Und weil bekanntlich die Ratten das sinkende Schiff beizeiten verlassen, so sagte ihm auch »Dada« unter allerlei Vorwänden Ade, das heißt: Sie erwartete von einem Bankkaufmann ein Kind. Bank-Kaufmann war dieser im zweideutigen Sinn, denn er setzte sich ein Jahr lang immer bei den Spielen auf der Tribüne neben Magda auf die Bank, so nahe, bis die »Bank« ihr Geheimnis öffentlich preisgab.

Der Mathes spielte jetzt vollends verrückt und fuhr mit 200 km Geschwindigkeit auf einen Fernlastwagen, so vehement, daß das, was von dem Kleinwüchsigen übrigblieb, in einem Kindersarg Platz fand.

Als dieses Unglück in der Presse, auch im Schramberger Blatt, publik wurde, wimmelte es wieder von altbekannten Sprüchen in der Stadt, in denen die ziemlich unverhohlene Befriedigung darüber Ausdruck fand, daß der Hochmut des Mathes sein vorhersehbares Ende gefunden hatte. Manche meinten edelmütig: »Also an Dämpfer hätt' i ihm scho gönnt, aber er hätt' ja net glei he' sei' müsse.«

Bei der Beisetzung auf dem Schramberger Friedhof gewannen schließlich doch Mitgefühl und Anteilnahme die Oberhand. Es wurde eine »große Leich«, weil auch der Fußballverein kam und die Aktiven ein dreifaches Hipp-hipp-hurra zum Abschied donnerten und der Vereinsvorsitzende nach einer kleinen Rede einen Riesenkranz mit den schwarzgelben Farben des Vereins auf den Bändern niederlegte. Gebrochen wirkten die armen Eltern, die so große Hoffnungen in ihren Sohn gesetzt hatten. Maria, die langjährige treue Freundin des Toten, ging in der Mitte zwischen den Eltern, denen sie den Arm bot, hinter dem Sarg her. Sie weinte wie die Eltern in ihrer tiefen Traurigkeit. Auch Gottlieb Luithlen stand unter Tränen, deren ich mich ebenfalls nicht schämte.

Als wir nach der Beerdigung bei einem Glas Glottertäler zur Fassung zurückfanden, tröstete ich Gottle: »Es war ihm vorherbestimmt, so unvernünftig auszuklinken. Weder du noch wir anderen vom Verein konnten das Schicksal verhindern. Der Mathes war klein, war für mich ein Zwerg; leider hatte er nicht die Seele und das tief und weit zurück in die Geschichte der Zwerge reichende Gespür für richtiges Denken und Handeln. Er wollte etwas sein, was er nicht war und nicht werden konnte. Zwerge wissen um ihre Grenzen.«

»Ich hab's geahnt, was kommen mußte«, seufzte Gottle. »Der Ehrgeiz hat ihn ausgehöhlt. Er war, wie du richtig siehst, kein Zwerg, sondern nur ein kleingewachsener Mensch, der um alles in der Welt ein Großer werden wollte. Aber dazu reichte es ihm trotz allem Willen über Jahre hinweg nicht.« Als allmählich unsere Bedrücktheit in Humor umschlug, meinte Gottle: »Jetzt kommt er ohne Abitur in den Himmel, schade.«

Kurt Weißschedel, dem ich das alles erzähle, geht es auf der ganzen Linie besser – ja, besser, aber noch lange nicht gut.

Er entpuppte sich als Anhänger des Fußballs, Sympathisant des VfB Stuttgart, hat in jungen Jahren Fußball gespielt, vorwiegend als »Verteidiger«, wegen seiner Größe mit Vorteilen in Kopfballduellen.

Sein Sprechen wird bei etwas schnellerem Redefluß unscharf, verwaschen, so daß er dann anhält, um die Worte wie beim Üben langsam und prononciert auszusprechen. Kürzere Gespräche in Form von Fragen und Antworten gelingen schon gut, ermüden ihn aber bald. Mit diesen Fortschritten und einer deutlichen Besserung der Gesichts-, Arm- und Beinlähmung treten wir aber seit ein paar Tagen schon auf der Stelle. Nelly, die feinfühlige, aufmerksame Beobachterin, fragt mich daher besorgt: »Was meinen Sie – wird das alles einmal noch besser, oder müssen wir uns allmählich mit dem Erreichten als Endzustand anfreunden?«

»Das wissen wir erst, wenn ich alle meine Geschichten von Schramberg erzählt haben werde«, orakle ich schmunzelnd, um dieser Frage die Schärfe zu nehmen.

Nelly scheint diese Mahnung zu Geduld ganz gut

zu gefallen. »Humor macht meine Bangigkeit, vielleicht auch meine leise Ungeduld erträglich«, lobt sie. »Ich bin ja jedesmal so gespannt, was mich auf Ihrem Tonband erwartet.«

»Mein Gott«, entschuldige ich mich, »es geht halt alles wie im Leben kunterbunt zu, und ich spare auch die Winkelszenen des Lebens nicht aus. Da haben Sie sich mit dem Schreiben meiner Erzählungen schon allerlei zugemutet.«

»Keine Rede!« wehrt Nelly ab. »Wenn Sie die Geschichte vom Zwerg Blaserle meinen, so hat sie mir ganz besonders gefallen.«

»Das läßt mich hoffen, wenn ich nun auch noch vom Liebesleben in der kleinen Stadt im schwarzen Wald erzähle«, kündige ich an.

»Ich kann's kaum erwarten«, lacht Nelly und verabschiedet sich in Eile.

Bald eröffne ich unsere abendliche Erzählstunde.

Waldeslust

Denke ich an die Mächtigkeit der Berge und Wälder, vor allem an das scharfe Gebiß des Winters hier, an Regenwochen und Nebel, der aus den Wäldern dampft, alle Ansätze zu Fröhlichkeit niederdrückt, die Lebenslust so wie lange graue Unterhosen zunichte macht, dann bin ich immer wieder überrascht, wie angepaßt die Menschen doch überwiegend mit aller Unbill der Natur und des Klimas umzugehen wissen.

Das betrifft vor allem auch die »Luscht«, denn obwohl das Fasten als Mutter der Gesundheit gepriesen wird, wissen die Schramberger auch, daß die fleischliche Lust zumindest eine Tante der Gesundheit ist. Ein anonymer Spaßvogel ritzte jedenfalls mit dem Messer in die Lehne einer Holzbank im Bernecktal:

Ein eingefleischtes fleischliches Begehr'
gehört halt auch ins Leben her.
Vergessen hab' ich allen Frust
auf dieser Bank in Waldeslust.

Geben wir einmal der »heimlichen Liebe« gute Noten, eingedenk des Volksliedes:

Kein Feuer, keine Kohle kann brennen so heiß,
als heimliche Liebe, von der niemand nichts weiß...

Dieser so unübertrefflichen Liebe, »von der niemand nichts weiß«, waren aber in der Talstadt erhebliche Barrieren gesetzt. Der Zugang zu den Häusern war doch stets neugierigen Augen ausgesetzt, und nachts bellten die Hunde, wenn sich jemand dem Haus näherte. Außerdem waren die meisten Häuser mit Holzböden hellhörig. In der Zeit, als noch keine Autos vor den Häusern standen, mußten sich die Liebenden schon zu Fuß aufmachen, um sich irgendwo zu treffen. Den meisten boten die Wälder und einsame Waldwege den Schutz ihres Geheimnisses. Im Sommer war das, was vielsagend »Waldeslust« genannt wurde, kein Problem. Wenn im Winter bei eisiger Luft aber oftmals der Schnee meterhoch lag, hatte Venus in der freien Natur keine Chance. Die Liebe machte allerdings erfinderisch. An versteckten Stellen und abseits der Waldwege entstanden während des Sommers zahlreiche »Hütten«, meist gut getarnt, mit Steinblöcken als Mauer, Holzbalken und dicker Schicht von Tannenreis, mit einer Riegeltür aus Holz und einer Feuerstelle. Das verstieß freilich gegen die Waldordnung, und so wurde manche von den Waldhütern entdeckte Hütte zerstört. Am sichersten waren Einrichtungen in tiefen Felsspalten oder kleinen Höhlen. Es gab natürlich auch genehmigte

Waldhütten, die aber den Jagdpächtern und Waldhütern vorbehalten blieben. Die Waldhüter waren entweder Forstadjunkten, wenn sie hauptberuflich tätig waren, dem Oberförster unterstellt, oder sie standen nebenberuflich in Diensten eines Jagdpächters. Zu diesen zählte auch der Roland. Er hütete die Wälder des Jagdreviers in weitem Umfeld der Ramsteinschlucht, erledigte für seinen Herrn, einen Zahnarzt, die Wildfütterung im Winter, tauchte aber auch im Sommer wie aus dem Boden heraus plötzlich auf, unrasiert mit wildem Bart und offenem Hemd und behaarter Brust, als wäre er ein Waldschrat. Er fühlte sich als Instanz und erschreckte die Waldgänger, wenn sie Holz und Tannenzapfen sammelten und er dann danach fragte, ob sie eine Genehmigung zum Sammeln von Dürrholz hätten. Dürrholz- und Beerensammler, auch solche, die kleine Tännchen ausbuddelten, um sie in ihren Hausgarten zu pflanzen, waren dem Jagdpächter deshalb ein Ärgernis, weil sie bei ihren Streifzügen das Wild aufscheuchten und – wenn freilich ohne Absicht – in andere, fremde Reviere vertrieben.

Der Roland war groß, stark, ein wildes, ungehobeltes Mannsbild, das Schrecken und Furcht einflößte. Wenn er während seiner Halbtagsbeschäftigung beim Werkschutz der großen Uhrenfabrik eine Uniform trug, sah er halbwegs zivil aus, aber seine sprühenden Augen blitzten verborgene Leidenschaft, die mit der »Waldeslust« zu tun hatte und bei Mädchen und Frauen eine Gänsehaut auslöste. »Wenn der net an der Kette ischt, möcht i dem net begegne«, sagten die Fabrikarbeiterinnen. Im Wald war der Roland aber nicht an der Kette. Er war so gesund, daß nur der alte Pflanz ihn einmal in der Praxis erlebt hatte, als er beim Fällen eines Baums sich mit dem abgleitenden Beil in den Fuß gehauen hatte und das dicke Leder seiner klobigen Stiefel entzwei gegangen war. Pflanz mußte ihn damals ins Spital einweisen, das er bei einsetzender Wundheilung eigenmächtig verließ. Der Zahnarzt und Jagdpächter, in dessen Diensten der Roland stand, gehörte zu meinem Stammtisch und meinte: »Fürs Grobe und als Wachhund ka'mern brauche: Er ischt halt a eigesinniger Dinger.« Rätselhaft erschien es, warum er mit fast dreißig Jahren noch ledig war, obwohl es beherzte und dreiste Weiber doch auf ihn abgesehen hatten, von denen zumindest zwei damit prahlten, der Roland besäße einen sagenhaften Trieb und lasse bei der Waldeslust in Gottes freier Natur »nix a'brenne«. Da geschah es an einem Nachmittag im Mai, daß der Roland ein Mädle ausmachte, das mit einem Leiterwagen zur großen Waldwiese fuhr und dort mit einer Sichel frisches Grün am Rande der Waldwiese abmachte, das sie in einen großen Sack auf dem Leiterwagen steckte. Es war die Älteste von drei Töchtern eines Tagelöhners, der am Rande der Stadt in einem alten Bauernhaus wohnte und sich und die Familie mit Stallhasen und ein paar Ziegen im Nebenerwerb eher schlecht als recht durchbrachte. Die Rosel holte jetzt »frei Hand« auf der Waldwiese erstes saftiges Grün zur Fütterung der Geißen. Sie war ein richtiges Naturwesen, das sich im Wald auskannte und um seine reichen Schätze wußte. Als sie nun den Roland auftauchen sah, erschrak sie so heftig, daß sie instinktiv die Flucht ergriff und auf einen Baum kletterte, einer Katze gleich. Das imponierte dem Roland. So mußte er lachen, was er wohl selten tat, denn wieselflink war sie eine mittelgroße Eiche hochgeklettert und fühlte sich dort im Geäst zunächst einmal in Sicherheit.

»I will doch bloß a bißle Grünfutter für unsere Geiße«, verteidigte sie sich als Stimme aus dem Baum.

»Ja, Mädle, warum kletterscht denn uf de Boom? 'S Gras wächst doch net dort obe!«

Die Rosel, mit ihren zwanzig Jahren immer noch ein etwas verschüchtertes Mädchen, schwieg verlegen. Der Roland gibt sich doch freundlich, dachte sie – und deshalb lächelte sie vom Baum herab: »Wie kann i da bloß wieder runterkomme?« spielte sie die Hilfsbedürftige.

Der Roland stellte sich jetzt unter den Baum. Sein Blick war nach oben fixiert auf jenen Ast, auf dem die Rosel barfuß stand. Der Wind plusterte immer wieder ihren Rock, und der Roland schaute nach oben und stotterte fast, als er zur Rosel hinaufrief: »Da muß sich doch – da müßt' sich doch ebbes mache lasse, daß du zu mir runterkommscht – lass' mi' kurz überlege ...« Da fiel plötzlich der Rosel ein, daß sie nichts unterm Rock anhatte, weil sie in der Natur so luftig wie möglich angetan sein wollte ... Der Roland aber schaute empor und sah das Himmelreich, das zu ihm – und wie er träumte – ganz speziell für ihn zur Erde niederschweben wollte. »Spring runter, Rosel«, beschwor er sie, »i bin stark genug und fang' di' auf – laß' di' ei'fach, d' Füß' voraus, runterfalle!«

»Kann i mi' auf dich au' sicher verlasse?«

»Ganz gwiß, bombesicher!« schwor er ihr.

Und so ließ sich die Rosel vom Baum der Erkenntnis auf den Roland fallen, der sie sicher auffing, obwohl er noch einmal nachfassen mußte, bevor sie auf dem Boden stand und ihre Arme um den Lebensretter schlang. Roland der Sinnliche, der nur an das glaubte, was er sehen, hören, greifen, fühlen und schmecken konnte, brauchte zwar seiner Grundanschauung nicht untreu zu werden, als er die Rosel im Arm hielt und sie dann zu einem Glas Wein in die noble Hütte seines Chefs einlud. Aber zum Sinnlichen war erstmals etwas Über-Sinnliches hinzugekommen, das ihn über die heftigen sinnlichen Wünsche hinaus etwas empfinden ließ, das nach Dauer verlangte und ihn in merkwürdiger Seligkeit in Abhängigkeit zu locken schien. Aber das wirklich sagenhafte Ereignis, das für ihn zwar von einem Baum, aber doch auch gleichsam vom Himmel herab ein, wie er sich nun in der Vertraulichkeit der Hütte immer wieder mit allen ihm hörigen Sinnen überzeugen konnte, wunderbares Weib fallen ließ, das von ihm aufgefangen worden war – dieses Mirakel eines himmlischen Zu-Falls beschäftigte seine bislang so einfache Lebenserkenntnis über alle Maßen. Ja, er wollte das alles, was ihn im Augenblick aus der Bahn des Gewohnten warf und seine bisherigen Gefühle überstieg, zunächst nicht als Wirklichkeit anerkennen. Er hielt sich selber für verrückt. Wie sollte er sich noch selbst verstehen, wenn er nach einer langen glücklichen Stunde in der Hütte seines Chefs nun herging und seine Sense nahm, um der Rosel so viel Gras auf der Waldwiese zu mähen, daß sie's auf ihrem Leiterwägele kaum unterbringen konnte? Als ihn der nüchterne Sinn zuletzt wieder ein klein wenig eingeholt hatte und die Rosel sich mit einem langen Kuß bei ihm bedankt hatte, gab ihm seine realistische schwäbische Seele den Spruch ein: »So, jetzt han i mei' Sach g'het, und du, mei' Schätzle, hoscht au' dei' Sach g'het; und wenn d' jetzt heimkommscht, no kommet au' deine Geiße zu ihrem Sach!« Aber nach dem »Ade« versicherte er ihr doch noch: »Wenn d' wieder Futter für deine Geiße brauchscht – i wart' auf di', und i mäh' dir z'lieb de ganz Waldwies' ab. Mei' Chef wird nix dergege han.«

Tatsächlich hielt die »Waldeslust« von Roland und Rosel den ganzen Sommer über an. Als die besagte Waldwiese abgemäht war, hatte sich der Roland so sehr ans fürsorgliche Mähen gewöhnt, daß er aus freien Stücken auch Öhmd für die Rosel machte, und sie während der Beerenzeit mit jenen Stellen im Wald vertraut machte, wo es Heidelbeeren und Himbeeren in Fülle gab, nachdem er die wilden Beerenleser von jenen Plätzen verscheucht hatte.

Nun, die Rosel paßte aber auch geradezu ideal zum Roland. Sie redete wenig, war konzentriert auf die Liebe und machte hinterher kein Geschwafel übers Geschehene, noch daß sie je irgendwelche Zukunftspläne entwickelt hätte. Die »Waldeslust« war Lockung und Lohn genug. Daß sich daraus ein Gefühl gegenseitiger Fürsorglichkeit und Aufmerksamkeit entwickelte, wurde kein Thema für Gespräche. Das war gut so. Mein Zugang zu dieser Liebesgeschichte hatte ihren Beginn, als die Rosel sich mir anvertraute wegen der Verordnung der Pille. Sie überraschte mich durch die Offenheit und Natürlichkeit, ja sogar eine Lustigkeit und Fröhlichkeit, mit der sie von ihrer heimlichen Waldeslust mit dem Roland sprach.

Aber die Götter schickten im Spätsommer noch eine Wolke über das heimliche arkadische Glück.

Der Jagdpächter, ein Mann in noch guten Jahren, pirschte an einem warmen Spätsommertag durch den Wald, einen Bach entlang bis zu der Stelle, wo ein kleiner Gumpen war, in dem man sich durch ein Sitzbad erfrischen konnte. An diesem schwülwarmen Tag vielleicht kein schlechter Gedanke, wenigstens ein Fußbad bis zu den Knien, ging es ihm durch den Kopf. Aber als er dem Gumpen schon nahe war, hörte er lautes Plätschern. Wildschweine? Oder gar ein Mensch?

Er kroch hinter niederes Gebüsch in Position und nahm das Fernglas trotz der geringen Entfernung … Was er sah, machte ihn sprachlos.

In dem Tümpel des aufgestauten Baches saß, die langen Haare hochgesteckt, ein schwarzhaariges Mädchen, das lustig herumplätscherte und sich in dem frischen Wasser offenbar wohlfühlte. Ihre Haut hatte einen dunklen Teint, doch war sie keine Negerin, eher eine Zigeunerin. »A saubers Menschle«, flüsterte er begeistert vor sich hin, »die schnapp' ich mir.«

Als er nun absichtlich geräuschvoll auf die Wassernixe zuging, erschrak das geheimnisvolle Wesen, sprang aus dem Wasser und umhüllte sich, bis er vor ihr stand, mit einer Wolldecke. Doch er sah zuvor noch ihren schlanken Körper, den sie nun vor Kälte und Angst bibbernd vor ihm verbarg.

»Sie sein Polizei?« fragte sie schlotternd.

»Ich sein nix Polizei«, besänftigte er sie, »ich sein Jäger hier.«

»Oh – du machen bumm-bumm, mich schießen tott?«

»Aber nein – ich bin Doktor, machen Menschen Zähne gesund«, erklärte er und zeigte auf seine Zähne.

»Meine Zähn sein aber gesund, ich nix krank, kommen aus Rumänien«, versicherte sie.

Nun überredete er sie geradezu väterlich, mit ihm in seine nahe Jagdhütte zu kommen, wo sie sich in Ruhe anziehen könne und er sie zu einem kleinen Essen einladen wolle. Wie sie denn heiße, wollte er wissen, nachdem er sich als Doktor Weiß vorgestellt hatte. »Mathilda« nannte sie sich und beteuerte, der Großvater sei »deutsch« gewesen, »deutsche Soldat«. Und bis sie in der Hütte angelangt waren, wußte der »Doktor Jäger«, daß der »Großvater« im Krieg mit ihrer Großmutter ein Verhältnis hatte und ihre Mutter »eine halbe Deutsche« gewesen sei.

Beim Vesper mit Brot und Dosenwurst und Elsässer Wein kamen sich die beiden rasch näher, denn Mathilda, die schwarz eingewandert war und sich aus lauter Angst, sofort wieder abgeschoben zu werden, frei herumtrieb und mit Gelegenheitsarbeiten mühselig am Leben hielt, sah durch den ihr so spontan gewogenen Doktor Land in Sicht. Und der »Doktorr-Jäggerr«, wie Mathilda sagte, wurde von kühnen Vorstellungen beflügelt. Immerhin tranken sie auf »Du«, weil er sich herausnahm, sie Mathilda zu nennen und er ihr anbot, ihn einfach mit Josef anzusprechen. Zum Glück kann zu dieser Situation gesagt sein, daß Josef seit einigen Jahren Witwer war. Fürs erste beschlossen sie, daß Mathida zunächst in der Jagdhütte leben solle, wo er sie regelmäßig besuchen wolle, um Lebensmittel und alles sonst noch Notwendige zu bringen, bis er schließlich alles erkundet habe, wie es am besten gehen würde, sie auf den Ämtern in Schramberg anzumelden und einen Asylantrag zu stellen.

Als Mathilda dem »Doktorr Josef« ihren rumänischen Paß zeigte, mußte der Josef lachen, denn da stand als Namen »Mathilda Spazsleanu«, und er lachte: »Spazsleanu« – das taufen wir ins Schwäbische um, dann heißt du einfach Mathilda Spätzle! Wenn das kein deutscher, sogar schwäbischer Name ist!«

»Mein Vater lebt nicht mehr«, erklärte sie, »er war ein Ungar.«

»Da könne wir doch sagen, er sei ein deutschstämmiger Ungar gewesen«, jubelte der Josef. Sie waren nun beide so hochgestimmt, daß er mit Freuden zusagte, als Mathilda ihn darum bat, diese erste Nacht in der ihr fremden Hütte doch hier zu bleiben, da sie Angst habe, so ganz allein, das erste Mal …

Als sie noch ein paar Gläser Wein getrunken hatten, sang Josef der Mathilda aus voller Brust das Lied von der Waldeslust vor, immer noch einmal, bis sie es mitsingen konnte. Und am Ende des Liedes sanken sie aufs breite Lager.

Die weitere Geschichte mit dem Mädchen Mathilda erfuhr ich aus zwei verschiedenen Quellen, einmal von der Rosel, dann aber auch von meinem Stammtischbruder, eben dem Zahnarzt und Jäger Dr. Josef Weiß. Nur in knapper, sachlicher Form hatte das Lokalblatt über eine »kriminelle Entführung aus einer Waldhütte« berichtet. Aber das Thema fand eine intensive Verbreitung in der Öffentlichkeit.

Kombiniere ich die beiden mir erzählten Versionen, so ergibt sich die vermutliche Wirklichkeit folgenden Geschehens.

Der Zahnarzt Josef wollte nach seiner ersten Waldeslust in der Hütte anderen Tages den Roland darüber informieren, daß er dem fremden Mädchen die Hütte als vorläufiges Asyl angewiesen habe und er sie vorerst dort besuchen und mit Lebensmitteln versorgen werde. Roland solle daher die Hütte nicht aufsuchen, um das Mädchen dort nicht zu erschrecken.

Aber er konnte den Roland trotz allen Bemühens über das Telefon nicht erreichen.

Am frühen Abend ging der Zahnarzt Josef dann zur Hütte mit einem Rucksack voll Essen. Mathilda erwartete ihn schon voll der Spannung, was ihr »Doktorr« bezüglich eines Asylantrages wüßte. Und weil Josef bei den Ämtern zuvorkommend mit seinem Anliegen beraten und unterstützt wurde, gab es gute Nachricht und Hoffnung für Mathilda.

Vesper und Wein lieferten die leibliche Basis für Hoffnung und Freude der Seele, so daß bei beiden die Waldeslust ausbrach und Josef, der Vorsichtige, die Tür der Hütte verriegelte.

Um diese Abendzeit trieb sich der Waldhüter Roland bei der Waldwiese herum, weil er sehnlich auf die Rosel wartete. Aber die Rosel kam nicht. So verliebt war der Roland schon in die Rosel, daß ihr Ausbleiben eine schlimme Eifersucht in ihm hochkommen ließ. Aber vielleicht war sie auch gleich zur Hütte gegangen, ihrem heimlichen Liebesnest? So ging er zur Hütte, wo er leider die Rosel auch nicht fand. Wie denn? In der Hütte hörte er gedämpfte Stimmen, Kichern und Lachen ... Als er näher kam, vermochte er eine Frauenstimme und eine Männerstimme zu unterscheiden.

Sollte die Rosel sich da drin mit einem Mann vergnügen, schoß es jäh in seine eifersüchtigen Gefühle.

Er schlich bis vor die Tür, um etwas erlauschen zu können. Aber die Stimmen flüsterten, und er glaubte etwas gehört zu haben, das sich wie »ziehen wir uns aus« zu klingen schien. Und ein Rascheln und danach wollüstiges Seufzen nahmen ihm jeden Zweifel: hier ereignete sich Waldeslust.

Er raste in wilder Eifersucht und nahm seinen Hüttenschlüssel, um – wie er annahm – die Rosel mit wem auch immer in flagranti zu ertappen. Ja, erst würde er den Galan hinausprügeln und dann mit der Rosel, dieser Schindmähre, diesem verlogenen Weib, diesem die Harmlose spielenden Duranele* abrechnen.

Was war da los? Der Schlüssel ging nicht ins Schloß! Es steckte ein Schlüssel von innen, und da er vergeblich die Klinke drückte, wurde klar, daß die Tür verschlossen war.

»Chosef! Chosef!« seufzte das weibliche Wesen da drin, als das Bett zu knarren begann. Josef, so hieß doch der Chef! Und nur der hatte außer ihm einen Schlüssel. Der Doktor also und die Rosel? Es wird ja immer toller! Wütend schrie er: »Aufmachen! Aufmachen!« Und er polterte gegen die Tür. »Ich bin's, der Roland!«

Da sagte der Chef mit fester Stimme: »Geh' heim, Roland, ich bin's und will jetzt nicht gestört werden. Ich ruf dir morgen an.«

Als Roland kläglich ansetzte: »Aber Herr Doktor...« schrie der Chef: »Jetzt laß mich in Ruh, basta!«

Wie ein begossener Pudel zog der Roland ab und ging schnurstracks zum Elternhaus der Rosel. Die stand am Herd und kochte Apfelbrei. Als Roland mit noch finsterer Miene in die Küche trat, fiel ihm die Rosel freudig um den Hals und fragte besorgt: »Isch denn was passiert? Du guckscht so unglücklich.«

*»Duranele« für treuloses Mädchen

Da schloß der Roland die Rosel in die Arme und erzählte von seinem Erlebnis und gestand reumütig, daß ihn »schlimme Gedanken« überfallen hätten, als er so vor der Hütte stand und anhören mußte, daß »der Chef« seine Waldeslust in der Hütte feierte. »Aber doch net mit mir!« beteuerte die Rosel, was ja nun bewiesen war.

Dieses Intermezzo endete also gut. Aber der nächste Tag sollte für Roland, die Hüttenbewohnerin Mathilda und in gewisser Weise auch für den Zahnarzt dramatisch werden.

Er rief morgens den Roland in der Fabrik an und erzählte ihm die Geschichte mit dem Flüchtlingsmädchen Mathilda. »Na ja, Roland, mir Männer sind ja schließlich keine Holzklötz«, gestand er andeutungsweise und bat Roland, am Nachmittag ein wenig die Hütte zu bewachen, denn das Mädchen habe Angst vor Landsleuten, Männern aus Rumänien, die hinter ihr her seien. »Wird gemacht, Chef«, versicherte Roland und beging seinen ersten Fehler. Auf die Frage aus dem Kreis der anderen Wachmänner in der Fabrik, was er denn nach dem Dienst mache, trumpfte er auf: »Ich spiele Bodyguard für ein hübsches Mädchen.« Und als einer, der ein Schürzenjäger war, insistierend fragte: »Wo denn? Vielleicht im Wald und auf der Heide? Was wird da die Rosel sagen?«, da sagte der Schafskopf: »Im Jagdhaus, für meinen Chef.« Er wollte freilich damit klarstellen, daß er einen Auftrag als Waldhüter für Dr. Weiß erfüllen müßte und das nichts mit seiner Rosel zu tun hätte. Aber der »Schnepfengeiger«, wie der neugierige Wachkollege mit Spitznamen hieß, wurde als Wunderfitz in Weibergeschichten so zum Ausloschoren angeregt, daß er beschloß, der Sache auf den Grund zu gehen. Und das sollte sich – auch für ihn – später verhängnisvoll auswirken.

Der Roland ging am späteren Nachmittag ins Jagdrevier im Ramstein und schnurstracks zur Jagdhütte. Im Umfeld der Jagdhütte sah er niemand, so sorgfältig er auch spähte. Nun schloß er die Tür auf und vernahm einen unterdrückten Schrei. Er sah aber zunächst niemand in der Hütte. Als er schließlich in den Kleiderschrank schaute, der nicht abgeschlossen war, kauerte dort vor Angst schlotternd die Mathilda. »Nix machen, nix machen«, flehte sie und kam heraus.

»Ah, du bist Mathilda? Keine Angst!« versicherte Roland und stellte sich der Verängstigten vor. »Doktor Weiß mich schicken – aufpassen auf dich – dich schützen!« versuchte er ihr klarzumachen.

»Ah, Doktorr – Josef – Sie schicken«, sagte sie erleichtert und setzte sich nun mit Roland an den Tisch. Und um Mathilda auch mit Gesten zu beruhigen, streichelte er ihre Hände, was sie dankbar geschehen ließ. Sie war schön; ihre dunklen Augen, das lange, mähnige schwarze Haar, ihre wohlproportionierte Figur, der mit vollen Lippen geformte

Mund und der dunkle Teint – eine sonore Stimme und ihr gebrochenes, unbeholfenes Deutsch – mit all dem wirkte sie wie eine Märchenfee auf den Roland, der seine Rosel vergaß. Er fing wie ein Auerhahn zu balzen an. Um seine wilde Entschlossenheit, sie im Falle eines Überfalls zu verteidigen, unter Beweis zu stellen, ging er zum Gewehrschrank und fuchtelte alsbald wild mit einem Jagdgewehr herum, dessen großes Kaliber für die Jagd auf Wildschweine diente.

»Wenn kommen Räuber«, erklärte er Mathilda, »ich machen bumm-bumm und schießen Räuber tot.«

»Du schissen Rauber tott?« versicherte sich Mathilda.

»Ja, tott – mausetott«, äffte er sie nach und schob als Beweis zwei große Patronen ins Gewehr.

»Aber Rauber haben Kalaschnikow«, wandte Mathilda ein.

»Nix Angst, ich treffen Rauber und schießen tot«, beharrte Roland.

»Tott? Gut«, gab sich Mathilda zufrieden und holte nun, als wäre sie hier zu Hause, zwei Gläser und eine Flasche Wein. So eine Sicherheit und solch ein Heldenmut sollten gefeiert werden. Und nach einigem Zutrunk verwandelte sich der eben erst von Rosel gebändigte Roland allmählich wieder in den wilden Roland, der wegen angeblicher Hitze in der Hütte sein Hemd öffnete und seine wirrhaarige Brust vorführte. Und weil es der Mathilda beim Anblick der Orang-Utan-Brust von Roland und nach einigem Streicheln der Hände auch zu heiß wurde, zog sie ihren Kasack aus und zeigte gleichfalls Brust. Jetzt hielt es den Roland nicht mehr. Sie standen beide auf und schlossen sich unter wilden Küssen in die Arme. Mathilda bekam plötzlich Angst, unterbrach und meinte: »Was sagen Doktorr, wenn kommen?«

Roland schlich zur Tür und schloß ab, legte sogar den Sperrbalken als doppelte Sicherung hinter die Tür. Trotzig dachte er wohl daran, wie er gestern vor der Tür stand und sich die Waldeslust seines Chefs mit diesem Zauberwesen anhören mußte. Aber er war kaum bei Mathilda zurück, als draußen Schritte zu hören waren und es sogleich heftig an die Tür klopfte. »Aufmaachen – aufmaachen« schrie eine Stimme, die Mathilda leichenblaß werden ließ. Sie sagte nur: »Die Rauber kommen«, zog sich rasch wieder den Kasack an und setzte sich wie gelähmt aufs Bett. Auch Roland wurde klar, daß da nicht sein Chef, sondern wohl Ausländer gekommen waren, denn das »Aufmaachen« klang nicht einheimisch. Er spannte die Jagdbüchse, um die »Räuber« zur Strecke zu bringen, wenn sie die Tür mit Gewalt aufbrächen. Mathilda sprang mit Entsetzen vom Bett auf und beschwor Roland: »Nix schissen, nix schissen! Männer mit Kalaschnikow schissen sonst tott!«

Unterdessen wurde von draußen gegen die Tür gerammt, immer wütender.

Roland überlegte, ob er nicht einen Warnschuß auf die Tür abgeben sollte. Aber die Kugel würde die Tür durchschlagen und womöglich einen da draußen tödlich treffen ... und er wußte gar nicht, wer diese Männer waren ... Nur Mathilda schien es zu wissen, gut genug, um ihn vor einer Schießerei mit denen zu warnen. Was tun? Dieses Mädchen wußte mehr, als sie erzählt hatte. Sollte er also sein Leben wegen dieser Frau aufs Spiel setzen?

Als Mathilda nun etwas in einer fremden Sprache nach außen rief, ihm das Gewehr aus der Hand nahm und zur Tür ging, um sie zu entriegeln, ließ er es wortlos geschehen und setzte sich an den Tisch.

Da wurde die Tür aufgestoßen und drei vermummte Kerle, zwei davon mit Maschinenpistolen, einer mit einer Pistole in der Hand, stürmten herein und richteten ihre Waffen auf ihn: »Du nix machen – Hande hoch!« sagte der Anführer. Und nun fesselten sie ihn mit einem Strick und verklebten ihm Mund und Augen, zerrten ihn zum Bett, auf das sie ihn warfen. Er hörte noch, daß Mathilda ins Gesicht geschlagen und von den dreien mitgenommen wurde. Mathilda ließ nur ein Stöhnen wegen ihrer Mißhandlung vernehmen. Alles ging in rasanter Eile. Zuletzt gab ihm einer der Kerle noch einen dumpfen Schlag auf den Kopf, und er verlor das Bewußtsein. Wäre der Roland nicht mit einer robusten Vitalität gesegnet gewesen, so hätte er die Bewußtlosigkeit wohl bei verklebtem Mund nicht überstanden.

Es mochten immerhin ein paar Stunden vergangen sein, als Zahnarzt Dr. Weiß in die Hütte kam, wo Mathilda verschwunden war und er den Roland, inzwischen wieder zu sich gekommen, im verzweifelten Bemühen vorfand, sich aus der Mundverklebung zu befreien, um besser atmen zu können. Den Zahnarzt packte das Grausen, als er die Szene mit Roland, mit umgestürzten Möbeln, ausgelaufener Weinflasche und zertrümmerten Gläsern vorfand.

Er befreite Roland, der noch benommen war und aus einer Beule am Hinterkopf blutete. Das Telefon war herausgerissen, so daß er nach erster Notversorgung des Roland zu seinem Wagen laufen mußte, um über das Autotelefon den Krankenwagen und die Polizei herbeizurufen.

Die Kriminalpolizei mußte den Fall ungelöst abschließen, weil die Entführer und die Entführte trotz Nachforschungen nicht ausfindig zu machen waren. Es blieb die Annahme, daß Mathilda »Spätzle«, wie sie der Zahnarzt nennen und der Asylbehörde vorstellen wollte, eine von einer ausländischen, wahrscheinlich rumänischen Bande zur Prostitution gezwungene junge Frau war, die versucht hatte, ihren Entführern zu entkommen, leider vergebens. Und weil in der Öffentlichkeit das Mitleid überwog, trug die Affäre sogar zum Ansehen meines Stammtischbruders bei.

Der »Schnepfengeiger«, der beim Ausloschoren seines Arbeitskollegen Roland unter die Räder kam, lag auch im Krankenhaus wie der Roland, ein Zimmer weiter. Ihn hatten die drei Räuber beim Heranschleichen zur Hütte geschnappt und mit Gewalt zur Offenbarung seines Wissens über die gesuchte Mathilda gezwungen: Sie schnitten ihm, um ihren Drohungen Nachdruck zu verleihen, das rechte Ohr zur Hälfte ab. Er wurde mit Schadenfreude und Spott in der Stadt übergossen. »Der Lauscher vor dem Tor – hat ein geschlitztes Ohr«, witzelten die Leute. Der Roland wurde nach seinen Aussagen bei der Polizei und viel Mundpropaganda der Rosel gar als »Opfer in Ausübung seines Berufs als Wachmann und Bodyguard« erachtet und heiratete nicht lange danach die Rosel.

Als die mit »Liebeskrimi« bezeichneten Ereignisse von der Waldeslust in der Jagdhütte an unserem Stammtisch vom Zahnarzt Josef, der bei uns den Spitznamen »Wurzelheini« hatte, von ihm, dem so Betroffenen, mit jener Offenheit einer beschönigenden Lüge erzählt wurde, erteilte ihm Herman Schrempf, der Stadtpfarrer, eine tröstliche Absolution. »Gott schenkte dir eine Sünde«, sagte er schmunzelnd zum »Wurzelheini«, »um dich noch einmal zu frommem Leben zu erwecken, bevor du dich irgendwann verstoffwechseln wirst.«

Da hatte er's, der oft so naturwissenschaftlich vom Tod und dem danach daherschwafelnde Zahnarzt, der einmal gesagt hatte, was nach dem Tode käme, sei nur eine Sache der »Verstoffwechslung«.

Unser Tankstellenbesitzer, der Esso-Scheich, brachte Verständnis für den Stammtischbruder auf und meinte: »'s gibt halt scho' sackerlotige Weiber, wo's net viel braucht, daß ei'm 's Messer em Sack aufgoht. Was meinscht du Schimmi, als Doktor?«

»Also, gegen die Waldeslust gibt es keine Arznei«, bekannte ich. »Wenigschtens für solche Männer, bei dene, wo halt no – wie du dich ausdrückscht, mein lieber Esso-Scheich – 's Messer em Sack aufgoht. Aber wenn so ebbes a Gwohnheit wird, no kommt mer halt au schnell vom Pferd auf de' Esel und wird schnell zum Narre. Aber unser Josef wurde ja – und i schließ mich da ganz mei'm Freund Herman Schrempf von der theologischen Fakultät an – vom Herrgott mit einer Sünde beschenkt. Eine Sünde freilich die ihn ganzheitlich, nämlich nicht nur mit der Seele und dem Gesicht, sondern auch mit dem Körper erfaßt hat, grad so, wie's die Liebe ja eigentlich soll. Und ein Mensch, der von der Liebe so richtig ganz gepackt wird, der hat erscht alle Voraussetzunge, fromm zu werden, denn er fühlt sich durch die Liebe glücklich, gerät – medizinisch gesehe – in vollkommene Harmonie und beste Gesundheit. Und deshalb ischt medizinisch gegen die Waldeslust nix einzuwende, sie dient, wie ich als Doktor meine, der salus privata, dem privaten Wohlbefinden. Wenn's also a Sünd' wär', dann eine läßliche, wie die Theologe saget, und des hat wohl au unser Herman g'meint, wohl a Sünd' als Sprosse auf der Leiter zur Vollkommenheit.«

Die ausbrechende Heiterkeit verleitete sogar den »Ersatzkassen-Nebukadnezar« von der »Erbarmer-Satz-Kasse« zu der launigen Überlegung, daß – wäre der Josef Mitglied in der Ersatzkasse – die Kasse in einer höheren Überlegung die ihm entstandenen Unkosten bei der gesundheitsfördernden »Waldesluscht« ersetzen müßte.

Da lebte sie in vollem Fleisch und Blut wieder auf, die immerwährende Schramberger Fasnet.

Die Erzählung von unserem kühnen Freund Josef und seinen Liebesabenteuern hat Kurt Weißschedel neugierig darauf gemacht, mehr von meinem Stammtisch zu erfahren, um den er mich vielleicht sogar ein bißchen beneidet; denn so wie ich ihn kennengelernt habe und wie ich Nellys Berichten entnehme, hat so etwas in seinem Leben keine große Rolle gespielt. In der Provinz erscheint der Stammtisch fast wie das Zentrum der Heimat, mindestens als eine hohe Institution für gesellschaftliche Zugehörigkeit in Stadt oder Gemeinde. So auch in Schramberg.

Und an diesem Stammtisch soll nun auch mein neuer Freund Kurt teilnehmen dürfen, wenn auch nicht in persona. Dabei hätte er ganz gut dazu gepaßt. Sein Name hätte nicht einmal verballhornt zu werden brauchen.

Die Stammtischbrüder

In Schramberg war ich auch am Stammtisch der Erbe meines verstorbenen Wohltäters Doktor Pflanz. Ich nahm die Vakanz seines Platzes an einem schon lange bestehenden Stammtisch ein, um den sich Persönlichkeiten aus verschiedenen Berufen versammelten.

Jeden Montagabend trafen wir uns am reservierten Tisch im »Württemberger Hof«.

Warum eigentlich immer am Montag?

Es gab banale und tieferreichende Gründe, die dem Montag gegenüber anderen Wochentagen den Vorzug einräumten. Das erfuhr ich gelegentlich im Rückblick.

Der Pfarrer – in persona Stadtpfarrer Herman Schrempf – hat am Montag keine Predigt vorzubereiten ...

Die Ärzte – mein Vorgänger Doktor Pflanz und der Frauenarzt Doktor Bacher – konnten vieles auf Dienstag verschieben ... Die Geschäftsleute fühlten sich am Montag »beweglich«, weil da keine »Abschlüsse« getätigt werden, Vertreterbesuche abzuwimmeln sind und ohnehin erst einmal die Ware angeliefert wird ...

Weil die Friseure geschlossen haben ... Weil Sitzungen in Vereinsgremien und in kommunalen Ausschüssen nur selten montags stattfinden ...

Ja, und dann überhaupt! Der »blaue Montag« ist so eine Art Anhängsel des Sonntags, eine Ouvertüre nur der Woche. Das Wochenende gehörte der Familie. Am Montag müssen dann die Männer wieder in ihre Welt zurückfinden. Der Montag mit seiner fröhlichen Männerrunde am Stammtisch »maskulinisiert« erst wieder den Alltag der Woche und macht »gewitzigt«. Der Montag läßt erst einmal Anlauf nehmen für die Werktage. Er ist die Startbahn der Woche.

Schließlich fühlt man sich am Montag erleichtert, weil wir uns am Sonntag in der Kirche »entsündigt« haben. Seine Abendstund hat Bier im Mund, weil das füllige Sonntagsessen einen infamen Durst hinterlassen hat und endlich den Stoffwechsel verlassen soll. Es lebe also der Montag mit seinem Stammtisch, der das Glück der Familie pur am Samstag und Sonntag erst ins Gleichgewicht des entspannenden Dreierpacks zusammen mit Samstag und Sonntag bringt.

So etwa hatte der Gründer des Stammtischs, »Seine Dicknität und Ihre Flatulenz« Eugen der Starke, ständiger Canonicus im Rat der Narren – um seine hauptsächlichen Titulaturen zu nennen – beim fünfzehnjährigen Jubiläum den Montag als Tag des Stammtischs in apologetischem Eifer gerechtfertigt.

»Eugen der Starke« war ein von ständigen Blähungen im Magen und Darm geplagter korpulenter Mann um die sechzig Jahre, witziger Präsident der Fasnetsvereine und deren alljährlicher Prunksitzung im Gasthof »Bären«, im Zivilberuf Amtsrichter.

Als einmal die Schramberger im Schaufenster des »Uhren-Schweizer« die Imitation eines großen Elefanten bewunderten, der im Takt der Uhr seinen Rüsselkopf hin- und herpendeln ließ, begann der starke Eugen seine Eröffnung der Prunksitzung damit, daß er eine ganze Weile in der Bütt stand und wie jener Elefant den Kopf pendeln ließ, um schließlich zu sagen: »Entschuldigung! I han grad träumt, i wär der Elefant im Schaufenschter vom Uhre-Schweizer, wo i viele gsehe han, die beim A'glotze von dem Elefant mit em Kopf im Takt mitg'wedelt hent.«

Eugen der Starke steckte so voller Witz und lauernder Ironie, daß man ihm gerne einen mächtigen Körper gönnte und seine »Purgierwinde«, wie er sein Gebläse nannte, verzieh, denn er bügelte das aus mit dem Qualm einer würzigen Zigarre.

Stadtpfarrer Herman Schrempf, der sich selbst als »Pope der stärksten Glaubensfraktion« der Stadt karikierte, wurde als Glanzlicht der Runde geachtet und stets mit feiner Distanz geehrt, wie es sich ihm gegenüber gebührte. Er verstand es, die gelegentlichen Deftigkeiten damit zu rügen, daß er sie in feinere Ausdrucksweise und ins Niveau zu heben wußte. Als einmal der »Güllen-Schorsch« meinte, die meisten Menschen würden mit ihren überspannten Erwartungen und Wünschen irgendwann »auf den Arsch fallen«, entgegnete der Pfarrer: »Mir wär's lieber, wenn sie auf die Knie und nicht auf den Allerwertesten fallen würden.«

Der Güllen-Schorsch hatte ein Unternehmen mit Spezialautos zur Entleerung von Abortgruben. Er war vermöglich geworden in jenen Jahren, als in Schramberg noch viele Häuser ein Plumps-Klo mit Fäkaliengrube hatten, die er mit seinen »Güllenautos« über große Rohre im Turnus und im Auftrag der Stadt entleerte. Man roch es, wenn seine Autos vorfuhren und sich mit schlürfendem Lärm das Ausverleibte einverleibten. Mit einem heimtückischen Schüttelreimwort nannten wir ihn den »Preisschifahrer«, auch »Alchimist«, kurz »Mist«. Daran hatte er sich gewöhnt, denn auch er besaß genügend Humor und bekannte in Selbstironie, daß er »jeden Dreck« zu Geld mache.

Ein hochgebildeter Mann am Tisch war Oberstudienrat Egon Feldmann vom Gymnasium, wo er Mathematik und Physik lehrte. Er befaßte sich nebenher mit Philosophie und Geologie, sammelte Gestein und Mineralien, weshalb er den respektvollen Spitznamen »Petrefakten-Egon« erhielt. Er rauchte Pfeife und redete nicht viel, da er sein Ergötzen im Zuhören fand. Seine Frau war Krankenschwester, eine erfahrene Operationsschwester und in der Chirurgie im Städtischen Krankenhaus berufstätig, nachdem die Ehe kinderlos geblieben war.

Sodann saß auch der Esso-Scheich fast seit Anbeginn am Stammtisch. Von ihm war in meinen Erzählungen ja schon die Rede. Er war Kraftfahrzeugmeister, hatte eine große Autoreparaturwerkstätte und eine Esso-Tankstelle, ein Mann von Humor und Witz, dazu ein Erzähler mit scharfem Blick auf die Menschen, vor allem auf ihre Schwächen. Seine aus dem Alltag geschöpften Weisheiten verstand er wie ein Werbefachmann in treffliche Aussagen zu formulieren. Der Esso-Scheich, Paule mit Vornamen, war ein amüsanter Sprücheklopfer und Erzähler von Witzen, die er tagtäglich von Vertretern und Kunden hörte. Seine bildhaften Vergleiche zog er meist aus der Automobilbranche. Natürlich rutschte da so manches Zweideutige und Schlüpfrige in seine Sprüche, doch wußte er, daß wir auch bei degoutanten Äußerungen nicht zu Spielverderbern wurden. wenn wir ihn am Anfang des Beisammenseins oft um einen Witz zum Aufwärmen baten, begann er stets mit der Körpersprache seines Nachdenkens, mit dem »Nasenritual«. »Moment!« bittet er und armiert den rechten Zeigefinger mit seinem Taschentuch, um hinter der vorgehaltenen linken Hand eine Weile in den Nasenlöchern zu bohren. Wenn er dann den »Nasenstaub« im Taschentuch zusammengewickelt und die Schande im Hosensack verstaut hatte, konnte er beispielsweise sagen:

»Bei mir hat's an der Tankstell' häufig Mädle, die von einem Kunden mitg'nomme werde wollet, so a Art A'halterinne. Da weiß i aus Erfahrung ziemlich g'nau: Wenn eine bei 'me BMW-Fahrer ei'steigt, isch se sicher, daß se schnell a'kommt... Wenn se zu einem in en Mercedes hockt, daß se ruhig vorankommt... Wenn se zu einem in an Porsche steigt, kann se sicher sei', daß se dra' kommt.«

Um sich Rückendeckung in der Runde zu holen, fügte er mit schmunzelndem Blick auf mich hinzu: »Des stimmt ja au' ganz mit dem Schüttelreim von unserem Doktor überein:

Es sind viele Porsche-Fahrer
nebenbei auch forsche Paarer.«

Was ich nur hinter vorgehaltener Hand ihm einmal zugeflüstert hatte, sprudelte er, als es ihm gerade hilfreich war, einfach heraus.

Neben ihm saß ein »Heimlicher«, einer der kaum etwas eindeutig Zweideutiges von sich gab, aber einen Notizblock vor sich liegen hatte und alle – auch die zweideutigen – Sprüche und Bonmots, vor allem auch Witze notierte, weil er vergeßlich sei, wie er behauptete. Es war Alois Brandl, ein halber Bayer, weil er aus einem Ort nahe von Augsburg stammte. Als Geschäftsführer der Barmer Ersatzkasse hatte er bei uns den Spitznamen Ersatzkasse-

Nebukadnezar. Tatsächlich war er auf dem Sektor der Ersatzkassen durch sein außergewöhnliches Wissen im Krankenversicherungswesen eine unumstrittene Autorität. Auskunfts- und hilfsbereit, freundlich, aber auch bestimmt, so kannte und schätzte man ihn in der Stadt. Weil er sehr schlank und mit 1,92 Meter hochgewachsen war und seine Schritte beim Gehen den Eindruck eines leicht gestelzten Schreitens vermittelten, bekam er auch den Spitznamen »der Storch«.

Bei allen Gebrechen, Leiden oder Unglücksfällen, von denen am Stammtisch immer wieder die Rede war, kommentierte er stets, ob dies oder das aus Sicht der Ersatzkassen leistungspflichtig wäre oder nicht. Das hatte zur Folge, daß aus der Runde schließlich stets einer fragte: »Und was meint unser Ersatzkassen-Nebukadnezar zur versicherungsrechtlichen Situation?«

Mein Kollege Doktor Bacher, Frauenarzt, nur wenige Jahre älter als ich, wurde mir und meiner Frau gar bald zu einem lieben Freund, nicht allein, weil er wie meine Sina aus dem Strohgäu stammte und eine urwüchsige Stuttgarterin aus Kaltental zur Frau hatte. Er war einfach wesensmäßig als kritischer, nörgelnd spöttischer Schwabe mit breitgestreutem Wissen und Neigung zum »Kalendere«, zum Nachdenken, ein begabter Mensch, der uns lag. Er bot uns gleich bei der Vorstellung, als wir frisch nach Schramberg kamen, einen Fensterplatz in seiner Praxis am Rathausplatz an, um gemeinsam mit ihm und seiner Frau an der Fasnet das Spektakel des Hanselsprungs und des Narrenumzugs von oben aus ungestört beobachten zu können. Dabei überhöhte er dieses Vergnügen mit witzigen Kommentaren und Frotzeleien, so daß wir kaum aus dem Lachen herausfanden. Auch am Stammtisch glänzte er mit Witzen und satirischen Bemerkungen »aus gynäkologischer Sicht«, ohne dabei im geringsten die Gebote der ärztlichen Diskretion zu verletzen. Über einen seiner Witze lache ich heute noch: Als er einer Frau eine Hormonspritze ins Hinterteil geben mußte und die Dame fragte: »Rechts oder links?« meinte er scherzend: »Das machen wir einfach von ihrer politischen Einstellung abhängig.« Die Dame errötete und meinte: »Herr Doktor, ich wähle immer das Zentrum, die Mitte zwischen den Extremitäten.«

Dann saß da noch Doktor Josef Weiß, der durch seine Waldeslust mit der schönen Asylantin Mathilda so unglücklich in die Schlagzeilen gekommen war, ansonsten aber als ein äußerst beliebter und frequentierter Zahnarzt großes Ansehen genoß. Er verstand es, bei den Geplagten mit geschwollenem Backen die Angst abzubauen und soviel Vertrauen auszustrahlen, daß sich jeder in seiner Not bei ihm geborgen fühlte.

Der Josef ist wahrlich ein von Grund auf liebender Mensch, wie ja auch die Geschichte mit der unglücklichen Mathilda erkennen ließ. Da er kranke Zähne nicht kurzerhand zog, um ein teures Gebiß oder eine goldene Brücke liefern zu können, sondern auch die Mühe vieler Wurzelbehandlungen auf sich nahm, hatte er am Stammtisch den Spitznamen »Wurzel-Sepp«.

Ein durch und durch humorvoller und ironischer Mensch war mein ehemaliger Schulkamerad Walter Heinz, beruflich Sachbearbeiter auf dem Rathaus. Ich zählte seit jungen Jahren zu seinen Verehrern, denn seine Redlichkeit bewunderte ich nicht weniger als seine Maske aus Witz, Humor und Ironie, hinter der er seinen lauteren Charakter verbarg. Mit seiner Größe von 1,85 Meter ist er das Gegenteil von einem Zwerg, aber es wohnt eine so vielkantige, gescheite Seele in ihm, wie sie den besten unter den Zwergen eigen ist, scharfsinnig in Beobachtung und Beurteilung, einfallsreich und charmant auch in spitzigen Formulierungen.

Wenn er einer Unbekannten hinter dem Schalter einer Behörde oder sonst wo über förmliche Distanz hinweghelfen wollte, konnte er sagen: »Entschuldigung, i bin a bissle vergeßlich. Aber sind Sie net des Fräulein, wo i scho' lang' kenn?«

Beim Adventsessen unseres Stammtischs, bei dem wir uns auf Geflügel, Ente oder Gans, geeinigt hatten, sagte er, als wir alle bestellt hatten. »Also älles nimmt a Ent (d), bloß i han a Gans gnomme.«

Als ich ihm beim Tode seines Vaters kondolierte,

meinte er in versöhnlichem Trost: »Mei Vadder isch mit seine 86 Jahr ganz sanft verleiselte.«

An seinem 65. Geburtstag sagte Stadtpfarrer Schrempf am Stammtisch am Ende einer kleinen Tischrede: »Du bischt zwar jetzt in einem Wendealter, doch lang' noch nicht am Ende, Walter.« Der Walter entgegnete nachher: »Mei' Korpus isch zwar nemme des, aber immer no weit gnug von sei'm Ziel entfernt. D' Hauptsach isch, daß i no gsund bin und mei Frau Gschäft hat.«

Er sprach nie zuviel, aber seinen Scherzen ließ er freien Lauf.

»Wenn d' Flecke-Jule morgens frische Wecke beim Beck' holt, send se altbache, bis se daheim a'kommt.«

»D' Gräfe, die hot sich früher immer die schönschte Kleider bei der Ulmschneidere mache lasse. Aber die hot schwer nachg'lasse. Neulich han i se bei 'me Empfang im Rathaus g'sehe, da hat mi scho's Elend packt: Ihr net grad persilweiße Blus war mit Rotwei'flecke bekleckert, Stöckelschuh', im schwarze Rock an Schlitz bis zu de Schenkel, Laufmasche in de Strümpf bis zu de Knöchel nab ... Wie i se gfragt han, was se denn so macht, hat se bloß g'sagt: ›Herr Heinz, ich bin fast immer mit Arbeit beschäftigt‹.«

Einen Spaß machten sich ein paar Stammtischbrüder mit einem hinterhältigen Geizkragen, den sie einmal, weil er alleine in der Wirtsstube saß, zu sich an den Stammtisch gebeten hatten. Der Kerl war ein reicher Spirituosenhändler, wie alle wußten, und prahlte mit kostbaren Weinen in seinem Keller. »I han an Wei' im Keller – den hat no koiner trunke.« Als darauf alle lachten, verbesserte er sich: »I will sage, so ebbes hat no koiner trunke.« Mich hatte er schon einmal zu einem Hausbesuch rufen lassen, als er einen Angina-pectoris-Anfall hatte. Als ihm erfolgreiche Hilfe zuteil geworden war, lud er mich noch zu einem Viertele alten Bordeaux ein, den er extra für mich aus dem Keller holen wollte. Er verschwand in den Keller, und mir lief zu später Stunde in Erwartung schon das Wasser im Mund zusammen. Da kam er in vollendeter Traurigkeit und beteuerte, der Kellerschlüssel sei ihm im Schloß abgebrochen, wir müßten uns mit einem Glas Wasser feucht halten. Und er zeigte mir den Griff und den abgebrochenen Hals des Schlüssels als Beweis und führte sich so untröstlich über das Unglück auf, daß ich Mitleid empfand.

Als ich diese Geschichte am Stammtisch erzählte, lachten alle und waren aufgebracht über diesen Spitzbuben, der die anderen Stammtischbrüder mit dem gleichen Schwindel verabschiedet hatte. So beschlossen wir nach einfallsreichen Überlegungen, ihm seinen Schwindel heimzuzahlen. Wir rückten zu fünft bei ihm an und spielten uns in leicht angetrunkener Fröhlichkeit auf, um ihm zu sagen, wir hätten jetzt noch Laune und unbändige Lust auf den uns versprochenen Bordeaux, er habe doch sicher in der Zwischenzeit einen neuen Schlüssel für den Weinkeller machen lassen. Als er nun die Ausrede gebrauchte, er hätte zwar den Schlosser Nägele damit beauftragt, einen neuen Schlüssel anzufertigen, aber der habe noch nichts hören lassen, sagte der Esso-Scheich: »Was! Der Ernscht Nägele isch mei' Freund, den ruf' i aber glei' a', ob er den Schlüssel scho fertig hat!« Der Geizkragen wurde bleich und blieb untätig, als der Esso-Scheich das Telefon benützte und anrief. Wir ahnten es schon: der Schlosser Nägele wußte nichts von einem Auftrag dieser Art. »No muß i's vergesse han«, stammelte der Geizkragen. Aber jetzt sprach ihn einer von uns bei seinem Vornamen an: »Emil, Emil! Lügen haben zwar kurze Beine – aber unsere Beine sind net so kurz, daß mir jetzt net mit dir in de Keller ginget zum Nachgucke, ob der Keller verschlosse ischt oder net!«

Und wir packten den geizigen Emil freundschaftlich unterm Arm mit der Aufforderung: »Auf geht's zur Besichtigung von der Kellertür!«

Der Emil ging zögernd mit, wurde geschoben und mitgezogen. Vor der Kellertür sahen wir daneben in der Wand zwei Haken: an dem einen hing der gebrauchsfähige Türschlüssel, daneben jenes abgebrochene Stück, das der Fetz uns jeweils als Beweisstück vorgezeigt hatte.

»I tät sage, mir schließet jetzt mit dem perfekte Schlüssel da Keller auf«, triumphierte der Esso-Scheich und öffnete uns das Tor in das Weinlager des geizigen Emil. Der stammelte nur: »Ha, des gibt's doch net, des gibt's doch net: do han i in der Dunkelheit wohl immer nach dem kaputte Schlüssel g'langt ...«

Unser Walter Heinz tröstete den geizigen Emil ironisch: »Siehscht, do hent mir komme müsse, daß dir jetzt a Licht ufgange ischt! Jetzt sparscht wenigschtens da Schlosser Nägele, und was der von dir verlangt hätt', des versaufet mir jetzt, wenn d' uns zwei Flasche Bordeaux rausholscht, die du uns sowieso scho versproche hascht!«

Was blieb dem geizigen Emil da übrig? Als wir oben im Trinkstüble den samtigen, abgeklärten Bordeaux tranken, erwiesen wir uns als Kavaliere und beteuerten, »so ebbes kann ei'm scho amol passiere, wenn mer kei Licht hat« – einer schob ein: »Wenn mer kei' Licht ischt und a dunkle Seel' hat« – »und mer deshalb an Fehlgriff tut.« Versöhnlich sagte ich: »Für solche Fälle braucht mer Freunde, die einem den Weg zeigen.« Aber der Esso-Scheich, der Schramberger Narrenzunft zugehörig, tuschelte: »Des isch was für's Narreglöckle.«

Außer meiner Wenigkeit gehörte dem Stammtisch auch der hochangesehene Apotheker Kieß an, ein Pharmazeut mit riesigem Wissen von den Heilmitteln seit der Antike bis in die Neuheiten der forschenden Pharma-Industrie. Besonders wir Ärzte schätzten seinen Rat ebenso wie seinen stillen Humor. Es entsprach unserer Hochachtung, auch seinem vorgerückten Alter gegenüber, wenn wir ihn am Stammtisch als »unseren Paracelsus« ansprachen, in dessen weitverzweigtem Werk er sich so bewundernswert auskannte, daß er ihn oftmals zitieren konnte.

Was den Umgang an unserem Stammtisch auszeichnete, das waren die verhüllten Gesetze der Liberalität, der Toleranz und gegenseitiger Achtung, an die sich jeder hielt. Es gab bei uns zwar keinen Streit, gleichwohl aber kontroverse Ansichten und Diskussionen. Innerhalb gewisser Grenzen der Schicklichkeit konnte sich jeder frei und offen äußern, mitunter auch deftig in Anlehnung an Volkes Stimme.

Als das vor allem industriell aufstrebende Schramberg auch auf dem Gebiet der Touristik zulegen wollte und die Bürger um Vorschläge für die künftige Werbung bat, wurde darüber auch am Stammtisch gesprochen.

Der Esso-Scheich war dabei nicht nur ein eifriger Befürworter, weil er sich eine Belebung seiner Reparaturwerkstatt versprach, »wenn aus halb Europa Gäschte a'reiset«. Er verstieg sich sogar zu der provozierenden Phantasie, es könnte doch sein, daß sogar Minister bei einem Schnupperbesuch unseres so herrlich umwaldeten Städtles hier Gefallen finden könnten schon wegen der herrlichen Tannenluft in den Wäldern, der vielen Wander- und Spazierwege und der Ruhe in der urtümlich gebliebenen

Natur. Ja, er schwärmte davon, daß – natürlich exklusiv für so hohe Persönlichkeiten – auch ein Besuch und ein Gespräch mit Laurin, dem Philosophen der Zwerge, aufs Programm gesetzt werden könnte. Besonders die Engländer mit ihrem Faible fürs Extravagante sah er als lohnende Zielgruppe.

Da parierte ihn aber der Güllen-Schorsch: »Also, im früheren Hotel ›Post‹ waren vor dem Krieg jedes Jahr im Sommer so ein Dutzend Engländer als Feriengäste. Mag sein, daß es Schotten waren. Jedenfalls ließen die ihre angetrunkenen Sprudelflaschen, auch wenn sie nur noch mit kleinem Rest gefüllt waren, im Kühlschrank für den Abend zurückstellen. Die aßen aber abends keine von den ›lebend frischen‹ Schwarzwaldforellen, die der Wirt im Bassin extra für sie im Angebot hielt. Sie verlangten nur nach Brötchen mit Butter und tranken die Reste in ihren Sprudelflaschen, so daß dem Wirt die Galle hochkam und er die Geizkrägen anschimpfte: »Daß ihr euch bei dem Esse bloß 's Maul net verbrennet! A Kultur isch des, zum Kotze!«

Die Engländer zuckten bloß mit den Schultern, und ein deutscher Gast schmunzelte: ›Aber des verstehen die doch net, Chef!‹ Der Wirt soll dann gebrummt haben: ›au wenn se's net verstande hen – aber g'sagt han i 's!‹«

»Ha no«, parierte der Esso-Scheich, »i stell mir da als künftige Sommerfrischler bei uns scho genußfreudigere Europäer vor. Vielleicht so Minischterialbeamte aus Brüssel, die im Sitze soviel verdienet, daß se vielleicht in Schramberg da ideale Ferienort findet, wo se ihre Hämorrhoide amol gründlich lüfte könntet …«

Jetzt meinte er mitten in die Belustigung hinein und um ein wenig Ernst in die Fragen zu bringen: »Der Gedanke mit der Ankurbelung vom Fremdeverkehr isch überlegenswert – aber uns fehlt für gehobenere A'sprüch eine entsprechende Hotellerie. Wenn mir au betuchtere Feriengäscht möchtet, müßt mer bedenke, daß einer im Urlaub mit etwa gleichem Komfort logiere möcht wie derheim. Und so ebbes könnet mir kaum biete, weil d' Industrie die bessere Hotel ständig belegt und au braucht. Noi noi, des ischt ei'fach a Utopie, mit der mer so umgehe sollt', wie's sich im kleinen d' Frieda Kächele hat ei'falle lasse …«

Der Petrefakten-Egon fragte neugierig: »Ja, was hat sich denn d' Kächeles Frieda zur Bewältigung einer Utopie ei'falle lasse?«

Der starke August schmunzelte etwas verlegen. »Also, eigentlich sot i net aus em Nähkäschtle plaudere. Aber jetzt han i schon gackert.« Alle richteten sich jetzt auf, um gespannt zuzuhören.

»Die Frieda hat doch a Hüftleide, was aber offenbar den intimen Umgang mit ihrem Frieder nicht allzusehr beeinträchtigte. Denn der Frieder war nach seiner Beglückung so enthusiastisch, daß er sich zu der Utopie verstieg: ›Ach Friedale, weischt, i ging halt mit dir so gern amol wie früher wieder naus en Wald und tät's mit dir am liebschte im grüne Tann als Waldesluscht treibe.‹ – Da fühlte sich die Friede so geschmeichelt, daß sie nicht einfach ablehnte und auf ihre Gehbehinderung hinwies. Drum sagte sie: ›Wenn du moinscht ... I will gucke, was sich mache läßt ...‹

Am nächsten Abend war, als der Frieder seine Frieda schon im Negligé in den Arm nahm und dann die Bettdecke zurückschlug, sein Bett und das der Frieda dicht mit Tannenreis ausgeschlagen und das Gräbele zwischen den Betten mit duftenden harzigen Tannenzapfen aufgefüllt. Die Bett- und Kissenüberzüge waren moosgrün.«

Der Wurzel-Sepp als Zahnarzt meinte: »Die G'schicht mit der Frieda, die geradezu vorbildlich mit der Utopie von ihrem Frieder umging, solltescht du, Eugen, in a Büttered' neiarbeite. Aber i mein' au, daß des mit der Bemühung um einen Erholungsort hier a Windei wird, i tät als Zahnmediziner sage: a Weisheitszahn, den mer früher oder später ziehe müßt, weil mer nix mit em beiße kann –.«

»Wir sollten nicht vergessen«, unterbrach der Ersatzkassen-Nebukadnezar übereifrig, »daß der Luftkurort Königsfeld mit Sanatorien und feinen Unterkünften quasi vor den Toren von Schramberg liegt. Und wenn dort die Krankenkassen eine offene Kur bezuschussen und damit ein Erholungs- oder Kuraufenthalt allemal billiger zu stehen kommt als ein Luxushotel hier, wird es nur wenige geben, die – womöglich noch in die Talstadt – zum Urlaub kommen.«

Die Nüchternheit dieses Arguments vertrieb geradezu die bisherige Ironie und Heiterkeit des Gesprächs, weshalb der Petrefakten-Egon versuchte, etwas Positives für einen Urlaub in Schramberg ins Feld zu führen.

»Also ich meine, daß Schramberg schon einiges an Besonderem zu bieten hat. Wenn ich nur an die interessante Geologie mit ihren so unterschiedlichen Gesteinslagen denke – das Rotliegende im Tal, den Granit und Porphyr der westlichen Berge und den Buntsandstein im östlichen Bereich. Die Steinbrüche und Höhlen sind eine Fundgrube für Stein- und Mineraliensammler. Angebote mit Führungen könnten da schon Interessierte anlocken. Und das so geheimnisvolle Bernecktal und die Burgruinen, auch das Flüßchen der in die Schiltach übergehenden Berneck könnte mit vermehrtem Forellenbesatz die Angler und Freunde von urwüchsigen Gewässern, Freunde der Natur, zu häufigem Verweilen im Tal reizen. Ein gediegenes Hotel mit geschlossenem Schwimmbad und grünlichem Fichtennadelextrakt im duftenden Wasser, das könnte durchaus denkbar Schramberg zu einer Geheimadresse für besonderen Urlaub werden lassen.«

»Alles gut und schön«, schaltete sich mein Freund und Kollege Doktor Bacher ein, »aber aus solchen

Ansätzen wird sich, zumindest von der Quantität her gesehen, kein nennenswerter Zuwachs für die Wirtschaft der Stadt ergeben. Die gesundheitlichen Aspekte - da wird mir mein Freund Simon rechtgeben – sind aus ärztlicher Sicht nicht so überzeugend, daß man sie ernsthaft zu einer medizinischen Indikation formulieren könnte.«

Jetzt schaltete sich der Stadtpfarrer ein. »Ich mein', jetzt sei gnug Heu runter und sot der Pfarrer so was wie a Schlußwort sage. Ich sprechs im Ernscht und daher in reinem Deutsch.

Die meisten sind auf Expansion der Wirtschaft und der Bevölkerung aus, weil sie das für Fortschritt halten und sie sich aus der Anonymität der Provinz befreien und ins Licht der Öffentlichkeit weithinrücken möchten. Man will wer sein und von sich reden machen.

Das ist menschlich und das Übliche. In den Zeiten der allmählich wachsenden Industrialisierung lebten die Menschen hier noch mehr mit der schönen und ihnen mit Waldbeeren und Holz so hilfreichen Natur. Ihr Fleiß, ihre erlernten und täglich geübten technischen Fähigkeiten bei der Herstellung von Uhren wurde Teil des Erfolges und des Ruhms der Uhrenfabrik. Die Uhrenindustrie hat Schramberg in aller Welt bekannt gemacht. Das ist doch was!

Die Natur hier, die man jetzt noch zusätzlich bemühen und zu einer Attraktion machen will, gleicht einer ziemlich spröden Schönen, die mit ihren heimlichen Reizen nicht kokettiert. Der Gast mit offenen Sinnen wird nach Hinweisen selbst dahinterkommen, was die schöne Natur für ihn an Reizen bereit hält …«

Ich fiel dem Pfarrer ergänzend ins Wort: »Das trifft meine Ansicht bis aufs I-Tüpfelchen. Um aber dem bildhaften Vergleich der Natur hier mit einer spröden Schönen in unserer Männerrunde noch eins draufzusetzen, vergleiche ich die umgebende Natur mit den Dessous unserer lieben Stadt, die man nicht vermarkten, sondern der Entdeckung ihrer Liebhaber überlassen sollte.«

Das fand die Zustimmung des Stammtischs und beendete dieses Thema.

Kurt, dem ich das alles erzähle – meistens abends, wenn die Nachtschwestern die Schicht übernehmen und keine Unterbrechung zu erwarten ist –, dreht sich dann aus eigener Kraft mir zu. Er will mich beim Erzählen sehen. Das bringt mit sich, daß ich nun den Worten auch noch Mimik und Gestik zufügen muß, und so strengt mich jetzt das Erzählen vor den Augen meines Zuhörers mehr an als anfangs, wo ich die Worte nur in den Raum sprach und auf unterschiedlichen Tonfall zu achten hatte. Eigentlich wollte ich nur so zwischendurch einmal eine Geschichte aus der Praxis und ein wenig auch von Schramberg erzählen, um Kurt von seinem Elend abzulenken. Aber er fing Feuer, war oder wurde wie ein Kind, das vor dem Einschlafen eine Geschichte hören wollte. Und dann auch noch Nelly, die ständig durch meine Gedanken schwebte ... Für sie wurden meine Erzählungen, die sie für mich sorgfältig zu Papier brachte, zu geheimen Briefen mit verschlüsselten Botschaften. Schließlich schmeichelte mir das und entfachte allmählich meinen Ehrgeiz, bis auch ich in meiner Rolle des Erzählers zu brennen anfing. Als Infarktpatient, das weiß ich sehr wohl, sollte ich aber nicht in Ehrgeiz und Leistungsfieber verfallen, mich nicht unter Druck setzen.

Bei Kurt haben sich unterdessen die Lähmungserscheinungen im Gesicht, am rechten Arm und Bein deutlich zurückgebildet. Aber es sind Restsymptome geblieben, noch hinreichend genug, um seine Gehfähigkeit und einen geschickten Gebrauch der rechten Hand stark zu behindern. Und beim Sprechen klingt manches verwaschen, und er hat noch Schwierigkeiten, die Worte zu finden.

Der Professor beobachtete diesen Stillstand der Besserung mit sorgenvollem Gesicht. »Bald sind wir soweit, daß wir an eine Rehabilitationsklinik denken müssen.« – »Soll ich schon mal in Hirsau anfragen wegen der Belegung dort?« fragte der Unteraugur eifrig. – »Lassen wir uns damit noch acht Tage Zeit«, stoppt ihn Professor Feinschnabel. Beim Hinausgehen spricht er aber leise: »Sunt signa malia ominis« – »es bestehen ungünstige Zeichen für die weitere Entwicklung«, will er damit sagen. Vielleicht gilt diese düstere Prognose nicht nur dem Stillstand der Rückbildung bei Kurts Gehirnausfällen, sondern auch mir? Nach Wochen der Besserung sind plötzlich Zeichen einer Herzrhythmusstörung aufgetreten, Extraschläge, die auf eine doch ausgedehnte Schädigung des Herzmuskels oder wenigstens auf eine Durchblutungsstörung schließen lassen. Ich wurde an ein Gerät zur Langzeitmessung der Herzstromkurve, der Erregungsabläufe am Herzmuskel angeschlossen. Wie kommt das, jetzt, schon fünf Wochen nach meinem Infarkt? Strengt mich das Sprechen beim Erzählen an? Oder waren es nicht eher die Düsternisse des Lebensschicksals, die mir zunächst Nelly beim Gespräch draußen im Aufenthaltsraum ihrerseits anvertraute, bevor sie damit rechnen durfte, daß ich ihr erklärte, warum ich bei meinen Erzählungen die eigene Familie ausklammerte? Diese Frage hatte sie nur indirekt ins Gespräch gebracht, aber doch so, daß ich ihrer Offenheit mir gegenüber nur mit gleichem Vertrauen begegnen konnte. Und dabei traten mir wieder jene Bilder vor Augen, die mich seit dem schrecklichen Unfalltod meiner Sina nicht verließen ... Als die Polizei eines Vormittags während der Sprechstunde anrief und der mir gut bekannte Polizeiwachtmeister außer Atem stammelte, ich solle bitte schnell auf den Platz hinterm Rathaus kommen, es sei etwas Schreckliches passiert – bevor er dann schluchzte und kaum herausbrachte, daß meine Frau schwer verletzt sei. Mit zugeschnürter Kehle und einer Klammer ums Herz traf ich am Platz hinter dem Rathaus ein, wo Straßenbauarbeiten im Gange waren. Ein Lastwagen und ein Wagen vom Roten Kreuz, umringt von gaffenden Leuten, Sanitäter um eine Bahre, die eben eine Bluttransfusion anlegten, während einer den Blutdruck maß… Mitten unter den Gaffern auch der Fahrer des Lastwagens, den die Polizei verhörte… Er beteuerte unter Tränen, er habe rückwärts im Spiegel nicht sehen können, daß ausgerechnet in dem Augenblick, als er den Wagen auf engem Raum wendete und zurückstieß bis zur Mauer fast, eine Frau vorbeilief… Sina, die Wunderbare, die so glückliche Frau… Sie lag bleich und im Gesicht eingefallen, bewußtlos, kaum noch des Atmens fähig auf der Bahre, zugedeckt bis zum Gesicht… Es konnte ihr in der Klinik nicht mehr geholfen werden… Ich dachte an unsere Buben… Der ältere – Werner – auf dem Technikum in Stuttgart, schon auf dem Weg zum Ingenieursexamen… der jüngere Simeon als Praktikant in einer Computerfabrik, kurz vor dem Abflug in die USA, wo er studieren wollte… Und nun stierten wir auf einen blumengeschmückten Sarg, hörten eine warmherzige Ansprache des Pfarrers, auch traurige Musik… Und wir starrten schließlich hinab auf den Sarg in der tiefen Grube, gossen unsere Tränen hinab zu Sina, meiner so geliebten Lebenskameradin, meiner nun Seligen, Angebeteten …

Nelly entschuldigt sich immer wieder, daß sie mich so unwissend und unbedacht in bittere Erinnerungen gestoßen habe, denn ich mußte weinen und brauche eine Weile, bis ich mich wieder fassen und mühselig zu etwas Humor finden kann. »Da haben wir ja beide schon einen Menschen verloren, der im Mittelpunkt unseres Lebens stand«, sage ich endlich und ertappe mich dabei, wie ich erst Nelly Tränen aus den Augen wische, bevor ich mich selber schneuze.

Nelly hatte mir zuvor auf meine Frage, ob sie und Kurt denn keine Kinder hätten, erzählt, daß das einzige Kind, ein Töchterlein, mit der Radelrutsch in ein Auto gefahren und getötet worden sei. Danach habe es bei Kurt und ihr nicht mehr geklappt. Sie achteten sich beide gegenseitig und es schwinge auch übriggebliebene Zärtlichkeit in ihren Umgangsformen mit, die aber für Kurt mehr zur Routine harmloser Surrogate ehelicher Gunstbezeigungen geworden seien. »Alles hat sich zwischen uns quasi vergeistigt«, drückt sich Nelly aus.

Jede weitere Frage zu dem, was Nelly in nobler Umschreibung zum Verhältnis zwischen ihr und Kurt offenbart hatte, wäre geschmacklos gewesen. So schweige ich eine kleine Weile, während Nelly mit feuchten Augen vor sich hinstarrt, bis ich sage: »Ich betrachte das als ärztliches Geheimnis, was Sie mir anvertrauten. Vor allem danke ich Ihnen für Ihr großes Vertrauen.«

Wir fassen uns instinktiv an den Händen. Ich schließe die schmerzenden Erinnerungen an die schicksalhaften Unglücksfälle unseres Lebens mit einem Seufzer ab, der auch mein Empfinden eines Bedrängtseins zum Ausdruck brachte: »Liebe, verehrte Frau Nelly, ich habe das Gefühl, daß sich über uns etwas zusammenbraut ... Wir müssen jetzt viel, viel nachdenken und abwarten, was das Schicksal noch alles aushecken wird – mit der Gesundheit von Kurt und mir ...« (Letzteres füge ich hinzu, um die Gefühle etwas zu entschärfen.)

Glücklicherweise – das stimuliert allerdings meine Sympathie für Nelly – ist sie eine disziplinierte, erfahrene Frau, die sehr wohl weiß, daß es weder der Ort noch die Stunde wäre, sich vom Gefühl übermächtigen zu lassen. Ich hauche ihr aus meiner Gefühlsumnebelung lateinisch zu »Numquam hic et nunc« – »hier und jetzt niemals«.

Es hat sich ohne mein Zutun eine verborgene Zuneigung zwischen Nelly und mir entwickelt. Ohne mein Zutun? Das möchte ich mir dauernd einreden. Auf eine Stimulierung zu reagieren ist eine Art von Beteiligung an einer Entwicklung.

Höfliche Begrüßung bei ihren Besuchen stand am Anfang unserer Kontakte. Eine erste Stufe besonderer Aufmerksamkeit lag in »ein paar Blümchen für den lieben Zimmergenossen von Kurt«. Eine sich steigernde Fortsetzung meines Mitbetreutwerdens geschah durch Besorgung von Obst und Obstsäften. Schließlich wurde das so zur Gewohnheit, daß es schier undenkbar für Nelly schien, ohne ein Mitbringsel auch für mich zu erscheinen.

Das alles konnte aber seine Begründung darin finden, daß ich mich sehr um Kurt bemühte und ihm serienweise Geschichten aus meinem Leben als Arzt in der Provinzstadt im Schwarzwald erzählte und ihn damit gedanklich von seinem Elend immer wieder für eine Weile ablenken konnte. Mit dieser Erklärung ließen sich die anwachsenden Aufmerksamkeiten bislang abdecken. Heimliche Zuneigung von Nelly hörte ich sporadisch aus einigen Äußerungen ... »Ihre Stimme beim Erzählen ist zum Verlieben ...«, »ich könnte Ihnen stundenlang zuhören ...« Aber mehr noch war es die Innigkeit und das Verweilen ihrer Blicke während unserer Flur-Gespräche, was mich allmählich bange machte. Mehr und mehr zog sie mich auch in ihr Vertrauen, mit starker Emotion meist, wie eben jetzt wieder, als sie – wenn auch nur in Andeutungen – über ihr Leben, auch die wenig glückliche Beziehung zwischen ihr und Kurt sprach. Sie hätte beinahe den Rubikon überschritten und mich in die Arme genommen – »als Beichtvater und Freund« natürlich, versuche ich mich ein wenig zu beschwichtigen, denn sie mochte trotz meiner Zurückhaltung mit feinfühligem Instinkt ausgemacht haben, daß auch ich mit ihr beschäftigt war und vieles verbarg und verschwieg, was ich für sie empfand. Ich verlasse mich bei diesen Entwicklungen darauf, daß Nelly eine disziplinierte, erfahrene Frau ist, der ich wohl nicht das lateinische »sunt certim denique fines …« sagen müßte: »Es hat schließlich Grenzen …« Also erzähle ich Kurt und übers Tonband auch Nelly weiter …

Die verborgene Macht der Erde

Wenn ich am Wochenende turnusgemäß »dienstfrei« hatte, spazierte ich meist in die Wälder, um nach dem Tod meiner Sina in der Natur zu mir und auf den Waldpfaden zu alten Gewohnheiten, so auch des Sammelns von Gesteinen aller Art, zu finden. Ich bevorzugte das düstere Tal der Berneck und seine Seitenwege. Die Fensterbänke im Haus waren dekoriert mit Steinen und Mineralien, die ich schon seit meiner Jugendzeit hier und anderswo gefunden hatte. Sie vermittelten Eindrücke vom Leben und Einblicke in die geheime Macht der Erde, in das Wachsen und Werden des Gesteins, dessen Reichtum an Formen und Farben mich faszinierte. Und ich phantasierte dabei oft über die Frage, ob denn der geologische Grund und die Gesteinsarten, von denen die Menschen hier umgeben sind, vielleicht direkte oder indirekte Auswirkungen auf Befinden und Verhalten, auf Gesundheit und Krankheiten der Menschen hätten.

Vor etwa 300 bis 245 Millionen Jahren war ja auf der Erde die Hölle los. Die Erde bebte, spie Feuer, Rauch und glühende, flüssige Erdmassen aus ihrer Tiefe. Riesige Rauchschwaden verfinsterten die

Erde so, daß die Sonnenstrahlen nicht mehr durchdringen konnten. Hätte es damals schon Menschen gegeben, so wären sie dabei umgekommen oder hätten sie Angst und Furcht vor der verheerenden Macht der Erde in den Wahnsinn getrieben. Wären Geologen unter ihnen gewesen, so wären ihre Schilderungen der gewaltigen Umformungen der Erdoberfläche wohl kaum so kühl und sachlich ausgefallen, wie wir diese Vorgänge heute in Rekonstruktion von den Erdforschern lesen. Was ist damals geschehen?

Die Gesteine werden ja von Wissenschaftlern bestimmten Zeitaltern der Erde zugeordnet. Es sieht danach aus, daß das Inferno vor über 250 Millionen Jahren in der sogenannten Karbonzeit stattgefunden hat, die ihren Namen auf die damalige Entstehung der Steinkohle bezieht. Damals entstand bei uns das Variskische Gebirge, zu dem neben dem französischen Zentralmassiv, den Vogesen, dem Fichtelgebirge und dem Erzgebirge auch der Schwarzwald zählt. An zahlreichen Stellen drang damals glühende, flüssige Erde, das Magma, aus dem Erdinneren an die Oberfläche, erstarrte aber größtenteils schon unter der Erdkruste. Die Erde gab, wie ich meine, damals einen Teil ihres inneren Geheimnisses preis, denn eine Vielfalt ihres Urgesteins kam so ans Tageslicht oder wurde bei Erdschürfungen und in Höhlen zugänglich. Die Randbereiche des Urgesteins – Gneis und Granit in der Hauptsache –

wurden allerdings verdrängt, wodurch Raum für neue Gesteinsbildungen geschaffen wurde, das Karbon. In der späteren Karbonzeit und im nachfolgenden geologischen Zeitabschnitt des Perm kam es im Schwarzwald durch die Freilegung größerer Granitmassen durch Verwitterungsvorgänge zur Bildung von schwarzgrauem Schiefer und Kohlesandstein, sogar zur Entstehung kleinerer Kohleflöze. Aus Schuttmassen konglomerierte sich nun in einem lange anhaltenden Prozeß das »Rotliegende«, das in der Tiefe die Lücken ausfüllte und die oberen Karbonschichten überlagerte. Die Unruhe der Erde hatte sich aber während der Entstehung des Rotliegenden noch nicht gelegt. Es gab noch einzelne vulkanische Ausbrüche, von denen einer den Kesselberg bei Triberg entstehen ließ.

In der späteren Zeit des Rotliegenden wurde der Schramberger Talkessel in der Folge von Abtragungen mit Rotliegendem ausgefüllt. Dieses rote Konglomerat mit kantigen Begrenzungen besteht aus einer Mixtur der einst benachbarten Gesteine: Sorten von Gneis, Granit, besonders Granitporphyre und Porphyrtuffe. Die Geologen nennen dieses zusammengebackene, durch tonige, kieselige Erde mit dominierendem Karneoldolomit unter großem Druck der Berge gefestigte, dennoch bröckelige Gestein Fanglomerat.

Wie tief die Schicht des Rotliegenden im Schramberger Talkessel reicht, wurde durch ein Bohrloch an der tiefsten Stelle der Talsohle geklärt. Nach zehnjähriger Bohrung wurde eine Tiefe von 400 Metern erreicht und erkundet, daß es eine Schicht bis zu 500 Meter bildete.

Auf diesem Boden also gründen die Häuser im Tal, bewegen sich die Talbewohner und Besucher der Stadt. Ich erinnere mich an meine Jugendzeit, wie unangenehm es war, dort, wo das Rotliegende offenlag, wie etwa auf dem Sportplatz, zu stürzen. Das scharfkantige Gestein verursachte meist tiefe Schürfwunden mit großer Schmerzhaftigkeit. Aber Wundinfektionen, besonders auch Tetanus, traten nie auf. Der mineralische Boden war nur wenig verschmutzt.

Laurin, der Philosoph der Zwerge, war davon überzeugt, daß es nicht egal sei, auf welchem Grund der Mensch lebe. So verfüge die Erde über Magnetfelder, die eine gewisse Schutzfunktion gegenüber den Einflüssen von Sonne, Mond und Sternen ausübten. Die Abschirmung der Erde gegen den Einfall geladener Teilchen aus dem Planetarium sei allerdings zeitweilig unterbrochen bei übermäßiger Aktivität der Sonne und mitunter im Verlaufe jahreszeitlicher Schwankungen beim Umlauf der Erde um die Sonne. Dies sei, so meinte Laurin, auch der wissenschaftliche Hintergrund für die Sagen von den Zwergen, die nur nachts aus ihren Höhlen herauskamen und vor dem ersten Sonnenstrahl wieder in die Tiefe der Erde verschwinden mußten, wollten sie nicht in

Steine verwandelt werden. Wahrscheinlich waren die »Bergmändle«, die – vielleicht schon als Kinder – mehr in tiefen Höhlen als außerhalb gelebt hatten, besonders empfindsam gegenüber grellem Sonnenlicht. Ihre Augen vor allem mochten an das Dunkel der Höhlen, auch der Bergwerke so adaptiert gewesen sein, daß sie sich ans Helle nicht mehr gewöhnen konnten. Laurin, der passionierte Beobachter der Natur, war es auch, der mich in Zusammenhang mit dem Erdmagnetismus auf dessen geoelektrische Auswirkung auf das Lokalklima und die Entwicklung der Pflanzenwelt hinwies, auf die Bewaldung beispielsweise und auch auf den Wasserhaushalt der Pflanzen, der Tiere, ja sogar der Menschen. Wer wollte also zweifeln, daß alles Gedeihen nicht nur vom Himmel, von Wetter und Klima abhängt, sondern auch von den Beschaffenheiten der Gesteine und des Bodens, vom Einfluß der Erde selbst?

Granit, Porphyre, das Rotliegende im Tal; an den Hängen, auf den Höhen, besonders im Osten der Stadt aber der relativ milde Buntsandstein, auf dem die Fichten gedeihen – sie gewähren Schramberg eine vielfältige Flora und einen erhöhten terrestrischen Schutz gegen gefährliche Ultraviolettstrahlen der Sonne und elektrisch geladene Teilchen aus dem innerplanetarischen Raum.

Das erotische Spiel der Wolken mit der Erde, bei dem die Erde mit heimlichen Kräften die Annäherungsversuche der Wolken einmal zurückweist, dann aber mit aufflammenden kleinen Elmsfeuern über hohe Fichten, auf Dachfirsten und Blitzableitern und über Bergspitzen ihre Lust auf Wolken und Regen zu erkennen gibt. Die kleinen Flammen – nur bei Dunkelheit erkennbar – zeigen die, wie ich mir's einbilde, erotische Erregung der Erde an, wenn mich dafür pure Realisten auch auslachen und belehren, das seien doch elektrische Gasentladungen. Es ist jedenfalls amüsanter, die Phantasie walten zu lassen, wenn ein Nachtbesuch mich bei Gewitterstimmung auf einen der hoch oben liegenden Bauernhöfe führt und ich das Phänomen der Elmsfeuer erschauen kann, während in der Ferne schon Blitze aufleuchten und das Rollen des Donners ein Wetter ankündigt. Die Bauernhöfe auf der Höhe sind dann blitzgefährdet, während drunten im Tal die Stadt auf dem Rotliegenden davor sicher ist. Naturverbundene Bauern pflanzten Lärchenbäume um das Haus, die den Blitz abweisen sollen.

Eine solche Wettersituation herrschte auch, als ich bei schon hereingebrochener Dunkelheit auf schmalem Weg zum Hof des Hösle-Bauern hochfuhr. Der hieß so mit Spitznamen, weil er immer in ausgefransten kurzen Hosen herumlief. Er führte ein karges Leben auf dem kleinen Hof, hatte drei Kühe und einige Ziegen im Stall und mästete ein paar Schweine. Kein Wunder, daß er in seiner Bergeinsamkeit, umgeben von großen Wäldern, ein Wilderer geworden war. Das wußte nicht nur der Förster. Der hatte so oft schon bei dem armen Mann Gnade vor Recht ergehen lassen und dem Schorsch, wie er mit Vornamen hieß, ins Gewissen geredet, weil es bislang immer nur Indizien, aber keinen Beweis in flagranti gab. Jetzt aber wollte der Förster endlich beweisen, daß »sein Geduldsfaden keine Gummischnur« sei, wie er dem Schorsch gedroht hatte.

Etwas unterhalb des Hofes kam mir der Geländewagen des Försters entgegen, und neben ihm saß ein Polizeikommissar. Ich fuhr zur Seite, um den Weg freizumachen und sah, daß sie den Schorsch nicht abführten. Der Förster rief mir nur zu: »Machet Se no, des Kindle ischt scho do.«

Wegen der Geburt des dritten Kindes hatte mich die Hebamme angerufen. Als ich ins Haus kam, hatte die Hebamme schon abgenabelt und das Neugeborene in der Küche gebadet. Frau Wolber, wie sie hieß, war eine tatkräftige, resolute und doch liebe Person.

»Des war eine Aufregung«, erzählte sie mir nun. »Stellen Sie sich vor, Herr Dokter, der Schorsch kommt grad, wi's losging, vom Wald mit einem Rehbock im Rucksack, der eine Blutspur im Zimmer hinterließ. Und wie ich grad nach dem Abnabeln mit dem Kindle zum Baden in die Küche geh', klopft's und kommt der Förster mit dem Polizisten. Der Schorsch konnte grade noch nach oben verschwinden. Der Förster und der Polizist bemerkten aber im Gang die Blutspur, die zum Bett führte. Den Rehbock im Rucksack hatte der Schorsch in der Eile drunter geschoben. Der Förster und der Polizist sahen natürlich in der Blutspur ein sicheres Indiz, daß der Schorsch wieder einmal als schwarzer Jäger tätig war. Im rechten Augenblick kam ich eben noch dazu, um die beiden von genauen Recherchen im Zimmer abzuhalten. Dreist und überzeugend, wie Sie mich kennen, Herr Dokter, fuhr ich dazwischen und fuhr die beiden an: ›O ihr Dubbel! Wisset ihr net, daß a Geburt ebbes Blutigs ischt!?‹

Die zwei sind daraufhin wie begossene Pudel gegangen.«

Das war freilich knapp. Jedenfalls konnte sich der Schorsch und seine Frau danach erleichtert über ihr drittes Kindle freuen. Aus Dankbarkeit wurden die Hebamme und ich einige Wochen später zu Rehbraten und Spätzle eingeladen.

Als Freund und Beichtvater sehe ich mich in der Beziehung zu Nelly. In der Rolle des Beichtvaters habe ich mich auch als Arzt mehr als einmal befunden. Weil Sünde oftmals in Krankheit führt und umgekehrt so manches Krankhafte der Seele in die Sünde, steht der Arzt dem Geistlichen als weitere Instanz und Nothelfer zur Seite. Wie gut, daß ich mit dem Stadtpfarrer Herman Schrempf befreundet war und bei ihm in besonderen Fällen Rat einholen konnte, denn auf der Universität lehrt und lernt man nicht, mit besonderen Situationen des Lebens richtig umzugehen.

Ein paar Beispiele erzähle ich Kurt an einem unserer letzten gemeinsamen Abende.

Die Siebene-achte-Krankheit

In einem kleinen Seitental auf halber Höhe inmitten ausgedehnter Wiesen lag der alte »Mosthof«. Er hieß im Volksmund so, weil die hier alteingesessene Bauernfamilie über viele Apfel- und Birnbäume verfügte und aus einem Teil des Obstes einen Most herstellte, den die Schramberger seit alter Zeit für den besten weit und breit hielten. Dieser Most und auch das Obst waren so begehrt, daß die Obstkultur und die Herstellung von Most einen großen Anteil an der sonst kargen bäuerlichen Existenz besaßen.

Die Familie Mosbacher bestand nach dem frühen Tod zweier Söhne nur noch aus drei Personen, dem Ehepaar Johannes und Maria sowie dem alten Großvater Fabian. Dieser saß die meiste Zeit auf einer Bank vor dem Haus oder auf der Ofenbank und rauchte eine lange Pfeife, die ihm sein im Siebzigerkrieg in Frankreich gefallener Großvater hinterlassen hatte. Der Tabak, den er rauchte, stank abscheulich. »Des ischt Schwarzwälder Eigebau«, erklärte er. »Wer den raucht und den Abend überlebt, der wird ein echter Schwarzwälder.« Er war längst Altersinvalide und versicherte bei jeder

Gelegenheit, er sei nur noch fähig, die Eier von den Hühnern aus dem Nest zu holen. Er war der einzige, der auf dem Mosthof immer wieder einmal den Besuch des Arztes erwartete. So hatte mir der alte Dr. Pflanz hinterlassen: »Der ischt a Original. Den muß mer so lang wie möglich zelebriere.« Dabei hatte mein Gönner gewiß im Sinne, daß er jedesmal bei seinen Besuchen mit einem Stück Speck und vorzüglichem Most zum Vesper gebeten wurde.

Das Ehepaar Mosbacher war dagegen ein wahrer Ausbund an Gesundheit und Vitalität. Ihnen fehlte einfach nichts. Sie waren um die fünfzig und spürbar noch lebhaft mit Venus im Bund. Die Maria war kleinwüchsig, aber vorn und hinten ein üppiges Weib, meist schwitzig, weshalb sie sich – vor allem die Achselhöhlen – verschwenderisch mit Kölnisch Wasser besprühte. Sie verstand es auch, bis an die Grenzen zur Eindeutigkeit zu kokettieren. »A Bäuere hat auch ihre Reize ... Mei' Fröhlichkeit, wenn sie die sehe tätet, Herr Dokter, die könnt' sie au' kirre mache ...« Und ihr Johannes gar, der schlug in die gleiche Kerbe und genierte sich nicht, seiner Maria die Schenkelsäulen zu streicheln, wenn sie das Vesper auftischte. Und wenn er sie ins Hinterteil zwickte, drohte er wegen ihrer Koketterie: »Mädle, scharr' net wie a Geiß. Du bischt bei mir selleweg no nie z'kurz komme.« So war ich also bei meinen Besuchen auf dem Mosthof regelmäßig den ungenierten Balzritualen der beiden ausgesetzt. Als ich mitscherzend darauf einging, flüsterte der Johannes, während die Maria in der Küche war, mit verklärtem Gesicht: »Was der Goethe oder so einer gsagt hat, stimmt: das weibliche Geschlecht zieht mich empor – bis in luftige Höhe!« »Was dieselet ihr zwoi?« fragte die Maria, die noch sah, daß der Johannes und ich die Köpfe zusammengesteckt hatten.

»O nix«, wehrte Johannes den Argwohn der Maria ab. »Mir hent bloß nachdenkt, daß i vielleicht in sei'm Garte hinterm Haus statt de Fichte besser Äpfel- und Birnebäum pflanze sot, damit er au' a paar gute Äpfel und Birne ernte könnt'...«

Also! Der Johannes war doch ein Fetz, der blitzschnell schwindeln konnte.

Als ich mit auserlesenen Äpfeln, die in Nußbaumblätter gehüllt waren, und mehreren Flaschen des gerühmten Mosts beschenkt wurde, sagte der Johannes, wohl um seiner Lüge den Anstrich von Wahrheit zu geben, bei der Verabschiedung noch: »Also, i komm' amol bei Ihne vorbei und werd' wege der Anpflanzung von Obstbäum gucke, wie's mit dene Fichte aussieht.«

Beim Hinausgehen zu meinem Wagen begleitete mich die Maria. Vor dem Einsteigen merkte ich, daß sie noch etwas auf dem Herzen hatte. »Also Herr Dokter, jetzt muß i Sie doch no ebbes Dumm's frage: Wisset Sie vielleicht, ob's so was wie a Siebeneachte-Krankheit gibt? Der Johannes haut jedenfalls dreimol in der Woch' immer von siebene bis achte ab. Wenn i ihn frog, was en forttreibt, sagt er bloß: Des verstehscht du net.«

»Also mir ist von einer ›Siebene-achte-Krankheit‹ nichts bekannt. Aber vielleicht komm' ich noch dahinter«, konnte ich nur noch antworten, weil der Johannes im Haus nach der Maria rief.

Nun, mehrere Tage später dachte ich schon nicht mehr an das Rätsel, um dessen Erklärung mich die Maria vom Mosthof angegangen hatte.

Als ich im abends erleuchteten Untersuchungszimmer, das auf der Rückseite des Hauses zum Garten hin lag, im Beisein der Sprechstundenhilfe eine hübsche, attraktive Patientin gynäkologisch untersuchte, tat es draußen im Garten, wo eine große Fichte stand, plötzlich einen lauten Plumps. Danach hörte man lautes Stöhnen und leises Jammern. Die Arzthelferin schaute hinaus und meldete aufgeregt: »Herr Dokter, da draußen unter der Fichte liegt ein Mann, der vielleicht vom Baum abgestürzt ist. Er braucht Hilfe, wir müssen uns sofort um ihn kümmern.«

Wir stürzten hinaus und fanden unter der großen Fichte einen jammernden Mann liegen, offenbar mit großen Schmerzen – ich wollt's nicht glauben: es war der Johannes vom Mosthof.

»O jeh … o jeh … Herr Dokter, i glaub', i muß no sterbe …«

»Ja um Gottes willen, Johannes, was isch denn passiert?«

»Do, von dere Fichte bin i rontergschtürzt – rag'hagelt, weil an Ascht broche ischt – von ama Obschtbaum bin i no nie g'hagelt, aber von dere gottvermaledeite Fichte – die sot raus, i han's jo scho lang gsagt ...«

Ich untersuchte ihn rasch, fand Schwellungen an den Knöcheln und eine schmerzhafte Schonhaltung der Wirbelsäule. »Ja, was tust du denn uf dere Fichte hinterm Haus?«

»Des erzähl' i Ihne alles später amol«, wich er aus.

Nun, wir bestellten den Notarztwagen und wiesen ihn in die Klinik ein, wo erst einmal Röntgenuntersuchungen abklären mußten, ob Knochen- oder Wirbelverletzungen vorlagen. Das war ja ein Unfall, auch noch auf meinem Grundstück, und es standen Fragen der Haftpflichtversicherung an. Die Uhrzeit des Unfalls notierte ich mit 19.40 Uhr – war das nicht während der Siebene-achte-Krankheit, von der mir die Maria erzählt hatte? Wieso war der Johannes ohne mein Wissen auf die hochragende Fichte hinter dem Haus geklettert? Noch konnte ich mir auf die seltsamen Ereignisse keinen Vers machen.

Als ich den Johannes im Krankenhaus besuchte, lag er in einer Gipsschale ruhiggestellt. Ich kam außerhalb der Besuchszeit, um mit ihm reden zu können. Seinen Zimmergenossen schoben die Schwestern auf meine Bitte auf den Flur.

»Ja, mein Lieber, ich muß schon ein paar Fragen an dich stellen«, begann ich das Gespräch. »Das hängt damit zusammen, daß ich den Unfall der Haftpflicht-Versicherung melden muß, und die wollen natürlich wissen, warum du auf den Baum geklettert und heruntergefallen bist.«

»Ach, Herr Dokter, schreibet Se ei'fach, ich hätte feststellen müssen, ob mer die an sich alte, kranke Fichte net rausmache müßt, damit i Ihne an Birnebaum neisetze könnt'.«

»Das wäre eine fromme Lüge, Johannes, denn eigentlich hab' ich dir dazu ja noch keinen Auftrag erteilt. Du hast mir kürzlich nur einen solchen Vorschlag gemacht. Also ... raus mit der Sprach', bevor ich mir's überlege ...«

»O nei', Herr Doktor, i sag' Ihne alles, wenn Sie über mei' Vesündigung Stillschweige bewahret ... vor allem au' meinere Maria gegenüber!«

»Ich werd' mir's überlegen. Also: ich höre!«

»Na ja. Des ischt so, Sie wisset ja, daß mi des weibliche Geschlecht so fasziniert, daß i die Schönheit vom weibliche Körper und seine B'sonderheite fascht zwanghaft immer wieder sehe möcht' – des isch's Erregenschte für mi' – was, mei Maria han i ja scho' ausgiebig schtudiert ... aber wie soll an Bauer wie i die aufregende Reize von andere propere Weiber sehe und kennelerne? Und do bin i uf die Idee komme, daß i von der Fichte hinter Ihrem Haus doch in Ihr Untersuchungszimmer spicke könnt', wenn sie do die näckete Weiber untersuchet, Herr Dokter ... So, jetzt wisset Se ’s!«

»Wie lang hosch du des scho g’macht?«

»Ha, vielleicht scho seit zwei Monet, länger net.«

»O Johannes, du bischt also ein Spanner, und des au’ no in meiner Praxis ... und so, wie der Krug solang zum Brunnen geht, bis er bricht, bischt du uf den Baum klettert, bis ein Ast gebrochen ist ...«

Der Johannes wandte sein Gesicht ab und brach jetzt reumütig in Tränen aus. »Und jetzt han i’s bitter büße müsse ... do isch bloß mei’ zwanghafte Erregung schuld ... Aber i bin halt so a höpfeliger Typ, dem’s dauernd von de Schenkelneschter träumt ... Gibt’s do kei’ Medikament, Dokter? I’ schäm’ mi’ ja so ...«

»Also, das ist soviel, was ich mir jetzt durch den Kopf gehen lassen muß, daß ich dir erst übermorgen sagen kann, wie wir da aus der Patsche herauskommen könnten«, meinte ich abschließend.

»Herr Dokter, wenn Sie mich net im Stich lasset, wär’ i halt sooo dankbar. I’ pflanz’ Ihne au die beschte Obstbäum in de Garte, und mit Moscht versorg’ i Sie au’...«

»Des will i lieber net g’hört han, Johannes. Jetzt wirscht erscht amol wieder gsund!«

Jetzt konnte ich mit dem von seinem Weib Maria so originell Siebene-achte-Krankheit genannten Verhalten etwas anfangen. Zwischen sieben und acht führte ich in der Abendsprechstunde nämlich gynäkologische Untersuchungen, auch Vorsorgeuntersuchungen durch. Aber weder meine Sprechstundenhilfen noch ich selber wären auf die Idee gekommen, in dem nach hinten zum Garten gelegenen, beleuchteten Zimmer die Vorhänge zuzuziehen, da die Fichten im Garten dicht abschirmten. Und da war der liebeskranke Kerl eingeschlichen, auf die Fichten geklettert, um sich am Anblick der entblößten Frauen gütlich zu tun. Er war ein Verrückter. Aber Strafe und öffentliche Blamage gehörten nicht zu den Maßnahmen, ihn wieder in normale Bahnen zu bringen. Ach, der ärztliche Beruf zieht so manchesmal in Komplizenschaft mit vermurksten Lebenssituationen der sich anvertrauenden Patienten. In so kniffligen Entscheidungen bricht in mir das geistliche Erbe des Pfarrer-Großvaters durch. Deshalb entschloß ich mich zur Übernahme einer Mitschuld durch fromme Lüge und deckte den reumütigen, durch zwei Wirbelanbrüche schon genug bestraften Johannes und bat den Herrgott, mir Sünder zu verzeihen.

Die Fleischlawine

Wenn sich seelische Belastungen in organische Störungen umwandeln, so spricht man von psychosomatischen Erkrankungen, weil die aufgeregte Psyche in das Soma, den Körper pickt und die Funktion der Organe stört, jenes ansonsten beim Gesunden vorliegende stille Walten in der Zusammenarbeit der lebenswichtigen Organsysteme. Seltsam ist, daß in solchen Fällen jeder sein Erfolgsorgan hat, dem die überlastete Psyche besonders mitspielt und es in wahre Mitleidenschaft bringt. So gehen Aufregungen beim einen ans Herz, und anderen schlagen sie auf den Magen oder das Gedärm. Der Hausarzt kennt sie schon, seine Psychosomatiker, und weiß, daß bei ihnen der Magen oder das Herz zu Masken für verborgene seelische Unstimmigkeiten werden.

Eine eingeübte Psychosomatikerin, bei der fast alles über Magenbeschwerden ablief, war die Theres' Paselli, eine Einheimische, die mit einem italienischen Porzellanmaler verheiratet, aber vor etlichen Jahren Witwe geworden war, als ihr Giulio, der in der Majolika Fayencen bemalte, angeblich an einer Vergiftung durch Farblösemittel verstarb. Nun lebte sie von einer kleinen Rente, ihrer Hühnerhaltung und dem Verkauf von Eiern. Nach dem Tod ihres Giulio war sie so auseinandergegangen, daß einige Spaßvögel spöttelten, sie sei ohne Korsett »eine mittelprächtige Fleischlawin'«. Vor allem war sie aber nervös und ständig von Skrupeln und Ängsten geplagt. Das machte sie schwitzig und drängte sie häufig in Magenbeschwerden und Blähungen. Das allerdings mochte zum Teil auch damit zusammenhängen, daß sie alles, vor allem zuviel in sich hineinfraß.

Als sie nun wieder einmal wegen Magenschmerzen in die Sprechstunde kam, fragte ich ohne Umwege: »Theres', was hast du für einen seelischen Kummer?«

»Herr Dokter, i han Angscht.«

»Vor was hast denn Angscht?«

»Des isch a bißle kompleziert, aber i will's Ihne, wenn Se Zeit hent, verzehle.«

»Bitte, ich nehme mir die Zeit.«

»Also vor vielleicht acht Täg isch a Zigeunere vor der Tür gschtande und hat gsagt, se bräucht für ihre Kinder ebbes zum Esse und tät mir derfür aus der Hand lese, ob se rei'komme dürft'? No han i se ind' Stub' gnomme, denn se hat so schöne treue Auge g'het, und wunderfitzig wege meinere Zukunft war i halt scho au'... Und no han i meine Händ' uf ihren Schoß lege müsse, und sie hat ganz konzentriert in meine Handfläche glotzt. Nach ama Weile hat se g'sagt: ›Sie sind ein arg ängschtlicher Mensch und vertrauen nicht einmal mehr sich selber... Dabei steckt eine große Energie und Vitalität in Ihnen... Die Kopflinie – das ist der Verstand – zweigt etwas ab in den Mondberg... Sie phantasieren und wünschen sich heimlich viel... das hängt auch mit der verworrenen Herzlinie zusammen, mit dem Gefühl, mit unerfüllter Liebe...‹

›Und des leset Sie alles aus dene Linie‹

›Ja, ich sehe aber an der Schicksalslinie auch, daß Sie einem Mann begegnen werden, der Sie glücklich machen wird...‹

Also i han bloß gschtaunt, was die älles aus mei'm Innerschte rausgfunde hat. Sie hat sogar prophezeit, daß i den Mann bei me Tanzfescht kennelerne tät. Ah, die hat als gfaselt und kaum ufghört, bis i gsagt han. ›Jetz' isch's ja gut – kann i des überhaupt no zahle?‹

Jetzt isch se no sachlich worde und hat gmeit: ›Sie haben doch Hühner? Ich wäre Ihnen dankbar, wenn Sie mir ein Huhn schenken könnten, wo Eier legt für meine armen, hungrigen Kinder – Sie sind ein guter Mensch, das spricht aus Ihren Händen...‹

No han i dacht, gibscht ihr halt a Henn, dem arme Luder. Mir sind no naus zum Hühnerstall, denn allei' wollt i se ja net im Zimmer lasse – d' Versuchung wär' z'stark für se gwese.

Ja, wie i no so meine Henne gmuschtert han, älles fleißige Rhodeländer, hot's mi plötzlich g'reut, was i versproche han. Aber eine war drunter, die zwar au fleißig g'legt hat, aber ihre Eier hent bloß no an Dotter g'het, der halb so groß wie a Bubespitzle war. Und die han i dere Zigeunere gebe. Die hat mer vor lauter Dankbarkeit schließlich so d'Händ' abgschleckt, daß i hinterher mit Kernseif' dra'gange bin.«

»Dann ist ja doch alles gut, Theres', du hast sicher eine gutherzige Tat vollbracht ...«

»Scheißele, Herr Dokter! A Lompemensch war i, daß i de miesescht Henn verschenkt han. Denn die Zigeunere hat nach a paar Tag sicher den Legfehler g'schpannt... Und jetzt isch se sicher derbei, daß se mi verhext! Mir isch's nämlich drei Täg später in da Mage gfahre, und der Appetit hat au' nachglasse. Ach, Herr Dokter, i komm' mir so liederlich vor ...« Die Theres' begann zu heulen.

»Also wenn's um die Sünd geht, dann geh' zum Pfarrer Schrempf«, sagte ich einfühlsam.

»Aber die Zigeunere hat mi scho verhext«, beharrte die Theres'.

»Ah – da gibt's a Gege'mittele«, tröstete ich und verordnete ihr ein Beruhigungsmittel, empfahl ihr aber auch einen Kräutertee, der vor dem Schlafen getrunken werden müsse, damit er nachts gegen den Zauber der Zigeunerin wirken könne.

Als sie sich nach einer Woche noch einmal vorstellte und beschwerdenfrei war, riet ich ihr, nicht zu vergessen, daß die Zigeunerin ihr doch die Begegnung mit einem Mann verheißen hätte. »Jetzt gehscht halt amol zum Tanz und wirbeltscht bei dene flotte Fiedlereißer mit, daß einer a'beißt«, spaßte ich beim Abschied.

Als ich anderntags wegen eines kranken Kindes in das Lager der Zigeuner gebeten wurde, lud die Mutter des kranken Kindes mich zu einem Teller Hühnersuppe ein, sie hätten gestern ein Huhn geschlachtet, es schmecke so frisch ganz vorzüglich. Um die Frau nicht zu kränken, aß ich zusammen mit der Familie einen Teller Suppe mit Reis und frischem Hühnerfleisch. Es schmeckte mit Muskatnuß und anderen Gewürzen hervorragend. Die Zigeunerin hatte wirklich schöne, beseelte braune Augen und wollte mir als besonderes Dankeschön noch aus der Hand lesen, doch hatte ich dazu keine Zeit mehr auf Krankenbesuchen. Daß sie aber die Kunst, aus der Hand zu lesen, verstand, wurde bestätigt, als die Theres' zwei Monate später von einem vermöglichen Viehhändler geheiratet wurde, an dessen Äußerem höchstens eine Hasenscharte zu beanstanden war. Sollte dies die kleine Rache des Schicksals für die Schlitzohrigkeit der Theres' bedeutet haben?

Innerer Notstand

Der Franz war Fahrer des Krankenwagens vom Roten Kreuz, ein braver, stets hilfsbereiter und freundlicher Mensch mit viel verborgenem Innenleben, daher das Gegenteil von vorlaut, vielleicht ein wenig zu verschlossen. Ich kannte den damals Vierundzwanzigjährigen seit Kindesbeinen. Er war stets gesund gewesen, wenn ich ihn wegen gelegentlicher Gesundheitskontrollen untersucht hatte.

Eines Tages aber kam seine Mutter zu mir und war besorgt darüber, daß ihr Bub seit einiger Zeit sich auffallend häufig Verletzungen zuziehe. Mal schneide er sich in den Finger, dann verstauche er die Knöchel, oder kürzlich habe er die ganze linke Hand in die Wagentür gequetscht bekommen, als sein Kollege die Tür zuschlug. Wegen Anbruch einiger Finger- und Mittelhandknochen trage er zur Zeit die linke Hand im Gips …

»Bei mir ist er aber nie gewesen«, werfe ich etwa befremdet ein.

»Ja, das ist es ja eben, Herr Doktor«, erklärt die Mutter, »der Kerle geht nicht zu Ihnen, sondern läßt sich immer in der Unfall-Ambulanz vom Krankenhaus behandeln, dort komme er täglich sozusagen dienstlich hin.« Die Mutter war auch darüber bekümmert, daß er sich niemals krankschreiben ließ.

»Er ist halt ein Vorbild an Pflichterfüllung in seinem Dienst«, lobte ich.

Aber die Mutter war auf der Suche nach einer Erklärung des Gesamtphänomens und fragte schließlich: »Könnt der Franz nicht eine beginnende Hirn- oder Nervenkrankheit haben, die ihn manchmal ungeschickt oder nachlässig bei den täglichen Handhabungen macht?«

»Da müßte man ihn halt einmal gründlich ärztlich untersuchen, um etwas Schlimmeres im Hintergrund ausschließen oder nachweisen zu können. Vielleicht ist er auch nur zerstreut, manchmal vom Dienst übermüdet?«

Kurz und gut. Die Mutter versprach mir, ihren Sohn zu einer gründlichen Untersuchung zu schikken. Sie war in jungen Jahren als ausgebildete Krankenschwester in Kliniken tätig gewesen und daher medizinisch recht kundig. So war sie auch recht zufrieden darüber, daß ihr einziger Sohn – sie war im Krieg verwitwet – sich von Samariterdiensten angezogen fühlte und als Sanitäter mit hoher Pflichtauffassung gewissermaßen auf ihren Spuren wandelte.

Als der Franz nun zu mir kam und ich nach Auflistung seiner zahlreichen kleinen Unfälle eingehend untersuchte, fand ich am Nervensystem einen durchweg normalen Befund.

»Ja, da bleibt nur noch ein Computertomogramm – eine schichtweise Untersuchung des Gehirns – und eine psychiatrische Begutachtung«, sagte ich schließlich zum Franz.

Nun wurde der Franz unruhig. Es plagte ihn anscheinend etwas, von dem er nicht wußte, ob er es sagen solle oder lieber nicht.

Da mir sein innerer Notstand nicht entging, nahm ich seinen Kopf in die Hände und blickte ihn ruhig und väterlich an.

»Sollen wir uns den Psychiater ersparen?«

»Ich möcht' Sie darum bitten«, sagte er mit niedergeschlagenen Augen.

»Du solltest mir halt vertrauen, Junge, denn ich habe für alle Sünden im Leben Verständnis, und verschwiegen bin ich sowieso. Komm', beichte mir doch, was dich bedrückt. Vielleicht kann ich dir irgendwie helfen.«

»Es ist halt alles so verzwickt«, begann der Franz vorsichtig. »Aber wenn Sie niemand etwas sagen, vor allem auch meiner Mutter nicht, will ich Ihnen mein Geheimnis anvertrauen.«

»Bist du vielleicht verliebt?« entfuhr es mir.

»Vielleicht! Bis über die Ohren, Herr Doktor. Das ist es ja.«

»Und die geliebte Person liebt sie nicht wieder?«

»Schlimmer – die weiß nix davon, wie stark ich sie liebe!«

»Wieso? Hast du nie mit ihr gesprochen?«

»Des isch es ja grad, Herr Doktor, daß i ihr des net sagen kann. I bin viel zu schenant, wenn se in ihrem ganzen Charme vor mir steht, oder wenn sie meine Blessure verbindet …«

»Sag bloß, des ischt a Schwester in der Ambulanz!?«

»So isch's, Herr Doktor. Aber 's ganz Schlimme kommt erscht no.«

Wie ein Blitz durchfuhr mich die Ahnung, daß der Franz in der Spannung seiner unerlösten Liebe etwas arg Dummes gemacht haben könnte.

»Hast du also –«, begann ich langsam und gedehnt zu fragen.

»Mich zieht's dermaßen unwiderstehlich zur Schwester Petra«, begann er zu beichten, »daß ich ständig nach Anläss' such', daß ich in ihrer Nähe sein kann und ihre flinke, sanfte Händ' spür', wenn se mich verbindet oder meine Wunde betastet – so, jetzt wisset Se's, Herr Dokter, was es mit meine gehäufte Unfäll' auf sich hat.«

Daß die wenn auch kleinen Akte der Selbstverstümmelung einige versicherungsrechtliche Fragen aufwarfen, war dem Franz wohl nie ins Bewußtsein getreten.

»Hmm, da kann man nur hoffen, daß die Krankenversicherung keinen Wind bekommt, denn das könnte schlimme Folgen haben«, warnte ich. »Also, es muß etwas geschehen, daß das aufhört.«

»Bitte kein Wort zu meiner Mutter, Herr Doktor!«

»Versprochen, mein Junge. Laß mir ein paar Tage Zeit zum Nachdenken. Ruf' mir in vier Tagen wieder an. Es wird mir schon was einfallen, wie du aus der Scheißgass' wieder rauskommst.«

In den folgenden Tagen holte ich Erkundigungen über die Schwester ein. Sie war gleich alt wie der Franz, hatte als Ledige ein Kind, ein Mädchen von zwei Jahren, und sich wegen dieser »Schande« von Bad Dürrheim nach Schramberg verändert, um dem Gerede zu entgehen. Mit ihrer Mutter, einer Witwe, die sich während der Arbeitszeit um das Kind kümmerte, wohnte sie in einem alten Haus im unteren Kirnbach, nicht weit vom Krankenhaus entfernt. Ihr Ruf hier war gut. Sie hatte wohl eine schlimme Enttäuschung hinter sich und schon deshalb keine Absicht, ein neues Abenteuer zu beginnen. Das ließ ein wenig hoffen für den liebeskranken Franz. Ja, er war wirklich liebeskrank, so redete ich mir selber ein. Er hat sein Vergehen als ein Kranker begangen und mit den Selbstverletzungen im Unterbewußtsein nur den Körper an seiner seelischen Verwundung mitleiden lassen und damit seinen Leib in Harmonie mit der Seele gebracht. Dieser Gedanke verschaffte allem Unsinn doch einen gewissen Sinn, der verstehen ließ.

Nun lud meine Frau so alle vier Wochen einmal Schwestern vom Krankenhaus zu einer Kaffeetafel ein. Deshalb mußte ich meine Sina in die unglückliche Liebe des Franz einweihen, ausgenommen natürlich die »Unfälle«. Meine Gute ging darauf ein, denn das Zusammenbringen, um nicht zu sagen Kuppeln verliebter junger Menschen ist ein allen erfahrenen Frauen besonders liegendes Spiel.

Und so saßen eines Nachmittags Schwester Petra und der Sanitäter Franz am Kaffeetisch mit meiner Sina zusammen, die glaubhaft begründete, sie habe einfach einmal Helfer aus dem Bereich der Unfallmedizin einladen wollen, als kleines Dankeschön für die vielen Samariterdienste. War das Gespräch anfangs auch etwas holperig, so taute der Franz dann doch auf, wurde locker und redete immer unbefangener. Und die wirklich hübsche Petra kam allmählich auch in Fahrt und lobte »ihren Patienten«, der tapfer und ohne Wehleidigkeit alle Wundversorgungen ertragen und ihr heimlich immer eine Aufmerksamkeit zugesteckt habe.

Als ich nach knapp einer Stunde oben in der Wohnung anrief, sagte Sina nur: »Ja, ich komme gleich und muß halt meine Gäste eine kleine Weile alleine lassen.« Das hörte sich nach Erfolg an. Und als sich Sina artig entschuldigte, sie müsse kurz in die Sprechstunde zu mir kommen, bekam sie von den beiden Gästen sogleich Dispens: »Aber bitte, Frau Doktor, wir werden uns schon solange zu unterhalten wissen.«

Sina flüsterte mir im Sprechzimmer vertraulich zu: »Es steht gut! Die beiden finden zueinander.«

Als sie vielleicht zehn Minuten später an den

Kaffeetisch zurückkehrte, bemerkte sie eben noch, wie die beiden blitzschnell ihre Hände zurückzogen, an denen sie sich gehalten hatten. Und schließlich brachte der Franz nach der Einladung Schwester Petra mit seinem kleinen Wagen nach Hause – »weil es sowieso auf meinem Heimweg in den Falkenstein liegt«.

Erst als die beiden Verliebten ein halbes Jahr später geheiratet hatten, beichtete ich meinen Freund Herman Schrempf von der katholischen Fakultät meinen Fehltritt des Mogelns zugunsten des Lebensglücks des Sanitäters Franz. Der Pfarrer bekreuzigte sich und sprach ein »absolvo te, amice. Du wirst Vergebung und Gnade vor dem Thron Gottes finden, denn die gute Absicht löst dich aus dem Vergehen.«

Die zwei Ullas

Ein vitales Weib von 56 Jahren war mit einem zwanzig Jahre älteren Mann verheiratet, der schon wenigstens zehn Jahre in einer toten Hose steckte, während sie aus den Augen und mit ihrer Aufmachung noch Funken wilden Verlangens in alle Winde vesprühte. Schwarzes Haar, starke schwarze Augenbrauen, mit dem Farbstift verstärkt, ein breiter Mund mit üppigen Lippen, lackierte Finger- und Zehennägel, behaarte Schenkel und Stöckelschuhe, die ihr einen wippenden Gang aufzwangen, erregten jene Männer, die den Blick fürs gewisse Etwas besaßen.

Weil sie aber nun schon zum wiederholten Male wegen einer Trichomonadeninfektion zur Behandlung kam, mußte ich sie peinlicherweise nach ihrem Umgang fragen.

»Also die Behandlung ist nur dann auf Dauer erfolgreich«, erklärte ich ihr, »wenn der Partner ebenfalls die Tabletten einnimmt. Deshalb geb' ich dir eine weitere Packung für deinen Partner mit.«

»O je, Herr Dokter – i glaub', i muß Ihne jetzt doch amol beichte, was mein' Notstand ausmacht ... Mit Ihne kann i ja offe schwätze.«

»Daß du sündigscht«, Ulla, »isch bei dei'm Opa-

Mann einigermaße verständlich«, ermutigte ich sie.

Jetzt nahm sie erst einmal Anlauf für die Beichte. Und weil Sünder meist damit beginnen, auf ihr ursprüngliches Bekenntnis zur Moral zu verweisen, ehe sie dann ihren sündigen Wandel schildern, so versicherte die Ulla:

»Also i war a kreuzbravs Mädle, wie mi mei Ma' gheiratet hot. I war zwanzig, mei Ma' vierzig. Aber au no mit vierzig hat der nix a'brenne lasse. Jede'falls kann i net klage, wenn er au' 's Gschäft immer ohne an Mucks bsorgt hat und i en derbei bloß schnaufe g'hört han. Aber so ab sechzge isch er obends bloß no am Fernseher g'hockt, hat Bier trunke, Brezle gesse und isch fett worde. Und wenn i gsagt han: ›I gang jetzt ins Bett - wie isch's?‹ war sei Antwort: ›Jo, gang no, wirscht 's Bett ja selber finde.‹ Der Kerle hat zmol überhaupt kein Bock meh' uf seine eheliche Pflichte g'het. ›Du bischt im Wechsel und i bin jetzt a alter Ma'‹, erklärte er mir kurz und herzlos. Aber i han mi jetzt erscht so fital gfühlt, so höpfig wie nie. Sei' Freund, der Hannes, gleich alt wie er, hat sich brüschtet: ›Bei mir braut sich fascht jeden Tag no a Gwitter zamme. I tät dir ja gern aushelfe, Ulla, aber i derf jo net. Mei' Frau ischt gewaltig hinter mir her.‹

In meiner Not war i no halt allmählich empfänglich für die A'träg, die mir andere Männer gmacht hen. Aber 's hat sich halt kei' feschtes Nebegleis ergebe, wie i mir's immer gwünscht han …

Der Pomade-Max (der Friseur), wo mei' verrücktes Verlange als erschter gspannt hat, möcht ständig, hat aber oft kei' Zeit, wenn i Zeit und Luscht hätt'... Der Giovanni von der Pizzeria hat immer Luscht und bsorgt mers au gut, aber er ischt halt ein Hans Dampf unter viele Röck'... Der Briefträger isch morgens immer gut ufglegt; aber er kann halt bloß a flüchtiger Abstauber sei'... Der Bständigschte isch der Walter vom Rathaus, der immer wieder mit mir nausflitzt, wenn's Wetter schö' ischt oder wenn der Dachbode im Rathaus frei ischt. Im Sommer isch's halt am schönste, wenn mir in d'Beere naus in Wald ganget und Auerhahnles spielet ...«

»Sind des jetzt alle, mit dene du Umgang hascht?«

»So ziemlich, Herr Dokter. Aber 's gibt no zwei, wo i kein Name sage kann – eine feine Dame muß au' schweigen können!«

»Ich will's so genau ja gar nicht wissen, Ulla, aber ich zähle allmählich zusammen, wie viele Packungen von dem Mittel ich dir geben müßt', um die Quellen der Ansteckung zu sanieren – das sind ja schätzungsweise sechs!«

»Uf des wird's nauskomme«, bestätigte Ulla.

»Das wird aber teuer, denn die Krankenkasse kann höchstens für zwei Personen die Kosten übernehmen. Die weiteren Packungen mußt du selber zahlen. Vielleicht kann dir's der eine oder andere Freund ersetzen?«

»O je! Ob i die überhaupt überrede kann, die Kapsle nach Vorschrift zu nehme?«

»Dann schicke sie halt alle zu mir, daß ich jeden von der Notwendigkeit einer Behandlung überzeugen kann –.«

»Ha, des kann ich doch net, Herr Dokter, die Herre wäret doch kompromettiert, wenn se bei Ihne a'danze müßtet.«

»Also gut, des geht net. Dann muß ich dir den Rat geben. Such dir aus dene Filibuster ein' raus für a feschts Verhältnis, mit a bißle Treue und so, no weiß mer, wie mer der Seuche Herr werde kann. Dei' Romgefizzel hat doch kein' Tau.«

»Ja – des tät i scho' gern, aber ob d' Ulla des fertigbringt?«

»Also, des muß doch möglich sei', daß d' Ulla des macht, was du willscht, besser gsagt: was du wolle muscht, wenn dir was an der Gsundheit liegt und du net alle mögliche Leut a'stecke willscht.«

»Isch's wirklich so schlimm mit dene kleine Tierle in mei'm Kächele?«

»Auf Dauer ja. Chronische Entzündunge sind nix Gnau's, und wer weiß: manchmal entsteht sogar an Krebs ...«

»Jesses! Bloß des net!«

»Also! Verstehe mer uns?«

»Ja, Herr Dokter, i werd's der Ulla scho beibringe.«

Und nachdem ich ihr noch ein ihre übermäßige »Luscht« etwas dämpfendes Mittel verschrieben hatte, bestellte ich die Ulla zu regelmäßigen Kontrollen.

Sie hat's schließlich geschafft. Ihre offenherzige Beichte, vielleicht ein Teil ihres exhibitionistischen Verhaltens, war in diesem Fall ein Vorteil.

»Jetzt will ich dir noch ein wenig von den Zwergen erzählen«, sage ich zu Kurt am Abend,wie nur noch meine Nachttischlampe ein weiches, gelbliches Licht verbreitet.

»Ja, von den Sergen«, stimmt Kurt bei. Das »Zw« fällt ihm schwer zu bilden, so daß er statt dessen ein »S« sagt. Deshalb wird bei ihm auch das »Zweifel« einfach »Seifel« und aus »zwei« ein »sei«. Aber ich verstehe ja solche Abschleifungen seines Sprechens. Er ist bei der Wiederfindung der Sprache in seinen Fortschritten stehengeblieben, ja, ich finde sogar, daß eine leichte Verschlechterung seit einigen Tagen eingetreten ist. Sollten trotz aller Therapie wieder kleine Blutungen eingetreten sein? Der Gedanke löst bange Ahnungen in mir aus. Auch Professor Feinschnabel blickt bei den Visiten bekümmert. Sollte ich sanftere Geschichten erzählen? Aber gerade wenn's deftig zugeht, muß Kurt am meisten lachen. Und das soll ja gesund sein. Ich nehme mir vor, mit den Zwergen jetzt beim Erzählen zahmer, ja, sehr schicklich zu sprechen. Also:

Unter »Zwergen«

Manche Forscher, die sich mit der Kleinwüchsigkeit von Menschen befassen, sind der Ansicht, daß etwa drei Prozent der Bevölkerung eben kleinwüchsig seien, ungeachtet derer, die medizinisch erklärbare Wachstumsstörungen hätten.

In meiner Patientenkartei liegt aber der Prozentsatz der Kleinwüchsigen, deren Körpergröße mehr oder weniger unter 1,60 Meter liegt, deutlich höher. Es mag sein, daß mein Herz voll Verständnis für die Kleinwüchsigen offensteht, ich daher den Spitznamen »Doktor der Zwerge« erhielt und wiederum besonders die Kleinwüchsigen Rat bei mir suchen. Jedenfalls habe ich einen Klingelschalter und einen Lichtschalter – auch im Wartezimmer – so tief anbringen lassen, daß sie von den Kleinen, den Zwergen, erreicht und bedient werden können. Gleichermaßen gibt's im Klo ein tiefsitzendes Becken und eine niedrige, kleinere Schüssel. Dafür erhielt ich vom »Club der Kleinen«, zu dem sich die Minderwüchsigen zusammengeschlossen hatten, ein anerkennendes Schreiben. Die Erforschung der menschlichen Erbanlagen und die bereits geübten gentechnologischen Eingriffe haben bei den Kleinen tiefe Besorgnisse ausgelöst. Einer mit dem Zwergspitznamen »Rumpele«, weil er einen rumpelnden Gang und Nägel in den Schuhsohlen hatte, kam ziemlich erregt in die Sprechstunde und zeigte mir einen Zeitschriftenartikel mit der Überschrift »Künftig Menschen nach Maß?« Er stammelte immer wieder: »Herr Dokter, die machet uns Kleine platt – alle miteinander platt mit ihre Eingriff in da Some und in d' Eierstöck!«

Ich nahm den mir angebotenen Artikel und versprach, ihn genau zu lesen und dann fachmännisch zu beurteilen. »Ja, sachmännisch, saget Sie mir dann, wie weit die Sauerei in der Wissenschaft scho fortgeschritte isch.«

Ich konnte ihn ein paar Tage später aber beruhigen: »Rumpele, das sind nur wieder einmal Gedankenspiele eines Journalisten von der Sensationspresse.«

»Spiele? Herr Dokter, mit so was spielt mer aber net, nit amol in Gedanke.«

Immerhin führte die Besorgnis der Zwerge soweit, daß sie flächendeckend eine »Vereinigung kleiner Menschen« gründeten, um eine Stimme in der Öffentlichkeit zu entwickeln.

Für mich waren die Kleinen halt »meine Zwergi«, die ich besonders ins Herz geschlossen hatte. Aber die Bezeichnung Zwerg durfte nicht benutzt werden. Sie ist infolge vieler Mißverständnisse von sozialer Minderachtung besetzt, vollends in einer

Gesellschaft, die alles Erstrebenswerte »super« und »mega« findet und wo ein beschleunigtes Wachstum die jungen Menschen ihre Eltern um Kopfhöhe überragen läßt.

Eine wichtige Quelle für das Verständnis und die Geschichte der Zwerge waren die Bücher Laurins für mich. Im Mittelhochdeutschen findet man »der kurze Mann« oder »der wenige Mann« als Bezeichnung für Zwerg. So begegnet uns auch in alten Quellen aus der Schweiz der Zwergname »Churzibolt« oder »rarigs Männle«. Am meisten belustigt haben mich überlieferte Namen von Zwergen, die ja auf ein einstmals witziges, humorvolles und spöttisches Völkchen schließen lassen. Dem »Blaserle« sind wir ja schon in einer Geschichte begegnet. Der Name »Gusir« betrifft einen, der in jeder Hinsicht herumfurzte. Der »Trügewiz« trieb allerlei Schabernack, konnte locken und auf falsche Wege leiten. Der »Nasibissi« biß nur allzugern in fleischige Menschennasen, wenn auch sanft und ohne Folgen. Ein herausragendes Wesen war der »Gunkeli«, den es als Alp nachts zu Frauen trieb, deren Männer man im Alemannischen als »Tschole« bezeichnete, also langweilige, umständliche Kerle ohne Gespür für die heimlichen Wünsche einer Frau. Der »Gunkeli« kroch bei gelangweilten Frauen nachts am Fußende des Betts unter die Decke und krabbelte zielbewußt aufwärts in die Schenkelnester, wobei er süße »Alpträume« im Schlaf auslöste. Wenn die

Frauen dann stöhnten und die Männer im Halbschlaf fragten: »Hascht wieder an Alptraum?«, so sagten die Frauen nur: »Der Gunkeli isch bei mir gwä und hat mi ganz durchanand' brocht.« So manche Frau soll – wie an der Fasnet vor allem gewitzelt wurde – ins Nachtgebet eingeschlossen haben: »... und laß im Schlaf den lieben Gunkeli zu mir kommen.«

Zwerge, die unter sich in einer maskulin orientierten Gesellschaft lebten, sollen eine Schwäche für das weibliche Geschlecht bis zu den großen Menschen hin gehabt haben. Die Zwergfrauen lebten etwas im Hintergund. Bei Geburten benötigten sie oft die Hilfe von Hebammen der großen Menschen.

Die Zwerge waren klein, besaßen aber oft enorme körperliche Kraft. Vor allem waren sie schnell auf den Beinen und gewandt bei der Überwindung von schwierigem Gelände und an Felsen. Eine Überlieferung erwähnt einen einfüßigen Zwerg, der im Schwäbischen das »Einfüßle« genannt wurde und mit seinem einen Bein schneller als manche großen Menschen gewesen sein soll.

Das Gesicht der Zwerge mit einem relativ übergroßen Kopf war meist blaß bis blaßgelb, konnte aber auch aschfarbig oder rußschwarz sein.

Das, und wohl auch eine Lichtscheu, hing mit dem überwiegenden Aufenthalt im Dunkel der Höhlen zusammen, weshalb es den Zwergen in der Frühzeit der Geschichte wohl unmöglich war, sich an grelles Sonnenlicht zu adaptieren. Es wird ihnen daher nachgesagt, sie seien nur nachts im Freien aktiv gewesen. Das wiederum wirkt aber hemmend auf das Größenwachstum. Und weil sie anfangs nur wenig Kontakt mit den anderen Menschen hatten, wurden sie später auch lange nicht christianisiert, blieben sie Heiden und konnten das Glockenläuten nicht vertragen.

Die Zwerge besaßen offenbar besondere handwerkliche Fähigkeiten. In den Mythen begegnen sie uns als Bierbrauer, Bäcker, als Käser mit der Bezeichnung »Käsmandl«, als erfahrene Schmiede und Waffenhersteller. So haben der nordischen Sage nach Zwerge den Hammer Thors und den Speer Odins hergestellt. Am häufigsten werden sie im Bergbau erwähnt. Sie, die Kleinen, kriechen leichter als große Menschen in oft niedrige, enge Stollen in den Bergwerken, vor allem dort, wo wertvolle oder für die Herstellung von Gerät und Waffen wichtige Erze lagern.

Daß Zwerge wohl scheu, aber menschenfreundlich, ja hilfsbereit und nur deshalb verschwunden sind, weil die Menschen sie enttäuschten, gibt Rätsel auf. Laurin läßt in seiner »Geschichte der Zwerge« allerdings die Zwerge in langen Zeiten allmählich in die Gesellschaft der anderen hineinwachsen. Laurin hält das Volk der Kleinen für keltischen Ursprungs. Immerhin finden sich Bezüge zum Sagenkreis um den Magier Merlin, der sich in die Dienste des Zwergenkönigs Laurin stellt. Und bis in die Rituale der Fasnachtszeit hatten sich ursprünglich keltische, barbarisch-kultische Gebräuche erstreckt, von denen ich später, wenn von der Schramberger Fasnet die Rede sein wird, erzählen will.

Laurin, der Philosoph der Zwerge, sieht jedenfalls ganz realistisch einen allmählich zunehmenden Kontakt der sich im Verborgenen haltenden Zwerge mit den großen Menschen und ihrer Kultur, vor allem während der römischen Besetzung in der Schwarzwaldregion mit einem bedeutenden militärischen und administrativen Zentrum in Rottweil. Im Vielvölkerstaat der alten Römer machte man kein besonderes Aufhebens von kleinen Menschen, vor allem wenn sie für den Handel etwas zu bieten hatten oder tüchtige Handwerker waren. Gerade das aber hatten die handwerklich und künstlerisch begabten Zwergmenschen zu bieten: Sie fertigten Handwerkszeug und Geschirr, Kessel, Pfannen, Messer, Pflugscharen, Silberschmuck und Ringe, alles, was in der damaligen Lebenskultur gefragt war. Als Bierbrauer betrieben sie wohl auch kleine Kneipen für das einfache Volk, wo es geräucherten einheimischen Schweinespeck und Würste zum Vesper gab. Schließlich kannten sich die Zwerge auch in Heilkräutern aus und boten Kräutertees und heilende Salben an. So erklärt sich wahrscheinlich auch die Vorliebe der Germanen und der Deutschen für die Zwerge bis hin zu den Gartenzwergen.

Das alles und noch mehr ging mir durch den

Kopf, als ich eines Tages zu einer Zwergenhochzeit eingeladen wurde, die im Hause von Laurin stattfand. Laurin war so etwas wie das geistige Zentrum für jene Kleinwüchsigen, die sich mit gewissem Stolz als »Nachfahren der Zwerge« bekannten.

Der Bräutigam und die Braut waren gelegentlich meine Patienten, ja, sie begegneten sich erstmals bei mir im Wartezimmer und fielen gleich in eine rührende Verliebtheit. Sie, die mit bürgerlichem Vornamen Marina hieß und auf den Zwergennamen »Kikerle« hörte, er, der zwar Paul als Taufnamen hatte, aber unter den Zwergen »der Purzingele« genannt wurde, weil er, wenn er sich besonders freute, geradezu artistische Purzelbäume schlug. Und was ihren Zwergnamen Kikerle betraf, so leitete er sich von ihrem Äugeln aus schönen dunklen Mandelaugen ab. Sie war ein ausgesprochen hübsches Weibchen, eine Sonntagskreation des Herrgotts. Sie saß fachkundig vor einem Computer in der großen Uhrenfabrik, und der Purzingele, ein kleines, muskulöses Kraftwerk, war in der Verpackung und Auslieferung der Firma tätig. Er war aber auch im Turnverein ein As an den Ringen und am Reck, obwohl man ihn an die Turngeräte hochheben mußte. Der Handstand und das Laufen auf den Händen waren für ihn, freilich ein wenig angeberische, Extraeinlagen. So machte er vor allem durch einen Handstand auf der Pechpfanne an der Außenwand der Ruine Falkenstein über schwindelndem felsigem Abgrund von sich reden. Ein Photograph hatte dieses risikoreiche Wagnis in Bildern festgehalten, so daß es bald in Schaufenstern zu bestaunen war. Der Paule Purzingele erwarb sich damit große Achtung und Respekt. Hätte er sich nur nicht aus dem Gefühl, ein Heros zu sein, dazu hinreißen lassen, eines Tages in der katholischen Stadtpfarrkirche St. Maria, wo mein Freund Herman Schrempf amtierte, einen Handstand auf dem Altar und ein Wandern auf den Händen von einem zum anderen Altarrand vorzuführen. Es geschah zwar eine ganze Weile nach dem Gottesdienst, aber in den Seitenkapellen der Basilika knieten noch einige fromme Weiber mit besonderen Anliegen an die Heiligen, und ein paar Spezis waren auch noch geblieben, um das turnerische Spektakel auf dem Tisch des Herrn zu erleben. Jetzt brach aber ein Sturm der Entrüstung aus. »Schändung des Altars«, »Gotteslästerung durch Verwandlung der Kirche in eine Turnhalle«, »schlimmer Frevel« – hieß es, sogar in der Zeitung, hier allerdings am Ende mit einem Fragezeichen versehen, denn als dem Purzingele seine Unbedachtheit bewußt wurde, suchte er den Stadtpfarrer mit tiefer Reue zu einer Sonderbeichte auf. Er beteuerte, daß er mit seinen Kunststücken auf dem Altar auf seine Weise dem lieben Gott habe huldigen und dafür danken wollen, daß er ihn bei seinen Waghalsigkeiten vor Unglück geschützt habe. Das brachte er so von Herzen kommend vor, daß ihm Herman Schrempf gerne geglaubt hätte. Aber er war verärgert und hielt ihm vor: »Wo kämen wir da hin, wenn jeder in der Kirche seine Puzzigagele schlagen tät! Und auch noch auf dem Altar.« Und weil bei der Polizei bereits eine Anzeige wegen »Kirchenschändung« vorlag, so verwies er den Purzingele an den Kollegen in der hl. Geist-Kirche zur Beichte und verbot ihm bis zur gerichtlichen Klärung der Angelegenheit das Betreten der Marienkirche. Es sah wochenlang nicht gut für den Purzingele aus, obwohl er ansonsten zu den gelegentlichen Kirchgängern zählte und seine Marina, die bei der Geistlichkeit einen Stein im Brett hatte, wie eine mutige Löwin um die Rehabilitierung ihres Verehrers kämpfte. Von der Beurteilung der Geistlichkeit hing es ab, ob ein Gerichtsverfahren eingeleitet würde oder nicht. Zum Glück sahen die geistlichen Herren aber letztendlich keine böswillig beabsichtigte Schmähung der Kirche, sondern eine unüberlegte Handlung in der Entgleisung des Purzingele, und der Staatsanwalt konnte mit dieser Deutung des Geschehens überzeugt werden, so daß kein gerichtliches Verfahren eröffnet wurde.

Jetzt brach zwischen Purzingele und Kikerle noch mächtiger als zuvor die Liebe aus.

Obwohl die Verliebten sich fast täglich sahen, schrieben sie sich zusätzlich immer wieder »Süßbriefle«, wie sie zu dem sagten, was man in der galanten Zeit französisch billet-doux nannte. Meine »Vergißmein-Nichte«, eigentlich eine Nichte meiner Frau, die mir nach deren Tod den Haushalt besorgte, war mit dem Kikerle befreundet und eine »Glücksmauer«, zu der das Kikerle emsig kam, um bei ihr einen Teil ihres überbordenden Liebesglücks abzuladen, denn Glück sucht mehr als Unglück nach Mitteilung. So erfuhr ich nebenbei immer wieder einmal ein paar Passagen aus den Süßbriefle, und ich war erstaunt, bis zu welchen Höhen die Liebe auch einfache Menschen poetisieren kann und wie genau und scharf sie sehen und auch Schwächen an sich und dem anderen bemerken, sie vorwegnehmend bagatellsieren, ja sogar als kleine Unvollkommenheiten gerade als Zeichen einer persönlichen Vollkommenheit auslegen. So dichtete der Purzingele:

Wie hast du heute mich erbaut
Mit einem Pfückle auf der Haut!
Das steht dir gut und macht dich interessant –
Du bist erst recht die Schönste hier im Land!

Und das Kikerle schrieb:

Mein Purzingele, du hast zwar einen kleinen Buckel.
Mich stört das nicht, geliebter Schnuckel.
Es steckt in dir eine so heiße Kraft,
Die mir ein jedesmal viel Hitze schafft.
In der kann uns're Liebe blühen
Auch in der Kälte ohne Mühen.

Das hätte ich den beiden wirklich nicht zugetraut, wie sie sich anzudichten verstanden. Stammte dieses Talent aus einem Uralterbgut der Zwerge? Immerhin geht's beim Durchschnitt der jungen Leute heutzutage meist auf verkürzten Wegen zur Sache, während die beiden Zwerge doch das Bedürfnis spürten, die ungeheuere Dynamik der Liebe solange und soweit wie nur möglich zu sublimieren, um sich für die Ehe noch etwas aufzusparen.

Die Hochzeit hatte trotz des anstößigen Verhaltens von Purzingele nach Aussöhnung mit Pfarrer Schrempf ihren religiösen Teil der kirchlichen Trauung, bei der ich gebeten worden war, die Braut zum Altar zu führen und dort dem Purzingele zu übergeben, da das Kikerle schon Vollwaise war.

Das Hochzeitsessen fand draußen im Wald im Hause Laurins statt, der mit einem saftigen, wohlgewürzten Hammelbraten, grünen Bohnen und Schwenkkartoffeln aufwartete. Es waren eine ganze Reihe von Zwergen aus dem Kreis von Laurin eingeladen, alles Freunde des Brautpaars. Man saß an niederem Tisch auf kleineren Stühlen, und der Bräutigam stellte sie einzeln vor, die sich als Zwerge und Zwerginnen um die festlich geschmückte Tafel scharten.

»Da sitzt neben der Braut unser verehrter Philosoph Laurin, dem wir alle danken, daß er uns das Festmahl zur Hochzeit schenkt. Und neben ihm der Doktor der Zwerge, der in der Kirche die liebe

Braut, mein Kikerle, zum Altar führte und uns Kleinen damit vor aller Öffentlichkeit ein Zeichen seiner Solidarität setzte. Neben ihm aus der Zwergengemeinde unser Engelstark, den wir mit übermenschlicher Kraft ausgestattet wissen. Er wird uns noch Beispiele seiner Kraft vorführen. Neben ihm seine etwas größere Frau Raschele, deren Seidengewänder ein eigentümliches Rascheln von sich geben. Und hier sitzt Couteli, der Zwerg mit den scharfen Messern, der als Metzger alles mit einem Hieb oder Stich erledigt. Neben ihm seine Frau, das Klaffschenkele. Und dann der Hopsibal, der beim Tanz bei jedem Fiedlereißer in die Luft hopst und wahre Bocksprünge vorführt. Er ist noch einer der wenigen Junggesellen geblieben, weil ihn die meisten Weiber zu anstrengend finden. Neben ihm der kleine Mann mit Knabengesicht heißt Gunkeli nach jenem Zwerg, der als Alp nachts zu Frauen ins Bett kriecht. Er trägt eine steife rote Zipfelmütze, Zeichen seiner enormen Manneskraft. Das Lawinele neben ihm, seine Frau, ist ein gutes Geschöpf, aber sie nascht den ganzen Tag Süßigkeiten. Der Freund Couteli neckt sie oft mit erhobenem Zeigefinger: ›Du Fleischlawinele muscht ufpasse, denn du bischt schlachtreif.‹ Dann sitzt da noch der Trumpenstiel. Er heißt so, weil er sehr trödelt und langsam ist, was er allerdings für gesünder hält als alle Eile und Geschäftigkeit. Er soll deshalb geradezu fürchtig gesund sein, sieht aus wie ein Vierziger und ist doch schon sechzig. Schließlich gibt uns mein Urehne (Urgroßvater) die Ehre, der noch mit den Veteranen aus dem Siebzigerkrieg am Stammtisch saß. Er ist mit seinen neunzig Jahren immer noch geistig rege und nimmt am Geschehen der Welt Anteil, denn er liest täglich die Zeitung und weiß seiner leichten Vergeßlichkeit dabei abzuhelfen, indem er in der Zeitung jeweils durchstreicht, was er gelesen hat.

Das Besondere meiner Rundumvorstellung bleibt dem Schluß vorbehalten: unsere liebe Zwergenliesel, die Meisterköchin und Assistentin unseres hochverehrten Philosophen Laurin. Sie ist und bleibt unsere Mitte. Kundig aller Heil- und Würzkräuter, hat sie uns das heutige Festmahl zubereitet und allerlei Weine aus Waldbeeren bereitgestellt, um uns lustig zu machen. Ihr gebührt unser Dank, weshalb ich euch bitten möchte, die Gläser mit dem Heidelbeerwein zu erheben und auf ihr Wohl zu trinken.«

Nach diesem abschließenden Zutrunk auf das Wohl der Zwergenliesel ergriff Laurin das Wort, während die Liesel mit der sie unterstützenden Bergbäuerin in die Küche verschwand, um das Essen fertigzustellen.

Laurin, der zum Fest eine Silberweste mit rotem Mantelrock darüber trug, hieß das Brautpaar und die Gäste als Hausherr willkommen und sagte dann in seiner Ansprache:

»Die Hochzeit zweier kleiner Menschen, die sich

als Zwerge bekennen, gab mir Anlaß, wieder einmal das Gedicht ›Hochzeitslied‹ von Goethe zu lesen. Es erzählt die wundersame Geschichte eines Grafen, der nach vielen Jahren seiner Teilnahme an Kreuzzügen im Heiligen Land endlich wieder heimkehrt und sein Schloß in erbärmlichem Zustand vorfindet. Es ist Abend, und er beschließt, in der mondhellen Nacht erst einmal auszuschlafen und am Morgen dann erfrischt mit der Restaurierung des Schlosses zu beginnen. Da bewegt sich etwas unter dem Bett, und der Graf denkt an eine Ratte. Aber hier gab's ja nichts mehr zum Nagen oder Beißen. Selbst die Mäuse waren vermutlich längst mit verheulten Augen aus dem Schloß geflohen. Aber siehe da! Es steht ein winziger Wicht vor dem Grafen, und das Gedicht – ich will's nun lesen – fährt fort:

Ein Zwerglein so zierlich mit Ampelen-Licht
Mit Redner-Gebärden und Sprechergewicht …
Und er gesteht dem Grafen nun:
»Wir haben uns Feste hier oben erlaubt,
Seitdem du die Zimmer verlassen,
Und weil wir dich weit in der Ferne geglaubt,
So dachten wir eben zu prassen.
Und wenn du vergönnst und wenn dir nicht graut,
So schmausen die Zwerge behaglich und laut
Zu Ehren der reichen, der niedlichen Braut.«
Der Graf sagt im Behagen des Traums:
»Bedient euch immer des Raums!«

Da kommen drei Reiter, sie reiten hervor,
Die unter dem Bette gehalten;
Dann folget ein singendes, klingendes Chor
Possierlicher kleiner Gestalten;
Und Wagen auf Wagen mit allem Gerät,
Daß einem so Hören als Sehen vergeht,
Wie's nur in den Schlössern der Könige steht;
Zuletzt auf vergoldetem Wagen
Die Braut und die Gäste getragen.

So rennt nun alles in vollem Galopp
Und kürt sich im Saale sein Plätzchen.
Zum Drehen und Walzen und lustigen Hopp
Erkieset sich jeder ein Schätzchen.
Da pfeift es und geigt es und klinget und klirrt,
Da ringelt's und schleift es und rauschet und wirrt,
Da pispert's und knistert's und flüstert's und schwirrt.
Das Gräflein, es blicket hinüber,
Es dünkt ihn, als läg' er im Fieber.

Nun dappelt's und rappelt's und klappert im Saal
Von Bänken und Stühlen und Tischen,
Da will nun ein jeder am festlichen Mahl
Sich neben dem Liebchen erfrischen.
Sie tragen die Würste, die Schinken so klein
Und Braten und Fisch und Geflügel herein;
Es kreiset beständig der köstliche Wein,
Das toset und koset so lange,
Verschwindet zuletzt mit Gesange.

Was der Graf in verständiger Toleranz erlaubt und

miterlebt, widerfährt ihm bald darauf selbst, denn das Schloß wird wieder zum Ort fröhlicher, ausgelassener Feste.

Bevor nun gleich aufgetragen wird, möchte ich aber unserem lieben Brautpaar aus der Schatzkammer der Zwerge ein Geschenk überreichen, das die Braut und der Bräutigam in Ehren halten mögen, weil es sie in die Geschichte der Zwerge einbindet.«

Laurin entnahm nun einem Etui ein wunderschönes Collier aus Granatsteinen und hängte es der Braut um den Hals. »Das paßt nur einer Zwergin, liebes Kikele«, versicherte er. Dann holte er einen Ring, der ebenfalls mit feingeschliffenen Granatsteinen besetzt war, und steckte ihn Kikerle an den Mittelfinger. »Trag' ihn als Zauberring am Mittelfinger, den Könige und Kardinäle als göttlichen Finger für würdigen Schmuck mit tiefer Bedeutung benützen.« Es war eine funkelnde Pracht, mit der nun die Braut geschmückt war. »Und weil wir Zwerge in Bergwerken und Höhlen den Schatz der Erde zu heben wußten, schenke ich auch dir, lieber Purzingele, als Kostbarkeit einen Ring aus massivem Gold, der einen vorzüglich geschliffenen Bergkristall umschließt, einen Bergkristall, der fast wie ein Diamant den Lichteinfall reflektiert.«

Während daraufhin die Schmuckstücke reihum bestaunt wurden, trugen die Zwergenliesel und die Bergbäuerin das Essen auf.

Beim Nachtisch zeigte der Messerkünstler Couteli eine Probe seines Könnens. Er zerteilte große Melonen mit einem scharfen großen Messer jeweils durch präzise Hiebe rasch und mühelos in Scheiben.

Engelstark führte zuerst vor, wie er Gläser verbiegen konnte, ohne sie dabei zu zerbrechen. Dann reichte er einen dicken, kurzen Eisenstab herum, es möge doch jeder versuchen, den Stab zu einem Hufeisen zu biegen, und niemand in der Runde vermochte das Eisen auch nur minimal zu verändern. Da packte Engelstark mit seinen kleinen muskulösen Händen den Eisenstab, holte Luft und bog ihn, als ob er aus weichem Blech wäre, in einem Kraftakt so zusammen, daß sich die beiden Enden fast berührten. Alle klatschen. Zur Verdauung war Bewegung draußen in der frischen Waldluft des schönen, sonnigen Oktobertages angesagt. Ein Spiel war es, weil sich Trumpenstiel im Umkreis von circa 300 Metern so im Wald verstecken wollte, daß es schwierig würde, ihn zu entdecken. Er stotterte und war ein Langsamer, der, in einem hohlen Baumstrunk mit Astlöchern versteckt, stundenlang unsichtbar im Wald saß, um nachzudenken. »Ihr fff-findet mi bebe-stimmt net«, versicherte er, bevor er mit einer Viertelstunde Vorsprung verschwand. Und tatsächlich irrten wir im Wald umher, ohne ihn zu entdecken. Da erbarmte sich Laurin, der Trumpenstiels Versteck kannte, und ließ uns fündig werden. Wir bewunderten Trumpenstiel wegen seiner originellen

Tarnung. Als Gusir auch draußen im Wald einen lauten Bums ließ, tadelte Laurin: »Der Luft macht's hier nichts, aber du verscheuchst damit die Rehe.«

Nach dem Kaffee verabschiedeten sich der Stadtpfarrer und ich und ließen das fröhliche Völkchen unter sich.

Auf der Rückfahrt ins Städtle philosophierten Herman Schrempf und ich über die Zwerge, und der Pfarrer meinte: »Durch die Zwerge wird die traditionelle Hierarchie eigentlich auf den Kopf gestellt: Das Kleine wird groß, und das Große klein.«

»Wie beurteiltest du die Zukunft der Kleinwüchsigen als Arzt und naturwissenschaftlich denkender Mensch?« wollte Herman Schrempf von mir wissen.

»In der Wissenschaft gilt als kleinwüchsig, wer zu den jeweils etwa drei Prozent der Kleinsten in seinem Land gehört, unabhängig von der Zentimeterzahl, die er mißt. Die Genetiker und Gentechnologen sollen ein Gen erkannt haben, das Einfluß auf die Körpergröße des Menschen nimmt und dessen Fehlen das Größenwachstum um ca. 13 Zentimeter verkürzt. Und so wird der Kleinwuchs, der mehrere medizinische Ursachen haben kann, bereits schon zum Gegenstand naturwissenschaftlicher Forschung. Alles was zuviel, zu groß oder zu wenig, zu klein gegenüber einem Mittelwert ist, wird wissenschaftlich erforscht. Daß im Falle der Kleinwüchsigen oder gar der Zwerge eine keineswegs nachteilige Laune der Natur, der Evolution vorliegen könnte, würde ein Denken voraussetzen, das den modernen Naturwissenschaftlern weitgehend fehlt. Dabei können doch – wie wir es soeben erleben durften – kleine Menschen, die sogar Zwerge spielen, so fröhlich und glücklich sein, wie es die Großen oft nicht sind.«

»Da hast du recht«, bestätigte der Stadtpfarrer, »um einen guten Lebenswandel zu führen und sein Glück und Zufriedenheit in Bescheidenheit zu finden, braucht es keiner besonderen Körpergröße …«

Kurt ist, wie ich beobachten konnte, bei meiner Erzählung von den Zwergen immer wieder einmal eingenickt. Er wirkt seit ein paar Tagen erschöpft. Seine Lebendigkeit hat deutlich nachgelassen. Aller Fortschritt in seinem Befinden, in seiner Mobilität, bei der Wiederfindung des Sprechens bleibt auf der Strecke, ja, es deutet sich sogar eine Verschlechterung an. Ich bin darüber kaum weniger bedrückt als Nelly, seine Frau. Aber wir sind bemüht, uns die Sorgen nicht anmerken zu lassen.

Gespannt erwarte ich die Visite von Professor Feinschnabel. Der kommt so energisch ins Zimmer wie einer, der einer Notsituation entschlossen zu begegnen weiß. Mir schwant aber nichts Erfreuliches. Er geht gezielt ans Bett von Kurt und bittet die Schwester, das Deckbett wegzunehmen, er wolle sich den Herrn Oberstudiendirektor noch einmal genau ansehen. Die Version »noch einmal« klingt suspekt. Der Eifer bei seinen nun einsetzenden Inspektionen und Untersuchungen, deren Ergebnisse er in knapper Fachsprache der Sekretärin ins Stenogramm diktiert, wirkt beinahe hektisch, weit entfernt von sonstiger Distanz und würdiger Ruhe. Es läuft eine vorbildlich exakte Körperuntersuchung ab, der eine neurologische Examination mit vielen Details folgt. Mit solcher Akribie war Kurt zuvor nie untersucht worden. Feinschnabel beherrscht die Dramaturgie am Krankenbett meisterhaft. Fast eine halbe Stunde lang nur Konzentration auf den Leib und die Reaktion des Patienten; dabei nur knappe Fragen, die kurze Antworten des Patienten erheischten. Dann tritt Feinschnabel zurück in Distanz zum Krankenbett, wo Kurt wieder von der Schwester zugedeckt und zurechtgebettet wird, während sich der Oberaugur und der Unteraugur mit gedämpfter Stimme und vielsagenden Blicken austauschen. Es ist von »peius« – »schlechter« – die Rede, wie ich erlauschen kann. Jetzt geht Feinschnabel nach draußen, um sich erst einmal die Untersuchungshände zu waschen und zu desinfizieren. Das weiße Gefolge verläßt gemächlich das Zimmer.

Nach vielleicht zehn Minuten kommt Feinschnabel mit seinem Troß wieder herein, stellt sich wie sonst ans Fußende des Bettes von Kurt und verkündet: »Wir befinden uns augenblicklich in einer kritischen Phase, Herr Oberstudiendirektor. Das heißt, wir müssen Sie in eine Spezialklinik verlegen, in der Sie alle möglichen apparativen und medikamentösen Behandlungen der modernen Medizin erhalten können. Ich habe soeben die Zusage erhalten, daß für Sie dort morgen ein Bett frei wird. Die Klinik liegt in einem auch klimatisch günstigen Kurort im Schwarzwald. Es wird Ihnen sicher gut gefallen, denn Sie sind dort ärztlich und pflegerisch in besten Händen. Ich danke Ihnen für Ihr Vertrauen und wünsche Ihnen gute Eingewöhnung und baldige Genesung.« Ohne sich um die Betroffenheit von Kurt Weißschedel zu kümmern, tritt Feinschnabel ans Fußende meines Betts und fragt routinemäßig: »Wie geht's, Herr Kollege?«

»Es war schon besser, Herr Professor. Ich fühle mich schlapp und ab und zu sticht's in der Herzgegend.«

»Da haben wir's«, sagt Feinschnabel mit ernster Miene und läßt sich vom Unteraugur die EKG-Kurven reichen. »Wir sehen nämlich im Herzspitzenbereich EKG-Zeichen, die möglicherweise auf ein kleines Aneurysma (Erweiterung) der Herzwand hinweisen. Also: ab sofort wieder strenge Bettruhe und ein Nitrat mit Dauerwirkung.«

Ach du grüne Neune! Jetzt habe auch ich eine Verschlechterung meines Befunds und muß dazu den Abschied meines Freundes Kurt verkraften. Dem rollen Tränen übers verschlossene Gesicht.

»Jammern« – so sagen Realisten – »nützt nichts.« Das stimmt nicht, denn es erleichtert. Aber ich besitze weder Kraft noch Lust zum Jammern. Mein Freund in seiner tiefen Betroffenheit wohl auch nicht. Da besinne ich mich meines Großvaters, des stets so einfallsreichen Seelenhirten, der in schwierigen Situationen immer konträr dachte und auch seinem Glauben zu wissen schien, daß Gott nie einen Menschen ruinieren will, wenn er ihn in einer schwierigen Lage sieht. So sage ich einfach: »Mein Großvater, der Pfarrer, würde jetzt sagen: Gottes Wege sind für den Menschen nicht immer einsehbar. Aber wer ihm vertraut, den führt er zu gutem Ziel. Es ist ja nicht alles schlecht an der Entscheidung von Professor Feinschnabel. Es war ihm sicher keine große Freude in die Achselhöhlen gefahren, daß er nun so eilig zugeben mußte, am Ende seines Lateins zu sein. Und die Übergabe an eine Fachklinik könnte dir, lieber Kurt, doch neue Hoffnung bringen. Ein neues Faß wird angestochen. Und darauf sollten wir beide jetzt mit einem Glas Sektschorle anstoßen. Die Schwester wird uns eine Flasche aus dem Kühlschrank bringen … Vielleicht könne wir sogar ein paar Brösamle des Kummers über unseren Abschied hinunterspülen …«

Ich tue gut daran, jetzt die Initiative zu ergreifen und alles Bedrückende positiv auszulegen, ganz in Anlehnung an meinen so gläubigen vorbildlichen Großvater. Er steckte irgendwo in mir und hatte in schwierigen Situationen Stimme. Es war der Mut zum Paradox, der aus christlicher Glaubensüberzeugung bei meinen Vorfahren wuchs, ja, es war ein gutes Stück Humor dabei, jene Kraft, die selbst im Elend lächeln läßt. Immerhin hat Feinschnabel ja auch mir eine Verschlechterung meines Herzbefundes mitgeteilt, die mich in Nachdenklichkeit zwingt. Aber um Gottes willen jetzt nur nicht Trübsal blasen. Ein Glas verdünnter Sekt schenkt uns die Kraft des Symbols, den seelischen Kummer zu materialisieren und alles einfach hinunterzugießen in den Canale grande des allumfassenden Verdauens.

Kurt zeigt nach dieser Aufmunterung genau jene gemischte Gemütsreaktion, die ich als Arzt nach Zuspruch bei einer bitteren Wahrheit als höchsten Erfolg meiner Einwirkung schätze: Die Tränen mischen sich mit einem tapferen, hoffenden Lächeln zu einmaliger Gleichzeitigkeit von Heulen und Lachen. Im Alemannischen nennt man das »G'lachet-Brieget«.

Wir trinken unseren ersten Schluck denn auch auf das, was so weht tut, daß man lachen muß.

Kurts langsam formuliertes Bekenntnis: »Du – wirst mir – halt fehlen«, beantworte ich gleich. »Das ist mein schönstes Geschenk von dir, lieber Freund, und auch du wirst mir für eine Weile fehlen. Aber wenn du dich in der neuen Klinik erholt hast und ich dann auch wieder besser drauf bin, dann gehen wir zusammen mit Frau Nelly im Februar nach Schramberg zur Fasnacht, lachen und scherzen mit den Narren und sehen uns den Hanselsprung und die waghalsigen ›Bachfahrer‹ an. Das wird ein Gaudium, Kurt, darauf Prosit!«

Kurt folgt meiner Schönrederei nicht so ganz. Eine tiefe Skepsis hat ihn im Würgegriff. Die Dimension eines lebendigen christlichen Glaubens, aus der sich ein paradoxes Verhalten zu einer schlimmen Situation zu bilden vermag, ist ihm offenbar nicht zu eigen. So schalte ich ins Philosophische über: »Der steinige Weg des Lebens samt allem Schicksal kann gepriesen werden, wenn an seinem Ende ein Freund steht. Durch Freundschaft erleben wir den guten Genius, der uns das Licht besonderer Stunden hören und den Schall guter Worte als ein Licht wahrnehmen läßt, um uns mit schöner Erinnerung zu stärken. Die Fülle der Erinnerung ist ja wie ein Staubecken unserer Lebenszeit, aus dem wir unsere Erwartungen, nie vergessen zu werden, schöpfen dürfen. Darum werden wir uns jetzt auch nicht verlieren, lieber Freund, selbst wenn uns äußere Umstände eine Weile trennen. Laß uns darauf einen großen Schluck trinken!«

Kurt nickte zufrieden Beifall, und wir leeren unser Glas in einem Zug. Der Vortrag von tiefergreifenden Gedanken hat Kurt offenbar mehr zugesagt. Es wird mir wieder einmal klar, daß einzelne Hirnausfälle das geistige Gesamt eines Menschen nicht außer Kraft setzen. Persönlichkeit hat so viele Vernetzungen, daß tiefere Schichten der Seele dennoch erhalten bleiben und den Hirngeschädigten durchaus noch fühlen und empfinden lassen, was mit ihm und um ihn herum geschieht. Welch ein Irrtum ist es doch auch, alle, zerebral abgebaute Menschen wie Kinder zu behandeln und sich einfach über ihre Autorität hinwegzusetzen.

Am frühen Nachmittag kommt Nelly. Sie hat aber ihr fröhliches, gut gelauntes Bein dabei, denn sie zeigt keine Trauermiene. Die Schwester hat sie telefonisch über die morgige Verlegung von Kurt in eine Spezialklinik informiert. So kommt sie wohlgelaunt auf Kurt zu: »Na, Kurti, wir gehen morgen miteinander auf Reise, auch noch in den schönen Schwarzwald, von dem uns dein Freund soviel Interessantes erzählt hat. Und du wirst dort gar nicht weit von Schramberg entfernt sein.«

Am Morgen wird Kurt angekleidet und in einen Transportstuhl gesetzt. Nach dem Eintreffen von Nelly nehme ich ihn noch einmal zum Abschied in die Arme. Es fließen Tränen, und dann wird Kurt, von Nelly gefolgt, aus dem Zimmer geschoben. Ich begleite sie hinaus auf den Flur, den langen Flur, auf dem sich der Fahrstuhl mit Kurt, zwei Pflegern und Nelly rasch entfernt, während ich winke, bis sie schließlich um eine Ecke verschwinden.

Es ist mir elend zumute. Nelly hat mir eine Flasche Champagner und einen zu Herzen gehenden Dankesbrief hinterlassen, »auch im Auftrag von Kurt«.

Die Schwester bringt mit einen Stapel Post, vorwiegend aus Schramberg. Eine Trauerpost distanziert sich schwarzrandig. Sie vermeldet, daß mein alter Stammtischbruder der »Güllen-Schorsch«, das Zeitliche gesegnet hat. Ich muß lächeln, weil Walter Heinz in einer scherzhaften Vorwegnahme dieses Ereignisses gewitzelt hatte: »Wenn mir amol hinter dei'm Sarg tappet und d' Musik spielt da Trauermarsch von Chopin, no singet mir:

Nun fährt er keine Gülle mehr –
Wer macht die Gruben uns jetzt leer?
Weil jeder diesem Schicksal trotzt
Wird heut' noch einmal abgeprotzt –
Dann, lieber Schorsch, in Frieden ruh',
Wir halten drei Tag' unser Zündloch zu.

Ach. Jetzt kann ich nicht einmal an der Beerdigung teilnehmen.

Ein Brief des jungen Kollegen, der meine Praxis weiterführt und nun übernehmen soll, bringt erfreuliche Nachricht. Er hat sich schon gut eingelebt und eingearbeitet, und ist bereit, die Praxis zu übernehmen.

Draußen verlassen die letzten Oktobertage mit Morgennebel und halbherziger Leihgabe der Sonne zwischen Mittag und Nachmittag den Herbst. Die Weinlese in und um Stuttgart ist so ziemlich abgeschlossen, und die Winzer sind laut Zeitungsberichten ziemlich zufrieden – unzufrieden mit dem Jahrgang. An der Qualität wird nach außen hin wenig gemäkelt – der Wein muß ja verkauft werden. Nur die Quantität läßt zu wünschen übrig, weshalb sich die Preise halten.

Ich lese, seit ich nun allein im Zimmer liege, matt, rasch ermüdend, vorwiegend die Zeitung. Und es wird Allerheiligen und Allerseelen ... Aus Schramberg ruft meine Vergißmein-Nichte an und vermeldet, auf den Höhen sei erster Schnee gefallen. Fridolin Kienle konnte wieder einmal verbreiten: »Auf der Höh' hat's Schnöö.«

Vor vier Jahren hatte ich meinen ersten Infarkt um diese Zeit, von dem ich mich aber rasch erholen konnte. Jetzt geht's um alles, und mein Klinikaufenthalt dauert lange. Der Kurt im Nebenbett fehlt mir so, daß ich melancholisch werde. Es geht ihm in der neuen Klinik bei Freudenstadt insgesamt schlechter, wie ich von Nelly erfahre, die mich immer wieder besucht und mein Gemüt aufheitert. Ich spüre, daß sie mich liebt. Ihre Umsorge bedeutet mir allmählich immer mehr. Wenn sie kommt und zu mir ans Bett sitzt, halten wir uns immer wieder zwischendurch an den Händen. Dann weint sie manchmal, und ich bilde mir ein, daß es Tränen der Freude sind, vergossen für ein Glück, dem nur Vorstellung möglich sein kann. Was die Entwicklungen einer Verschlechterung der Situation von Kurt betrifft, so bemerke ich, daß Nelly – als ob sie sich mit einer düsteren Prognose abgefunden hätte – ziemlich gelassen wirkt. »Es liegt halt alles in Gottes Hand«, sagt sie leise, wobei sie mich fatalerweise an den Händen hält, bevor sie sich ein paar Tränen aus dem Gesicht wischt.

Es ist der zehnte November, und Feinschnabel hat mir bei der Visite eine Tropfinfusion verordnet, die mich zu strenger Bettruhe zwingt. Die Infusionsnadel steckt in der bandagierten rechten Ellenbeuge, so daß ich meine Lektüre mit der linken Hand halten muß. Ich bin unruhig, innerlich hochtourig, weshalb mir ein »dämpfendes« Medikament verordnet wird, das mich in einem ständigen Dämmerzustand hält, in dem Traum und Wirklichkeit einen Wirbel tanzen.

Erster Schnee ist gefallen – ein Vorbote nur des nahen Winters, denn er wird sich nicht lange halten. Der Winter wird im Schwarzwald sein weißes Tuch wie eine Aufforderung zum Vergessen über alles decken und mit den schneeglitzernden Tannen und Eiszapfen um die Bäche und Brunnen seine Märchenwelt schmücken. Es ist alles relativ in der Natur, sie kann in großer Vielfalt schön sein, wenn wir ihre Wandlungen verstehen und mitvollziehen. Wie gerne würde ich jetzt mit dem Landrover hinaus auf die Waldhöfe zu Krankenbesuchen fahren und alle Abenteuer in Kauf nehmen, wenn ich es noch könnte... Aber mich hat das Weiß meines Klinikbetts geschluckt. Mir sind nur Phantasie und Erinnerung geblieben, ein kurzes Wachsein und ein langes Dahindämmern.

Eines Tages kommt Nelly an mein Bett in schwarzer Trauerkleidung und in Begleitung einer riesigen Dame, die einem schwarzen Trauerpilz gleicht. Von Weinen unterbrochen, teilt sie mir den Tod von Kurt mit. Er hat einen weiteren Schlaganfall erlitten, der sein Ende brachte. Der mächtige schwarze Trauerpilz wird mir als Schwester von Kurt vorgestellt. Sie war mit einem reichen Amerikaner verheiratet, der vor drei Jahren starb. Jetzt ist sie aus den USA gekommen zur Beerdigung ihres Bruders, auch um Nelly zu trösten. Sie hat den ihrem mächtigen Körper angemessenen Namen Missis Elephant und schwitzt trotz des kühlen Wetters. Sie sei seit dem Tod ihres husband erst so dick geworden, informiert sie mich verschämt. Und während sie Nelly in den Arm nimmt und tröstend mit amerikanischem Akzent sagt: »It's Kurt gutt gegangen, ich habbe auch mein husband verloren, I know that serr gut«, streichelte sie Nelly zärtlich, die zwischen den riesigen Brüsten der Missis Elephant fast erstickt. Seltsam, daß mir die Komik dieses Bildes, bei dem Missis Elephant ihre Schwägerin mit ihren Fleischlawinen sorgsam umhüllt, eine paradoxe Stimmung beschert. Ich kann nur schwer ein Lachen unterdrücken und finde zu keiner angemessenen Trauermiene. Ziemlich sachlich sage ich zu Nelly: »Das ist schön, von soviel Trost umgeben zu werden.« Aber statt Trost dachte mein Unterbewußtsein Fleisch, und ich bekam meine Erheiterung nicht los. Letzte Rettung: ich lasse mich wie erschöpft ins Kopfkissen zurückfallen. Auf die entsetzte Frage von Nelly: »O Gott – ist Ihnen schlecht geworden?« schlage ich die Augen auf und kann endlich meinem inneren Lächeln freien Lauf lassen: »Nur ein kleiner Schwächeanfall – schon vorüber – keine Angst!« Jetzt, nach überstandenem Schreck, durfte gelächelt werden, und sogar Nelly lächelte befreit: »Ach, ich bin aber froh, daß nichts Schlimmes mit Ihnen ist.« Missis Elephant sagte erlösend: »Nelly, die Visite ist beendet. Wir dürfen den erschöpften Doc nicht weiter belasten.« Und wie ein Spuk ist der Besuch beendet. Ich döse, halb träume ich alles Mögliche durcheinander und spüre Heimweh nach Schramberg, vielleicht nach der erfüllten Zeit meines Lebens, nach Laurin und meinen Zwergen.

Erster Schnee ist gefallen, auf Hoffnungen eines Sommers, die dem Leben meines Freundes Kurt Weißschedel galten, aber auch auf Erwartungen, die ich in eine zügige Genesung gehegt hatte. Er ist aus diesem Leben geschieden und hat, wie mich Frau Nelly so schön zu trösten versuchte, meine Geschichten »mit in die Ewigkeit genommen.« Nelly besucht mich dreimal in der Woche, überrascht mich ständig mit Aufmerksamkeiten. Wenn ich einen Durchhänger habe, will es mir so erscheinen, als wäre ich für sie eine Art Sorge-Ersatz nach dem Tod von Kurt. Aber dann schäme ich mich wieder ob dieses häßlichen Gedankens, weil sie mich mit soviel sorgender Liebe umgibt und es mich in vielerlei Gefühlen zu ihr hinzieht, so daß ich ihr sogar gerne meine Liebe erklären würde. Das wäre jedoch in der augenblicklichen Situation unangebracht. Und so beherrschen wir uns beide und üben uns in lebensphilosophischen Sprüchen: »Ja, ja – was des Schicksal so älles mit sich bringt – mer tät's kaum glaube, daß Verluschte sich in Geluschte verwandle könnet, schneller als Heule in Lache ...«

Wir entwickelten in der folgenden Zeit geradezu einen ausgetüftelte Kultur des Drumherumredens, der Verschleierung unserer Gefühle. Und es geht mir dabei von Tag zu Tag besser, bis der Professor mich bei der Visite damit überrascht, mein Herzbefund habe sich gebessert und soweit stabilisiert, daß er mich nun ins Anschlußheilverfahren überweisen könne. »Da Sie ein Schwarzwälder sind, Herr Kollege«, sagt er jovial, fast väterlich, »habe ich Sie zur Reha in Königsfeld bei einem exzellenten Kardiologen angemeldet, den Sie sicher schon kennen. Der wird Sie gewiß soweit stabilisieren, daß Sie danach einen ruhigen, schönen Lebensabend genießen können.«

Das stimmt mich froh, in Nähe zu Schramberg in

ärztlicher Obhut mich der Erholung hingeben und wieder Schwarzwaldluft atmen zu können.

Adventszeit. Noch ein bis zwei Wochen werde ich in der Rehabilitationsklinik auf dem Hochplateau des Schwarzwalds liegen, die reine Luft atmen und mich von der Wintersonne beleben lassen.

Wie fast jeden Tag spaziere ich in den Doniswald. Er ist vielleicht der schönste Tannenwald in der ganzen Region, berühmt vor allem als Heimat vieler Eichhörnchen, die kaum noch menschenscheu sind und sich von Spaziergängern gerne füttern lassen. Die Wege werden vom tiefen Schnee geräumt, und sogar die Bänke werden so frei gemacht, daß man Platz nehmen kann.

Der gefrorene Schnee leistet meinem Schritt knirschend Widerstand; das Schreiten erzeugt dadurch eine rhythmische, keineswegs eintönige Melodie. Das löst innere Musik in mir aus – etwa Haydns Symphonie mit dem Paukenschlag, oder eine rhythmisch passende Melodienfolge von Vivaldi ... Und dann endet die klingende Musikfolge plötzlich: Ich setze mich auf eine Bank in die Wintersonne und lasse meinen Gedanken und Erinnerungen freien Lauf. Sie führen mich heute am dritten Donnerstag vor Weihnachten in meine Jugendzeit in Schramberg. Die Nächte der drei Donnerstage vor Weihnachten galten nach altem heidnische Brauch im

Schwäbischen als »Klöpflesnächt'«, im Alemannischen als »Bockselnächte«. Man glaubte, daß da Geister umgingen, die an Türen und Fenster klopften und Erbsen und Bohnen vor die Tür und auf die Fensterbänke streuten, und jeder war bemüht, diese Gespenster zu beruhigen. Übrig geblieben von diesem Aberglauben war das »Säcklestrecken«. Die Geister wurden von uns Buben gespielt, wobei es üblich war, ein Säckle an einer Bohnenstange zu befestigen und vor die Tür oder das Fenster der Speisekammer zu stellen, damit die Bauern ein paar Würste vom Frischgeschlachteten oder sonst etwas zum Knabbern hineinlegen konnten. Es blieb dann Aufgabe unserer Geschicklichkeit, die Säckle wieder unbemerkt in der nächsten Nacht abzuholen. Mit einem »Vergelt's Gott«, das mit Kreide auf die Haustür geschrieben wurde, bedankten sich die Geister für Gaben in den Säckchen. Verweigerten die Leute aber einen Tribut an die Nachtgeister, so stand auf der Tür: »Euer Geiz stinkt zur Hölle«, und ein Eimer Gülle wurde vor die Haustür geschüttet. Den mußten die Geister beim heimlichen Abholen immer dabei haben. Hatten die Bauersleute etwas gespendet, wurde er im Garten ausgeschüttet. In einem schlimmen Fall, als der Bauer hinter der Haustür lauerte und plötzlich aus der Tür heraussprang, um sich einen der Burschen zu schnappen, wurde ihm die Gülle auf die ganze Vorderfront geschleudert und dabei auch das Gesicht nicht verschont. Das hatte nicht nur eine Anzeige gegen Unbekannt, sondern auch eine öffentliche Diskussion über »diese heidnische Unsitte« und schließlich ein Polizeiverbot der »unsittlichen Form von Bettelei« zur Folge. Es vergingen Jahre, bis der Brauch in humaner Form wieder auflebte. Jetzt kamen die Geister und legten Apfelsinen und Mandarinen vor die Tür und provozierten dadurch die Gefälligkeit der Bauern, Äpfel, Nüsse oder ein paar Würste in die Säckchen zu legen. Ob sich der uralte Brauch wohl noch erhalten hat?

Solche dämonischen, mystischen Überbleibsel aus heidnischer Zeit gab's im evangelischen Königsfeld, dem Sitz der Herrnhuter Brüdergemeine, nicht. Hier herrschten Nüchternheit und ein stets klarer, erleuchteter Geist, dessen Licht auch nachts nie ausging. Der mir von früher her schon bekannte und hochgeschätzte Professor Musis von der großen Reha-Klinik war ein wissenschaftsorientierter, wissender und erfahrener Arzt. Aber er bemühte sich in vielen Gesprächen um die Biographie und soziologischen Umstände seiner Patienten, um die Krankheitsprobleme auf die Person bezogen zu verstehen und zu lebensnahen Ansätzen für die Therapie zu kommen. Er gab mir recht, daß die größte Grundschwierigkeit der Diagnostik bei einer individuell orientierten Medizin darin liege, das komplizierte und variable Zusammen- und Wechselspiel von Psyche und Soma, also von Seele und Leib einer qualitativen wie quantitativen Erkenntnis zuzuführen. Wir schätzten beide auch die Erkenntnis, daß der Körper nun einmal das Schlachtfeld der Seele sei und Erkrankung die Verkörperung eines unterdrückten Widerstandes gegen innere Zwänge, an die man sich langwierig angepaßt hat. Es gilt auch die Beobachtung, daß sensible Menschen eher erkranken, etwa an Asthma oder Herz- und Gefäßkrankheiten, weil sie ein Organ für Unheil besitzen. Das hatte auch Nietzsche in seinen »Fröhlichen Wissenschaften« erkannt und formuliert: »Krankheit ist ein Beweis dafür, daß man nicht zu den Vierschrötigen des Geistes gehört.« Mir klang das als wiederholtem Infarktpatienten allerdings wie ein gebügelter Trostpreis, mit dem bestenfalls bei einem ästhetischen Tee geistig kokettiert werden konnte. Und so einigten der Professor – ein Liebhaber von Frankenwein – und ich uns bei einem Viertele »Rödelseer Küchenmeister« doch meist bald wieder auf die naturwissenschaftliche Grunderkenntnis, daß die chronischen Krankheiten sowie die Koronarsklerose und der Herzinfarkt doch hauptsächlich genetisch bedingt seien, wozu auch die Veranlagung der Risikopersönlichkeit zähle. Aber es geht mir jetzt, von einer Minderung der Herzleistung abgesehen, ja wieder gut. Das tägliche eiserne Muß meiner Praxistätigkeit ist von mir genommen, wird nicht wieder auf mich zukommen, da ich die Praxis übergeben habe. Jetzt muß ich nur noch das Altern, diese Krankheit an sich, verständig annehmen. Mitunter führen mich noch Träume in die Praxis zurück, aber jetzt im Traum erlebe ich ein Glücksgefühl, wieder zu amtieren, und ich begegne dabei immer wieder Patienten, die mich sogar im Traum lachen lassen. »Herr Dokter, i bräucht wieder amol Dauerwelle«, sagt eine Patientin, die gerne Kurzwellenbestrahlungen möchte. Und der Riederer Franz braucht eine neue Brille und sagt: »I sot jetzt amol a Biofäkalbrille han, wo i gleichzeitig kurz und weit sehe kann.« Dem »Bettschenkel«, der schließlich doch noch geheiratet hatte, aber weiterhin fremdging, drohe ich im Traum: »Wart', i muß amol deiner Frau erzähle, was du für ein zügelloser Kaib bischt!«

»Sell hot mei' Frau bereits g'hört.«

»Aber no net von mir!«

Und ich höre die Broghamerin über den Vogel-Philipple jammern, der in ständigem Unglück lebte: »Mit dem isch au's U'glück auf d'Welt komme. Der Dubbel hat nix zum Fresse, weil er sich fascht zweihundert Vögel hält und ein' im Kopf hat, der, der ... Der ewige Sozialhilfe-Empfänger.«

»Also des will i überhört han«, fahre ich ihr übers Maul. »Der Vogel-Philipp geht höchstens an seiner Anständigkeit zugrunde, net weil er Vögel hat. Der isch nämlich eine Art Eulenspiegel in Schramberg, der sagt jedem die Wahrheit – und jeder, der ebbes zurecht rückt do na, wo er – sie – es nämlich na'ghört, der ischt ein Verrückter, ein Zurechtrücker, woraus die Betroffenen dann einfach einen Verrückten machen, so, als ob nur er und nicht sie verrückt wären.«

»Des isch mir z'viel Philosophie«, wehrt die Broghamerin ab.

Barsch bescheide ich sie: »Also, no hältscht dei Gosch und redescht net so giftig über an Mensche, der no kei'm ebbes z'leid ta' hat.«

Dieser Disput tauchte in einem meiner Träume auf, weil ich sonst kaum einmal einen Patienten so grob zurecht gewiesen hatte und ich mir danach Vorwürfe darüber machte, daß ich meinem Zorn so freien Lauf gelassen hatte. Wie knitz und weniger verletzend war ich doch mit der Schwätzerin Haberstroh umgegangen, als sie meinte, schwätzen wäre doch gesund. »Wenn du nach jedem Satz zwei Kniebeuge machscht, no scho'«, gab ich ihr zur Antwort.

Aber es gab auch Frauen mit Humor in besonderen Situationen mit ihren Männern. So überging die Fichtners Martha das Gestammel von Entschuldigungen, wenn ihr Mann spät aus dem Wirtshaus heimkam und schmunzelte: »Ja, i weiß doch, daß du's wieder schwer g'habt hascht, wenn mer uf em Fohrebühl Wurmsame verlese muß!« Auf dem Fohrenbühl, einer berühmten Berghöhe, von der aus man an klaren Tagen die Vogesen und das Straßburger Münster sieht, gibt es einen gemütlichen

Gasthof, wo sich so manche Männerrunde trifft, und er liegt nur unweit von Schramberg.

Ach ja. Ich bin glücklich darüber, daß im Faß meiner Träume und Erinnerungen soviel unendlicher Spaß meines endlichen Lebens lagert, den ich nun als Elixier des Alters zu mir nehmen kann.

An manchen Wochenenden besucht mich Nelly. Sie logiert dann in einem hübschen kleineren Hotel am Doniswald, wo wir uns treffen – zum Kaffee, zu einem langen Spaziergang oder einer Ausfahrt in die Umgebung.

Das Vertrauen entwickelt sich zu Vertrautsein, wir kommen uns auf natürliche Weise persönlich näher, liebkosen uns sogar bisweilen im Wald, sprechen uns aber weiterhin mit »Sie« an. Wie lange halten die Dämme noch? Bis Jahresende will Nelly Schwarz tragen.

Unser Techtelmechtel – wenn man es einmal so nennen will – verläuft meist ohne Worte, es findet weder zu verbalen Bekenntnissen noch zu einer Thematisierung, und wir sprechen dabei über die Schönheit der Natur oder sonst was. Aber Nelly sehnt sich nach mehr. Ein verhaltenes Seufzen bisweilen, sogar ein leises Stöhnen von ihr sagt mir mehr als Worte. Da hilft nur, daß wir uns nach solchen Augenblicken von körperlicher Nähe lösen, zum Eros auf Distanz gehen und Probleme ansprechen, mit denen Nelly zu kämpfen hat. So zum Beispiel das Testament von Kurt. Die beiden lebten in Gütertrennung, zu der Nellys Vater als erfahrener Jurist geraten hatte. Ja, er bestand sogar im Hinblick auf Nellys künftiges Erbe darauf. Sie hat immerhin nach dem Tod der Eltern ein Mehrfamilienhaus in Stuttgart, ein wirklich zauberhaftes Haus am Ufer des Bodensees bei Kreßbronn, ferner viel Bares und kostbare Kunstgegenstände geerbt. So war es nicht abwegig, daß der Vater meinte: »Mädle, erhalt dir eine gewisse Unabhängigkeit. Mit dei'm spätere Erbe kommscht du ja net grad uf der Brennsupp derhergschwomme und solltest allein bestimme, was mit dem g'schieht, was mir dir hinterlasset. Weischt: Schuldirektore sind oft eige'sinnig und im Meckere trainiert.«

Dahinter steckte des Vaters Meinung, daß der Kurt, in den seine Tochter so richtig verknallt war, von seinem kühlen Wesen her nicht so recht zu Nelly, dem warmherzigen, empfindungsreichen Mädchen paßte.

Leider war aber Kurt sehr empfindsam. Er war verärgert und litt schließlich darunter, daß der Schwiegervater ihm nicht voll vertraute. Er stammte zwar aus einfachen Verhältnissen – der Vater war ein biederer Polizeiwachtmeister –, aber er war ein angesehener Altsprachler und hatte es aus eigener Tüchtigkeit zum Direktor eines Gymnasiums und zu einem eigenen Haus im Stuttgarter Westen gebracht, in das die jungen Eheleute einzogen.

Wie tief und bleibend ihn die vom Schwiegervater erzwungene Gütertrennung verletzt haben mußte, wurde erst jetzt bei der Testamentseröffnung nach seinem frühen Tod offenkundig. Er vermachte zwar Nelly die seiner Witwe zustehende Rente, aber nur die Hälfte vom Haus, die andere Hälfte aber den Kindern seines Bruders. Würde Nelly auf das Haus reflektieren, so mußte sie die Hälfte des geschätzten Hauswertes an die Kinder des Bruders bezahlen. Dachte er vielleicht: »Die hat's ja«? Nelly fühlte sich bestraft, denn es steckte eine Teilenterbung in diesem Testament.

Gekränkt und trotzig verzichtete sie auf ihre Haushälfte zugunsten der Kinder von Kurts Bruder, ohne eine Entschädigung zu fordern. Sie zog kurzerhand in eine Wohnung des von ihren Eltern geerbten Hauses.

Ich kann ihre Enttäuschung verstehen. Sie hat immerhin Kurt ein Kind geschenkt, wenn es ihnen auch allzufrüh durch einen Unfall genommen wurde. Sie war in den Tagen von Kurts ernster Erkrankung nicht nur mit ganzem Herzen um ihn besorgt, sondern auch bereit, ihn bei bleibenden Defekten oder Behinderungen zu pflegen und zu umsorgen.

»Jetzt tät mein Vater sagen: Siehscht Mädle, ich hab's geahnt«, meint Nelly düster.

»Nach allem Positiven vorher ist es bedauerlich, ja schlimm, daß Sie nun mit einer bitteren Enttäuschung leben müssen«, sage ich mitfühlend.

»Dabei habe ich für den Fall meines Todes ein Testament gemacht und Kurt zum Alleinerben bestimmt. Das hat er gewußt«, fügt Nelly noch hinzu und strahlt mich an. »Wie gut, daß ich in schlimmen Tagen in Ihnen einen verläßlichen Freund finden durfte.«

»Ich werde bemüht sein, Ihnen beizustehen. Aber ich meine, Sie sollten sich jetzt nicht allzulange in Enttäuschung und Trauer vergraben, sondern daran arbeiten, sobald wie möglich zu einem neuen eigenen Lebensstil und auch mit der Zeit wieder Raum für Freude finden.«

Nelly schaut mich von unten mit schelmischem Blick an. »Mit der Zeit, sicher. Ich werde nur noch bis Jahresende Schwarz tragen.« Das klingt etwas trotzig, erscheint mir aber als ein erster Schritt in die richtige Richtung. »De mortuis nil nisi bene«, sagt sie nach einer kleinen Pause des Schweigens. »Über die Toten soll man nur Gutes sagen«, wiederhole ich deutsch und ergänze: »Das heißt vor allem, die Kränkungen zu vergessen und sich der Freundlichkeiten zu erinnern.«

Schramberg, unweit von hier in seinen Tälern verborgen, läßt mich nicht los. Mindestens dreimal in der Woche zieht es mich in die liebe kleine Stadt, die sich inzwischen sichtbar, hörbar und überall spürbar geradezu rasant vergrößert und verändert hat.

Industrielle Umstrukturierung und der Zuzug neuer Bewohner stecken wohl ursächlich dahinter.

Sehnsüchtig auf der Suche nach Altvertrautem wandle ich durch die Straßen und Gassen, um da und dort auflebende Erinnerungen zu streicheln. Dabei begegne ich oft Freunden, früheren Patienten und ehemaligen, wie ich älter gewordenen Schulkameraden. Beim Nachfolger in meiner ehemaligen Praxis kehre ich immer wieder ein und werde jedesmal mit Ehren empfangen und mit Kaffee bewirtet. Dort lag auch eine von der Zwergenliesel überbrachte Einladung zu Laurin, dem es den Berichten zufolge gesundheitlich schlecht geht. Man munkelt, er habe wahrscheinlich einen Prostatakrebs. Ich werde ihn besuchen.

Gestern war ich von einem meiner engsten Schulfreunde nach Dunningen eingeladen, einem durch viele Neusiedlungen sehr veränderten Ort auf halbem Weg zwischen Schramberg und Rottweil. Der liebe, treue Jugend- und Schulfreund erfüllte mir den ausgefallenen Wunsch, noch einmal gemeinsam mit seiner elektrischen Eisenbahn in seliger Erinnerung an unsere Jugendtage zu spielen. Er besaß eine Märklin-Eisenbahn »Spur 1«, die größte Version einstiger Modelleisenbahnen. Dazu gehörte auch ein buntgemischtes Völklein von Reisenden als Plastikfiguren; dazu auch das Bahnpersonal, an der Spitze der Herr Stationsvorsteher mit roter Schirmmütze und blauer Uniform. Der Stationsvorsteher, der das Täfelchen mit dem Abfahrtssignal in der Hand hielt, hatte einen beweglichen Arm. Was mich an ihm als Junge einst besonders fasziniert hatte, war ein mächtiger Schnurrbart nach Kaiser Wilhelms Art. Der fehlte ihm jetzt, und der Freund bedauerte das ebenso wie ich und meinte, der Bart sei eben im Laufe der Jahrzehnte zerbröselt. Da ließ ich mir eine kleine Schere und Klebstoff geben, schnitt ein Büschel Haare aus meinem Schnurrbart, formte es und klebte dann dem Stationsvorsteher den neuen Bart an. »Bis der einmal zerbröselt sein wird, leben wir beide nicht mehr«, erklärte ich dem Freund melancholisch.

Ein paar Tage später besuche ich nach Anmeldung Laurin, den Philosophen der Zwerge. Sein Anblick erschreckt mich. Abgemagert, wie ausgelaugt, mit eingefallenem Gesicht sitzt er im Sessel, die Arme auf die Lehnen gelegt und spricht mit geschwächter Stimme. Der Marasmus seiner Krebserkrankung löst Erschauern und Mitleid aus.

»Erschrecken Sie nicht, lieber Doktor. Ich weiß jetzt, woran ich sterben werde, nur Tag und Stunde sind noch ungewiß. Ich freue mich, daß Sie mich noch einmal besuchen und von Ihren Herzattacken genesen sind.«

Er reißt das Wort förmlich an sich, wohl um Kundgebungen meines Bedauerns zuvorzukommen. Er will, das ist spürbar, sich mir noch einmal selbst mitteilen, solange seine Kräfte ausreichen und die kostbare Zeit nicht in einem Wechselgespräch thematisch zerflattern lassen.

Er bittet mich, ihm einmal ganz nahe zu sitzen, er wolle mir noch ein Geheimnis anvertrauen. Die Liesel bittet er, uns jetzt eine Weile allein zu lassen, und sie folgt aufs Wort. Mit ganz leiser Stimme sagt er nun:

»Im unteren Schiltachtal geht eine Seitenschlucht ab. Sie führt einen Bach, der ziemlich weit oben, umgeben von Tannenwald, entspringt. Dort ist es sehr still und im Sommer kühl. Deshalb bin ich einige Jahre lang oft dort gesessen und habe die Füße ins klare, kalte Wasser des Bergbachs gestellt, in kiesartigen Sand. Eines Tages kam ich auf die Idee, den körnigen Sand eingehend zu betrachten, denn es glitzerte bisweilen wie nach Metall. Ich will's kurz machen. Im grobkörnigen Sand des Bachs fand ich reiskorn- bis kleinbohnengroße Konglomerate von Schwerspat und hohem Gehalt an Gold. Unter strengster Diskretion schickte ich nun, als ich eine größere Menge körnigen Goldes aus dem Sand gesiebt hatte, das Material an eine Gold- und Silber-Scheideanstalt und erhielt von dort eine entsprechende Menge Feingold. Es lag mir nichts ferner, als mich nun heimlich an meinem Goldfund zu berauschen. Unter dem Vorwand, dem Verbiß der Jungtannen durch Rotwild vorbeugen zu wollen, ließ ich von geschickten Zwergen mein Waldstück mit dem Bach einzäunen. Oft weilte ich dort nur der Ruhe wegen und ohne mich im Bach zu betätigen. Nur was ich während eines Jahres bei gelegentlicher Suche gefunden und gesammelt hatte, schickte ich zur Goldscheideanstalt. Im Laufe der Jahre hat sich aber doch einiges angesammelt. Davon ließ ich von einem vertrauten Goldschmied – übrigens auch ein Zwerg von 1,50 Meter Größe – einen massiven Goldring mit eingraviertem altägyptischen Anchkreuz, dem Zeichen für Leben und Gesundheit herstellen, der als mystischer Ring am Mittelfinger getragen werden sollte. Und den – er holte ein Etui aus der Tasche seines Schlafmantels – möchte ich Ihnen nun als Erinnerungsstück von mir an den Finger stecken und Ihnen Glück und Freude wünschen.«

Ich bin so gerührt in diesem Augenblick, daß ich Laurin spontan in die Arme schließe und stammle: »Dank dir, mein lieber Freund – sag' Schimmi zu mir – ich werde dich nie vergessen ...«

»Ja«, betont Laurin, »du sollst dich meiner erinnern, guter Freund, und auch wissen, daß die Zwerge – deine Zwerge! – dich mögen. Du gehörst zu den wenigen, die spüren und im Innern wissen, daß die Berge um Schramberg und in dieser Region ein Geheimnis hüten, das mehr bedeutet als jeder Fund von Gold und Edelgestein. Es ist das Mysterium des Lebens und all seiner Kräfte, denen wir hier in der Stille in den düsteren Wäldern im Gang der Jahre begegnen. Du hast verstanden, lieber, treuer Freund, daß nicht die äußeren Fakten von Bestand sind, sondern die Legenden, denn die Realitäten vergehen wie der Körper, was aber bleibt, ist die Seele. Nun aber geh' und überlasse mich meinen Gedanken und dem Bei-mir-sein. Hab' Dank für deinen Besuch, auf den ich so sehnlich gewartet habe.«

Es fällt mir wieder nichts Besseres ein, als Laurin noch einmal zum Abschied mit feuchten Augen zu umarmen und mit »Leb' wohl, mein Freund« das Haus zu verlassen. Die mich nach draußen begleitende Zwergenliesel weint. »Er lebt jetzt nicht mehr lang, er wird bald verleisele«, schluchzt sie und umarmt mich.

Mit dem wunderschönen, magischen Goldreif am rechten Mittelfinger kehre ich aufgewühlt in die Klinik zurück und veranstalte ein gedankliches Requiem für Laurin, bis ich erschöpft einschlafe.

Während ich – übermäßig vor der Zeit der Ankunft des Zuges – im Bahnhof Peterzell auf Nelly warte, beschäftigen sich meine Gedanken mit einer sehr lieben, armen ehemaligen Patientin, deren Tod mir gestern mitgeteilt worden war. Sie war eine Frau, die der unverschuldeten Qual ihrer Armut nur mit Humor und einer charmanten Art von Pfiffigkeit entgegentreten konnte. Aus Rumänien stammend, kam sie als Witwe mit drei Kindern eher zufällig nach Schramberg, als der Krieg zu Ende war und die Deutschstämmigen des Landes verwiesen wurden, obwohl ihr Mann ihr seinen Namen »Sondreanu« gegeben hatte, der Martha aus Siebenbürgen. Aber ihr Mann, der noch auf deutscher Seite gekämpft hatte, war vor Stalingrad gefallen, und nun ging es bei ihr mehr ums tägliche Überleben als um Leben.

Sie wußte, daß ich Briefmarken sammelte, weshalb sie die Marken der Briefe von ihren Verwandten in Rumänien, Griechenland und Kanada für mich aufbewahrte.

Als ich wieder einmal zu der hochgradig abgemagerten Frau zum Hausbesuch kam, saß die Nachbarin zu einem Schwatz bei ihr und blieb auch während meines Abhorchens von Lunge und Herztönen und der abschließenden Ordination wie ein Klotz hocken. Sie brannte vor Neugier, weil es ihr rätselhaft erschien, warum ich diese arme Frau besonders oft besuchte und sie so sorgsam unter die ärztlichen Fittiche nahm. Da war doch nichts zu holen. Oder doch? So dachte sie wohl.

Als ich der Martha zum Schluß ein Rezept aushändigte, übergab sie mir in durchsichtiger Papiertüte Briefmarken und sagte: »Die hent Sie sich wieder amol redlich verdient, Herr Dokter.« Mit einem zweiten Händedruck und der Bemerkung, »no a paar bsondere kanadische Marke« wanderte, ungesehen von der Besucherin, ein Zwanzigmarkschein von Hand zu Hand.

Jetzt griff ich aber in die Rocktasche und sagte: »Ich schäme mich ja, nachdem ich mit den Briefmarken so aufmerksam beschenkt wurde, weil ich wieder einmal nur eine Schachtel Streichhölzer als Mitbringerle dabei habe, damit das Herdfeuer angezündet werden kann.« Martha bedankte sich mit wissendem Lächeln und versicherte: »Das hat mir oft schon geholfen, wenn ich keine Streichhölzer mehr hatte.«

Die Besucherin schien den Kopf zu schütteln, denn sie wußte ja nicht, daß ich der Martha als kleinen Gag bei meinen Besuchen immer eine Streichholzschachtel übergab, in der - unendlich klein gefaltet – ein Hundertmarkschein untergebracht war.

Von einem armen Menschen beschenkt zu werden, hat mich immer tief gerührt, bedeutet eine solche Gabe doch stets ein Gütezeichen höchster menschlicher Würde. Darum wäre es eine unverzeihliche Kränkung für den Armen, sein Geschenk zurückzuweisen. Im übrigen folgte ich meiner Idee mit der Streichholzschachtel auch bei einigen anderen armen Leuten.

Nelly kommt, um mir bei der Entlassung aus der Klinik behilflich zu sein und mich auf der Heimfahrt mit meinem Wagen nach Stuttgart zu begleiten. Es sind ja nur noch wenige Tage bis Weihnachten, und mein in Stuttgart lebender Sohn hat mich über die Weihnachtstage, an denen auch mein zweiter, in Amerika lebender Sohn zu Besuch bei seinem Bruder weilen wird, eingeladen, die Festtage in der wieder einmal versammelten Familie zu verbringen und dabei auch mit den Enkelkindern zusammenzusein. Darauf freue ich mich, obwohl ich weiß, daß Nelly mich an Weihnachten gerne bei sich gehabt hätte. Aber sie trägt nicht nur Schwarz, sie muß innerlich noch vieles aufarbeiten, um einmal aus dem Schatten von Kurt herauszufinden. ich will ihr Zeit lassen, ein wenig freilich auch mir, der ich meine selige, liebe Sina wohl niemals vergessen werde und mir bislang immer noch schwer tue, mich dem Gedanken an Nelly ganz und gar hinzugeben.

So einigen wir uns darauf, uns erst im Februar bei der Schramberger Fasnet wiederzusehen.

Nelly und ich fahren zur Fasnet nach Schramberg. Ich bemühe mich, sie vorab schon ein wenig in das Brauchtum der Fasnet einzuführen, denn im protestantischen Stuttgart und bei Eltern aus Norddeutschland waren Fasnacht und Fasching bislang kein Thema für sie. Als Lateinlehrerin wußte sie nur von den Saturnalien der alten Römer.

»Meine Vermutung«, begann ich, »daß schon die Kelten ein heidnisches Vorspiel lieferten, stützt sich auf Laurins ›Gedanken zur Frühgeschichte‹ und auf die Tatsache, daß Fasnet, Karneval und Fasching fast ausschließlich dort ihre Tradition besitzen, wo einst auch die Kelten waren.

Die Kelten feierten beim Abschied des Winters und dem Übergang zum Frühling ein Fest der Ausgelassenheit, das vermutlich der Hoffnung auf künftige Fruchtbarkeit galt. Im Mittelpunkt der Vastnaht stand das Ritual mit einem Opfermenschen. Den auszusuchen, wurden für die jüngeren Männer Krapfen gebacken und an diese verteilt. In einem der vielen Krapfen befand sich eine Saubohne. Die Saubohne, muß man wissen, hatte als größter aller Samen symbolisch eine fruchtbringende Bedeutung. Wem dieser Krapfen mit Saubohne am ›schmotzigen (schmalzigen) Donnerstag‹ zufiel, wurde Bohnenkönig und am Dienstag, dem fünften und letzten Tag des Festes in feierlichem Ritual, umgeben von den Druiden, den Göttern geopfert. Bis dahin hatte der ›Bohnenkönig‹ gleichsam Narrenfreiheit. Wenn er es wollte, mußte ihn jede Familie kostenlos aufs Beste bewirten. Vor allem aber mußte ihm jedes Mädchen, nach dem es ihn verlangte, zu Willen sein.

Er hatte jedenfalls fünf Nächte Zeit, um noch vor dem Opfertod Kinder zu zeugen. Diese Kinder wurden besonders geachtet, ja, man bemühte sich um sie, weil sie als Glücksbringer galten. Laurin vermutete, daß die Opferungen der Bohnenkönige in den Felsenklüften bei der heutigen ›Teufelsküche‹ im Bernecktal stattfanden. Der Name ›Teufelsküche‹

konnte den Bezug für einen den Christen verruchten Ort haben.

Der Bohnenkönig erscheint als frühgeschichtlicher Vorläufer des heutigen Faschingsprinzen, und der Elferrat vielleicht ein ferner Nachklang des opfernden Druidenkollegiums. Solche Gedanken fallen mir ein, weil die alemannische und damit auch die Schramberger Fasnet in frühgeschichtliche Gebräuche verweist und im Ursprung wohl nichts gemein mit dem Carneval der Römer hat.

Die adelige Obrigkeit betrachtete die heidnischen Umtriebe mißtrauisch, ja, sie verbot sogar die Straßenfasnet, aber vergebens. Zu natürlich war den Menschen immer schon das Verlangen, wenigstens einmal im Jahr außer Rand und Band sein zu können.

Jetzt an der Fasnet verwandelt sich der Mensch. Die Narren fühlen ihren Leib wachsen, sich verändern – die Nasen vor allem, die plötzlich lang und spitz oder krumm und knollig werden. Das alte Gesicht wird durch eine Maske bizarr, lächelnd oder weinend, meist sogar schreckend mit riesigem, schiefem Maul und hervortretenden Augen. Aber es regt sich auch lüstern in den Hosen und unter den Röcken, als wäre der Teufel der Lust hineingefahren. Aus lahmen Enten werden plötzlich muntere, aufreizende Weibchen, und aus Schüchterlingen anmachende Amorläufer. Jeder stürzt sich in das Abenteuer, einmal das zu sein und so zu sein, wie er es gerne hätte. Und daher versuchen sich die Kleingeratenen auf Stelzen und die mit Komplexen Beladenen in Kostümen der feineren Gesellschaft oder als Wildwestler mit primitivem Machogehabe.

Bei der Straßenfasnet ist die führende Figur der Schramberger Hansel. Seine bemalte Gesichtsmaske aus Lindenholz ist das lächelnde Gesicht eines alten Schrambergers. Sein Gewand, sein Häs, ist weiß und mit bunten Figuren und Symbolen geziert. Eine gelbe Halskrause gilt als Überbleibsel einstiger höfischer Kultur und verleiht dem Hansel einen Hauch des Vornehmen. An Lederriemen, die über Schultern und Leib hängen, sind viele Schellen angebracht, Narrenglöckchen, die beim Hüpfen, dem Hanselsprung, ein typisches Geschelle verbreiten. In der Linken trägt der Hansel seine Brezelstange, auf der frische Brezeln aufgereiht und beim Hanselsprung an die Narren verteilt werden.

Die Maske der Figur des Narro zeigt ein gütiges, nachdenkliches Lächeln. Auch er trägt über seinem buntbemalten Häs ein Geschell mit Narrenglocken. Aber da gibt es noch einige Sonderformen unter den historischen Narrenfiguren. Einer davon ist der ›Brüele‹ mit weinendem Maskengesicht, weil er halt die Welt, wie sie nun einmal ist, zum Heulen findet. Sein Pendant findet dagegen, daß die reale Welt zum Lachen ist. Darum heißt er der Lächele. Seine Maske zeigt ein ständiges Grinsen. Eine einfältige Visage mit Froschaugen, stumpiger Nase und halbgeöffnetem riesigem Maul hat der Kehraus. Er fegt mit seinem Reisigbesen dem Umzug voraus und hinterdrein die Straße. Schließlich gibt es noch ›die Bachna-Fahrer‹ in einer Art Flößerkleidung. Es sind jene Wagemutigen, ja Verrückten, die in einem großen Holzzuber mit einem Ruder die wilden Gewässer der zuvor gestauten Schiltach hinunterfahren und häufig in den dahinschießenden Fluten kentern und von der Feuerwehr aus dem reißenden Wasser gezogen werden müssen. Jedenfalls erreichen nicht allzu viele das Ziel.

1924 wurde die Schramberger Narrenzunft gegründet. Sie wird von einem Elferrat regiert, der dem närrischen Treiben feste Regeln setzt und die Narrenkostüme und Larven seiner Mitglieder prüft und manchen Wildwuchs verhindert.«

Nelly hört meiner kurzen Einführung lächelnd zu und fragt schließlich: »Aber ich habe gehört, daß die Narren in Schramberg auch zweideutige Liedle singen?«

»Zweideutig? Eher eindeutig sind die Narrengesänge hier«, erkläre ich. »Als Hauptgesänge hört man:

Hoorig, hoorig, hoorig isch dia Katz'.
Un wenn die Katz net hoorig isch.
No fängt se keine Mäusle net.

Aus alemannischer, alter Zeit stammt das Lied:

's isch a Meidle hier,
Sie hot a Gulde vier (einst viel Geld!),
Sie hot a spitzigs Müüle
A Nasa wie a Süüle
Auge wie an Stier,
Auge wie an Stier!

Abends, wenn so ein Meidle mit a Gulde vier im Lokal sitzt, kann es sein, daß sie einer ansingt:

Gueten Obend, Schätzele,
Kauf mer au a Brezele
Und an Schoppe rote Wei' –
Morge soll dia Hochzeit sei'.

Aber leider singen die Narren:

D' Schramberge Meidle hen Stiefele a',
Älles isch vergebe's:
Keine kriagt an Ma',
Keine kriagt an Ma'...

Gelungen finde ich das Lied der Bach-na-Fahrer:

Da Bach na, da Bach na
Mit Kummer un mit Sorga
Bis am Asch- bis am Asch-
Aschermittwochmorga!«

Schließlich muß ich Nelly diese Songs, wie die jungen Leute sagen, vorsingen, weil die Fasnetsliedle ihren herben Charme eben erst so richtig im Gesang entfalten. Und bald schon singen wir gemeinsam das Lied von der hoorigen Katz' und auch die anderen Fasnetslieder, während wir durch eine winterliche Schneelandschaft fahren.

Nelly wirkt aufgetürmt, so wie ihr hochgestecktes Haar zu einer vornehmen, damenhaften Frisur. Auch in Gemüt und Stimmung erscheint sie für Fasnet und Allotria gerüstet. In ihren sonst so sanften braunen Augen blitzt ein Schalk. Sie ist aufgeräumter als sonst. Nun, so denke ich im Stillen, wird ja mit uns geschehen, was wir so lange zurückgehalten haben.

Im Stadtparkhotel hatte ich mit Rücksicht auf letzte Hürden und auf die Öffentlichkeit zwei Einzelzimmer bestellt. Immerhin war in der Zeitung eine Laudatio auf mich erschienen, in der behauptet wurde, ich würde zur Fasnet kommen, um endgültig von Schramberg Abschied zu nehmen. Der »Ersatzkassen-Nebukadnezar« vom Stammtisch hatte mir den Abschiedsartikel geschrieben, der neben vielen üblichen Redensarten des Lobs eine interessante Erkenntnis enthielt. Eine Umfrage bei meinen einstigen Patienten habe ergeben, daß meine Beliebtheit nicht in erster Linie auf meinem medizinischen Wissen und ärztlichen Können gründete, sondern auf meinem engagierten, handlichen Umgang mit den Patienten, mit einem – wo nötig – über das Medizinische hinausgehenden Beistand in der ganzen Lebenssituation. Angesichts einer ständig zunehmenden Bürokratisierung der ärztlichen Berufsausübung gehörte ich noch zu jener nun aussterbenden Spezies von Hausärzten, die – wie schon mein Vorgänger Dr. Pflanz – deftige Sprüche und Lebensweisheiten verteilt hätte, für die es in der Gebührenordnung keine Ziffer gibt.

Dennoch falle ich schier in Ohnmacht, wie ich mein großes Hotelzimmer betrete. Blumensträuße in große Zahl verbreiten penetrante Düfte wie in einer Grabkapelle. Auf einem großen Tisch türmen sich Geschenke, versehen mit Karten und Briefen – wohl alles ein Echo auf den Zeitungsartikel über den Abschied des »Doktors der Zwerge«. Mir ist zumute, als nähme ich an meiner eigenen Beerdigung teil.

Die Sophie, die einst unter heimlich lustvollen, sündigen Träumen von wilden Männer litt, schenkte mir ein Sofakissen mit gehäkeltem Überzug, auf dem ein Auerhahn dargestellt war. »Schöne Träume beim Mittagsschlaf«, wünschte sie mir.

Der unter Verstopfung leidende Sägewerksbesitzer, mein Freund Fritz, erfreute mich mit einem Potschamber, der mit gedörrten Zwetschgen gefüllt war, obenauf der deftig gereimte Wunsch:

Jeden Tag solltest du eine packen
Und danach fröhlich kacken.

Der Frisör, Zwerg Rigobert, sandte mir einen Gutschein für eine passende Perücke. »Wer a bißle net soviel Haar auf em Kopf hat, sollte die blanken Areale mit eine Perücke gegen Erkältungen schützen.«

Die »Gumpenbader« schickten als Badehose »a Tangale«, damit das frische Wasser der Berneck »überall na'kommt.«

Die Zwergin Zusel beehrte mich als Bergbäuerin mit einem wacholdergeräucherten Speck, einem Trumm für eine zwölfköpfige Familie.

Die inzwischen vor ihrem 90. Geburtstag stehende Rita aus dem »verhunzten Häusle« bedachte mich mit einer kupfernen Wärmflasche, »damit die Fieße im Winter warm bleibet«.

Der Mostbauer, der als Lüstling vom Baum gefallen war, schenkte eine Kiste mit Flaschen seines exzellenten Mosts mit der Bemerkung: »Damit Se in Stuegert no a bißle d'Hoimet schmecket und net bloß Trollinger saufet.«

Die »Five-o'clock-Lilli« und ihr Blaserle wollten nur Eindruck mit einem ordinär-penetranten Parfüm machen – »damit mer Sie schon am Geruch erkennt.«

Der Fußballklub hatte einen Fußball mit den Autogrammen der ersten Mannschaft und von Trainer Luithlen eingewickelt. Auf einer Karte stand: »Hipp-hipp-hurra! Die Mannschaft und ihr Trainer.«

Der Waldhüter Roland grüßte mit zwei Gläsern Waldhonig, die mit Rosen »von der Rosel« geschmückt waren.

Der Stammtisch sandte ein Album mit den Konterfeis aller Stammtischbrüder und saftigen Aussprüchen, Schüttelversen und Limericks.

Beim Gang durch das schöne Steingaden
Befiel mich ein Krampf in den Waden.
Nach Genuß von viel Quark
Wurd ich wieder stark,
Ging weiter und – trat in einen Fladen,

hieß es da beispielsweise.

Der Hösle-Bauer hat wohl das Wildern immer noch nicht aufgegeben, denn er schickte mir einen sorgsam verpackten Hasen mit der Bemerkung: »Gruß aus meinen Wäldern.«

Und so weiter – ich muß es bei diesen Beispielen lassen von all dem, was da an Geschenken sich häufte.

Die Hoteldame – wenn sie denn eine Dame war – meinte mit behäbigem Lob und durchschimmerndem Neid: »Also soviel Gschenker uf ei'm Haufe han i no nie gsehe. Do brauchet Se für da Abtransport scho' meh wie a Leiterwägele. Sie hinterlasset ja a schön's Gwicht an Vergelt's Gottle, des mer ja mit ere Dreizentnersau aufwiege müßt'.« Dabei lachte sie sich selbst Beifall, den ich nur belächeln konnte.

Nelly ist eine wunderbare Frau, auch als Oberstudienrätin nicht von Verstandeskräften aufgebraucht. Sie findet in den Gesprächen mit mir viel Raum für die Kultur spontanen Fühlens und ist stets auf dem Weg zu Lebensfreude und fröhlichem Übermut. Die alten Stammtischbrüder frotzeln: »Jetzt hast du nicht nur einen noch stattlichen eigenen Body, sondern auch einen charmanten Lehrkörper dazu.«

Dr. Bacher und seine Frau, bei denen wir in den närrischen Tagen oft zu Gast sind, und von dessen Fenstern in der Praxis am Rathausplatz wir den Hanselsprung und die großen Narrenumzüge verfolgen, gratulieren mir zur Partnerschaft mit einer so hübschen und gebildeten Frau. »Die isch sicher – einschließlich meines gynäkologischen Fachgebiets – kerngsund«, meint er vertraulich, während die Damen in der Küche hantieren.

»Da kannst du dich drauf verlassen«, bestätige ich stolz, nachdem ich mit Nelly zwei Tage verbracht hatte.

»Seltsam«, füge ich hinzu, »ich bin trotz langer Witwerschaft und Enthaltsamkeit, wie ich jetzt merke, noch lange kein erloschener Vulkan.«

»Des sieht mer, wenn ihr zwei mitanand' turtlet«, schmunzelt der Freund.

Na ja. Die Fasnet riß uns mit sich, und die Erlebnisse mit uns und um uns herum gingen drunter und drüber ... Prunksitzung mit dem Elferrat im »Bären«

– Hocketse mit den »Bach-na-Fahrern« – Lachen und Schmunzeln über Scherze und mitunter alte, aufpolierte Witze in den Büttenreden. »Ins Rathaus goht meh' nei als rauskommt« – »Denk dir, Auguscht, i han mit em Dreschflegel an Flieger rontergholt.«

»Ja wie hosch des denn fertigbrocht?«

»Ha, der Flieger isch uf onserer Magd glege ...«

Dazwischen das wie auf einer Drehorgel geleierte Bekenntnis eines fettleibigen, angesäuselten Wirts: »I ka' halt älles bloß no a bissele: a bißle fressele, a bißle saufele und an de Feiertäg a bißle Auerhahnles spiele ...«

Was uns am meisten beflügelt, ist das Regiment des Eros. Und das ist bis heute so geblieben, obwohl wir kurz nach der Fasnet den alten Freund Laurin zum Grab begleiten mußten. Laurin starb am Dienstag, dem fünften und letzten Tag der Fasnet, an dem in grauer Vorzeit die Druiden den »Bohnenkönig« opferten.

Laurin hat seiner Zwergenliesel das Anwesen im Wald und dem Stadtarchiv seine große Bibliothek vermacht.

Mysteriös war aber das spurlose Verschwinden von Laurins vielbändigem Werk »Gedanken zur Frühgeschichte«. Wer hat das an sich genommen? Hat Laurin es vernichtet? Kaum anzunehmen. Hat er es versteckt oder einem der Zwerge anvertraut? Die Wälder und Felsengrüfte rund um Schramberg hüten wahrscheinlich nun ein weiteres Geheimnis, hinter das ich nicht mehr kommen werde.

Aber es sind mir viele Tages des Glücks mit der lieben Nelly geschenkt. Das Grab von Kurt ist für Nelly und mich ein Wallfahrtsort geworden. Ohne ihn wären wir uns nie begegnet. Mein Dank an ihn sind meine Erzählungen, die Kurt gehört und in die Ewigkeit mitgenommen hat.